岩波文庫

31-202-2

うたげと孤心

大岡　信著

JN147582

岩波書店

序にかえて——「うたげと孤心」まで

一九六一年春に私は『抒情の批判』(晶文社)という評論集を出した。「保田《やすだ》與重郎《よじゅうろう》論」その他、主に昭和初年代の詩と詩人ならびに現代の短歌・俳句についての批評文を集めた本だったが、その本の副題は「日本的美意識の構造試論」というのだった。それはもともと書中の一篇「保田與重郎ノート」の副題だったものだが、本をまとめるにあたって、本全体の副題としてそのまま流用したのである。羊頭をかかげて狗肉を売るのそしりを受けることは承知の上で、あえてそうした。私自身の、むしろ願望というべき心情において、私はそこに収録された三好達治や菱山修三や立原道造についての詩人論、古典詩歌についての小アンソロジーの試み、同時代の短歌・俳句に関する小論集などが、「日本的美意識の構造」についての試論として読まれうるものでありたい、と考えていた。今振返ってみれば、身の程知らぬ看板をかかげたものだが、しかしそういう願望をいだいたについては、少なくとも私一個の気持として切実なものがあった。

私はそれより大分以前から、日本語でものを書くということ、とりわけ詩とよばれるものを書くということの困難さについて考えることがしばしばだった。言うまでもなくそこには、まず第一に私自身の能力のとぼしさという個人的事情があるにきまっていたが、それだけでなく、私たちが日夜どっぷりとつかっている日本語という言語そのものの中に、何かしら難しい問題がひそんでいるのではないかという疑念が、しばしば脳裡に去来して私を悩ませた。抒情詩に関していうなら、和歌の伝統の尖端に短歌があり、俳諧の伝統の尖端に俳句があって、それらはおそらく現代詩のとても及ばないほどの深さと鋭さと澄明さにおいて、日本語が生み出しうる抒情の精髄を表現できる詩形であると思われた。しかし、抒情という要素を排除することなしに、一層複雑な観念世界を詩の中できずきあげ、時には長大な詩篇をも堅固な言葉の建築物としてそそりたたせるというようなことが、私たちの日本語で可能なのかどうか、という問は、たえず、いわゆる現代詩人である私の前に立ちふさがるように思われた。

なぜそんな問に悩まされたのか。ひとつには、他愛ないことかもしれないが、西欧語による詩というものを、学生の時から読みかじることをおぼえたからである。ボードレールであれランボーであれ、ヴァレリーであれT・S・エリオットであれ、読者として熱心に読みふけるときの楽しみは、いざ自分が日本語で詩を書こうとして観念の肉化という問題に呻吟しはじめるやいなや、すべてそのままで悩ましい絶望感の源に転じるのだった。マラルメのような詩人にいたっては、悪夢とよぶほかないような作者だった。

　今にいたってもなお、この問題は私の悩みのたねだが、ただ少しずつ困難さの実体だけは見えてきたような気がするという点が、四半世紀前とはさすがに違うような気がする。たとえば、過去一千年間に日本のすぐれた詩人たちが駆使してきた大和言葉は、いわゆる「てにをは」の絶妙な行使によって、詩歌の最も精彩ある、繊細をきわめた部分を生みだしたと言っていいが、この「てにをは」の重大性は、私が今言ったような点に関しては、別の意味で重大な問題を現代詩人につきつけていると私には考えられる。

　このことを書くのは気が重い。日本語は「てにをは」なしには存在しない言語だからである。そして私自身、詩というものに惹きつけられたとき、「てにをは」の精妙な働きに対する感応を除いてそれが起こりえたとはとても考えられないからである。

　この問題は、西欧語に訳された自分の詩を読むようなとき、ことに強く意識されることで、そういう経験を持つ詩人たちなら誰でも、多かれ少なかれそのときの不思議な感じを知っているはずである。そこにあるのは、確かに自分自身の詩の訳というものなのだが、日本語の原詩と並べてみると、まず例外なしに西欧語訳の方がきびきびした直進性をそなえている。「てにをは」の部分の繊細な表情はあらかた姿を隠し、代りに名詞や動詞の働きの比重が大きくなり、その分だけ詩の骨組み、構造が明確に印象づけられるようになっている。私は外国語に関してはほんの印象的なことしか言えないが、その印象を頼りに言えば右のようなことになる。

こうしたことは、知る人ぞ知るで、ある人々にとってはわざわざ口にするにも当らない常識であろう。しかし私の場合は、少しずつ自分の実感で確かめながら、憶測に憶測を重ねて知識とするほかにやりようがなかったので、今ごろになってようやくこの程度のことを口にしている有様となった。

しかし、こういうことが問題として私の中にわだかまりはじめたのは、先にも言ったように以前からのことで、『抒情の批判』に「日本的美意識の構造試論」という副題をつけずにはいられなかったのも、そこから来ていた。もし私が短歌あるいは俳句をみずからの詩形として選んでいたなら、あるいはこんな問題にたえずひそかに悩むようなことはなかったかもしれない。しかし、この選択は偶然のようにみえて、必ずしも偶然ではなかったので、私はいわゆる現代詩を書きはじめたときから、実はこういう問題そのものをも選んでいたことになる。かえりみて、そう言わざるを得ない。

もう一つの事情もあった。敗戦ののち、「日本的」とよばれるようなもの一切に対する、今では想像しがたいような拒否反応が広範囲にわたって生じた。当時私はまだ少年期だったが、その風潮の影響を明らかに受けていると思う。その一方で、家庭の環境の中には短歌の影が濃く落ちていて、私が最初ごく自然に採用した詩形も、短歌であった。旧制高校に入ってからは、『万葉集』や『新古今集』は万年ベッドのわきの机に常に置かれるものとなっていて、かたわら窪田空穂による和泉式部の歌の鑑賞とか、能勢朝次の『幽玄論』、風巻景次郎の『中世の文学伝統』のような本に多大の刺戟を受けてもいた。しかし、火がついたように次から次へと紹介される西欧の新しい文学思想に、目移りし、煽りたてられ、また習いおぼえたおぼつかない外国語で『悪の華』やら『荒地』やらを読みかじることは、当時の一般的風潮の中では一向に珍らしくもない文学青年の常套だったし、私もまた、映画館を出てしばらくの間は映画の主役と同じ歩き方、同じ口のきき方になっているつもりの少年のように、ボードレールもエリオットも垣根なしの隣家の住人のように思いなしていたように思う。

けれども、何度も彼らのあとを追おうとする空しい足掻きを試みたのち、にがい自己確認の時がやってくる。あの人たちと同じことをやろうったって、そいつは無理だ。思想の成り立ちも違えば、生活様式が根本的に違う。そして言葉が、決定的に違う。お前がもし『荒地』を書くのなら、それはエリオット氏の『荒地』とはまるで異質のものでなければなるまい。要するに、お前はお前だ。

こういうことが納得できるまでに、たぶん何年も何年もの歳月が必要だった。頭で考えれば一瞬に理解できることが、詩を書くという手探りに満ちた夜道の旅をしていると、何年たってもなかなか納得できないのだ。野心や自己過信や欲が、その歳月を埋めている。

その試行のすべてが虚妄だったなどとは考えない。ただ、いかにもこれが人間というものの生の歩みなんだな、という気がする。

そういう経過の中で、自然な成行きとして、「日本的美意識の構造とは何か」という、何とも茫漠たる主題が私の中に棲みついていた。ふたたび言うが、私が現代詩という詩形を選んでいなかったなら、こんな主題にぶつかることもあるいはなかったかもしれない。もちろん、この主題は多くの人々が、さまざまな領域で、独自の問題のたて方を通じて追求しているものであって、その意味では少しも目新しいものではない。ただ私は私自身の問題として考えてゆくほかないので、自分が詩を書きながら胸につかえる感じで感じていたことを、自分のやり方で少しずつ問題化してみる以外に道がなかった。

当然、かつてはむしろないがしろにしていた古典詩歌の森の中へ分け入らねばならなくなった。私は学生時代にろくに国文科の授業に出ようとしなかったことを少々は悔みながら、自己流の読み方で古典を読みはじめた。その際、日本の古典詩歌の胎んでいる諸要素を問題化する上で、現代の詩や文学、また諸芸術について考えることが、少なくとも私にとっては一層必要なことになった。

　そういう意味では、私の古典詩歌論は、現代の詩の行方を見定めるためにまず反対の方向へむかって走ってみるという、意識的に迂回路をとった批評であるということになるだろう。私が古典について書くようになると、親しい友人たちをも含めて何人かの人から、あれは日本回帰ではないのか、といわれた。この言葉は、言うまでもなく香ばしからざる徴候という意味で用いられている。そう言われるたびに私は一種の困惑を感じた。困惑の理由は、私の動機が右に書いたようなところにあったからで、「回帰」という言葉はその際私の辞書にはなかったからである。

「日本詩人選」(筑摩書房)の一冊として『紀貫之』を書いたことは、私自身にとっては大きな意味をもっていた。『古今集』の編纂の中心だった貫之は、『古今集』というものを通じて、彼自身夢にも想像できなかったような重大な影響をその後の日本人の生活に及ぼした。私は貫之論を実際に書くまで、そのことについては漠然たる認識しか持っていなかったのである。貫之について書いたことが、この『うたげと孤心』の主題をも私の中で明確にさせた。そのことについては、第一章「歌と物語と批評」の冒頭で書いているから、ここではふれない。

「うたげ」という言葉は、掌を拍上《うちあ》げること、酒宴の際に手をたたくことだと辞書は言う。笑いの共有。心の感合。二人以上の人々が団欒して生みだすものが「うたげ」である。私はこの言葉を、酒宴の場から文芸創造の場へ移して、日本文学の中に認められる独特な詩歌制作のあり方、批評のあり方について考えてみようと思った。

勅撰漢詩集・勅撰和歌集のような、祝賀という動機を根本にもっている詞華集の編纂が、日本においてのように長期間にわたって行なわれ、しかもその成果が、『古今集』あるいは『新古今集』に代表されるように、それぞれの時代の文学的表現の頂点をなし、かつまた後代にも深い影響を及ぼしたというような例は、たぶんほかの国ではほとんど見出せない独特の現象ではなかろうか。

歌合《うたあわせ》のようなものが、やはり数百年にわたって、断続的にではあれ、詩歌の制作および批評の最も権威ある場として維持されたことについても同じことがいえる。そして連歌、俳諧の連歌(連句)。

人々の美意識の根幹をなす詩歌の場でこういう「うたげ」の原理が強力に働いたということは、必然的に生活の他の領域にまでその影響が及ぶことを意味していた。平安朝の室内調度品である屏風を装飾するために、絵と和歌との間に「うたげ」が生じなければならなかった。その屏風を見ながら、ある人々はまた和歌を作り、ある人々は、屏風のある室内情景を絵巻に描いた。趣味の高さを競うさまざまの遊び——絵合、物合、草花合、貝合等々——も、同じ場から生い出て、「生活の芸術化」という無際限な要請を満たすべきものとなっていった。この種の生活の芸術化という要請は、常に和歌を伴侶としていたが、和歌の側からすれば、これは「和歌の実用化」、「芸術の生活化」というものにほかならなかった。

つまり、日本の古典詩歌の世界では、文芸は文芸、生活は生活という二元論でなく、文芸は生活、生活は文芸という一元論が、久しく原則をなしていたということができるのではないか。私は『古今集』や紀貫之について考えているうちに、この問題に突き当った。この地点に立って見まわしてみると、文学、芸術、芸能その他の多様な現象が、この視野の中でならすっぽりおさまり、互いに照らし合いさえすることに気づいたのだった。

なぜ日本では茶道、書道、華道、香道などの芸道が、古い時代から現代にいたるまで、かくも多くの人々を組織的に惹きつけることができたのか。

なぜ日本では短歌、俳句を作るのに「結社」というものがあり、弟子の作品を師匠が添削修正するという習慣が長年続いてきて不思議とされないでいるのか。

そういう事柄についても、今のべたことはどうやら深い関りを持っていると思われた。同人誌というものがこれほど多い国もあまりないと思われるが、これもまた、源をたぐってゆけば、歌合や連歌・俳諧を好んで興行した往昔の人々の寄合いにまで達するのではないか。

けれども、事はそれだけで終るものではない。みんなで仲良く手をうちあっているうちにすばらしい作品が続々と誕生するなら、こんなに気楽な話はない。事実はどうか。日本詩歌史上に傑作を残してきた人々の仕事を検討してみると、そこには「うたげ」の要素と緊密に結びついて、もう一つの相反する要素が、必ず見出されるということに私は気づいた。すなわち「孤心」。

孤心のない人にはいい作品は作れないということは、近代文学についてのみならず、古典文学についても言いうることだった。しかし、その場合、詩人は単に孤心をとぎ澄まし深めるだけで第一級の作品を生むことができるわけではない、というのが、少なくとも日本の古典詩歌創造の場での、鉄則のごときものであるように、私には観察された。その点についての私の観察集が、以下の本書の内容をなすわけだが、あらかじめ本文の中から一個所だけ、この点に関連する部分を引いておきたいと思う。

今こうして書きついでいる「うたげと孤心」という文章は、大方はゆくえ定めぬ古典世界の彷徨にほかならないが、ただ私は、日本の詩歌あるいはひろく文芸全般、さらには諸芸道にいたるまで、何らかのいちじるしい盛り上りを見せている時代や作品に眼をこらしてみると、そこには必ずある種の「合す」原理が強く働いていると思われることに、興味をそそられているのである。これを方法論についていえば、懸詞や縁語のような単純な要素から本歌取りまで、また短連歌から長大な連歌、俳諧まで、あるいは謡曲の詞章にその好例を見ることのできる佳句名文の綴れ織りスタイルのごときにいたるまで、一様に「合す」原理の強力な働きを示すものだといわねばならないし、これを制作の場についていえば、協調と競争の両面性をもった円居《まとい》、宴《うたげ》の場での「合せ」というものが、「歌合」において典型的にみられるような形で、古代から現代にいたるまで、われわれの文芸意識をたえず支配してきたということを考えずにはいられないのである。短詩型文学における「結社」組織をはじめ、おびただしい「同人雑誌」の存在は、「結」とか「同」といった言葉に端的にみられるように、「合す」原理の脈々たる持続と健在ぶりを示しているといわねばなるまい。

けれども、もちろんただそれだけで作品を生むことができるのだったら、こんなに楽な話はない。現実には、「合す」ための場のまっただ中で、いやおうなしに「孤心」に還らざるを得ないことを痛切に自覚し、それを徹して行なった人間だけが、瞠目すべき作品をつくった。しかも、不思議なことに、「孤心」だけにとじこもってゆくと、作品はやはり色褪せた。「合す」意志と「孤心に還る」意志との間に、戦闘的な緊張、そして牽引力が働いているかぎりにおいて、作品は稀有の輝きを発した。私にはどうもそのように見える。見失ってはならないのは、その緊張、牽引の最高に高まっている局面であって、伝統の墨守でもなければ個性の強調でもない。単なる「伝統」にも単なる「個性」にも、さしたる意味はない。けれども両者の相撃つ波がしらの部分は、常に注視と緊張と昂奮をよびおこす。

（「帝王と遊君」）

『うたげと孤心』という本で私がたどろうとしている筋道の基本は、およそ右のようなところにある。心ある読者は、私がこの「序にかえて」のはじめの方で、自分が現代詩という詩形を選んだという事実に少々しつこくこだわったのを思い起こして下さるだろう。右の引用でもその含みをもって語っているが、古典詩歌の問題はまた現代の詩の問題であるというのが、私の、自分一個ではしごく当然としている事柄なのである。ただこのことは、どうやら私の一人合点に近いことのようでもあるのを、過去のいくつもの経験によって思い知らされていて、その点をも考慮して新たにこの小文を綴り巻頭におくことにしたのである。

目次

うたげと孤心

歌と物語と批評

一

私は一九七一年に『紀貫之』という本を書くに当って、いくつもの「これはこういうことではないかしら」という推測、臆断に類することをその中に書きしるした。もとより専門の研究者でない人間が、とぼしい材料によってする推理である。見当はずれもあろうし、すでに解決ずみのことも少なくないだろう。しかし中には、私以外の人でもなかなかうまく答えられそうにないと思われる問題もあって、そのひとつは、「自撰本」の貫之歌集の問題であった。

萩谷朴氏の文章によって示唆をうけたこの問題とは、現在十三葉三十二首の断簡としてのこっている伝行成筆貫之集の古筆切にかかわるものである。私はこれら、萩谷氏によって「これこそは〔生前に一巻もしくは三巻の自撰歌集があったことが古文献で知られている〕『自撰本貫之集』ではあるまいかとの疑ひが当然起つて来る」といわれている三十二首をながめてみて、そこに、現在貫之の歌集として流布している他撰本(貫之の死後ある程度経てから編まれたもの)を通読しただけではつかみにくい率直な主観の吐露、詠歎がいちじるしく強く感じられることを問題にしたのだった。私はこういうことをそこで書いた。

もちろん、わずか三十二首しか現在見出されない断簡から全体を推すことは許されないが、しかし、三十二首中十六首、つまり半数までが、他撰本貫之集八百六十四首の中には見出されず、代りに古今、後撰、古今和歌六帖という、貫之の同時代ないし直後の時代の集に見出されるという点からみても、このあり得た自撰歌集の全容は、他撰本貫之集として今日私たちが読むことのできる彼の流布本家集の内容とは、かなり質のちがったものであったかもしれないと想像することが可能である。そして私は、その場合の質というものを、他撰本貫之集によって印象づけられやすい技巧家的貫之像よりは、もっと率直で直情的な感情の表白を好んだ歌人としての貫之像のうちに見定めうるだろうと想像する。自撰本にみられる貫之は、いわば暗い衝迫をもち、そして情熱的である。そういう印象を与える歌が、まるで意識してであるように並んでいるのは、偶然とは思えぬほどだ。(中略)自撰本貫之集がもし完全な形で残っていたなら、そこでの作品選択の仕方は、たぶんきわめて興味ある問題を提出するにちがいない。

自撰貫之集の断簡からこのように書き抜いてくると、いやでも気づかされるのは、これらがすべて私的なモチーフに基づく歌であって、屏風歌のごとき公的、職業的な作が見られないという事実である。わずか三十二首の断簡によってものを言うことは、まったく理不尽であることは先刻承知の上で言うのだが、なぜあれほどにも全歌集中高い比率を占めてひしめいている屏風歌が、ここにはまるで含まれていないのだろうか、と訝ってみることは許されるだろう。全歌集の中での屏風歌の比率を適用すれば、これらの断簡の中にもそれが何首か混っていてもよさそうに思われる。それとも、偶然、自撰本の中の屏風歌ならざる一部分が、まとまって残存したのだろうか。しかし、それにしては、現在十数カ所に分れて所蔵されているこれら断簡の、歌の種類は一定してはいないのである。

ながながと引用したが、私にとってこの問題は、その後も折にふれ甦っては、「さて、本当はどうだったのだろう」という疑問のまま終る、気になる問題でありつづけているのだ。私は結局、貫之が、いざ自撰集を編もうと志したとき、屏風歌のような公的な性質の歌には厳選をもって臨み、逆に、私的モチーフの明らかな歌は、それぞれの制作契機を重んじ、いとおしんで、あまりいい歌と思えないものでも、なるべく多く残そうとしたのではなかろうか、と推測したのだった。この推測が当っている可能性はむしろ少なかろうと思いながらも、そう考えた。貫之という歌人をよくよく眺めてみると、そういう推測に全く根拠がないともいえないと思えたからである。

私がこういうことに執拗くかかずらったのは、結局のところ、詩歌が生れる場の多層性に関心をそそられたためだといえる。貫之を「うたげ」の詩人という側面において眺めるか、それとも「孤心」の詩人という側面において眺めるか、というふうに、問題をいささか強引に単純化してみることもできるだろう。もちろん、事柄はそんな二者択一を簡単に許す性質のものではないが、あえてそれをやってみたくなるような誘惑を、貫之の「自撰本」問題はひめていた。

私は日本の詩歌の生成の場として、さまざまな規模と形における「うたげ」というものが占めていた位置、役割の大きさについてしばしば考える。その場合、貫之のような宮廷歌人についてなら、おびただしい「うたげ」の歌の背後に「孤心」をのぞいてみたい願望をそそられる。しかし逆に、「うたげ」の意味の大きさをことさら強調してみたい場合もまたある。むしろそういう例が、きわめて多いのが、日本の詩歌の特徴のようにさえ思われる。私は最近手に入れた土田杏村《きょうそん》の全集の中に、次のような一節を読んで面白いと思った。

『懐風藻』には「侍宴」「秋日於長王宅宴新羅客」「春日侍宴応詔」「扈従吉野宮」といふ風の題目でうたつた詩が甚だ多い。それらによつてみると、詩を賦することは多くは宴の興を添へるためのものであつたらしい。「望雪一首」「臨水観魚一首」「山斎一首」などとあるのは、明らかに宴中とは書いてないが、宴になぞらふ興中に出来たものと見える。「遊猟一首」とあれば、遊猟の宴中にも作られたのであらう。それらを総じて見るに、詩を賦することは扈従して詔に応じ、宴に侍し、遊猟に侍して興を遣り、若しくはそれになぞらふものが多いのである。然るにこの題材の取り方はその儘に万葉詩歌に見えてゐる。殊に人麿などに見えたさうした題材の取り方も、実は当時の一つの流行を現はしたのである。このことは詩歌を作ることが既に幾分か実生活より遊離して、遊戯的となつたことを示してゐるものである。随つて人麿の作品などでも、実生活の已むに已まれぬ感懐から生れたものではなくて、多くはやはり技巧的に作つたものである。一面ではそれは、芸術的意識がそれだけ実生活の意識から独立したことを意味してゐる。即ち万葉人は最早歌作をすることに或る芸術的感興を持つてゐたのである。併しまたそれだけ作歌の態度も人工的となり、技巧的となることから免れる訳にはいかなかつた。

（「懐風藻と万葉集」・昭和五年〔一九三〇〕八月稿）

今日では必ずしも目新しい見方ではなかろう。しかし昭和初年にこういう万葉観をもち、くりかえしそれを説いていた人のことは忘れてはなるまいと思う。杏村はまた「装飾芸術の理想と天平文化」という文章（昭和三年〔一九二八〕）の中で、天平の装飾美術について論じながら『万葉集』にも論を及ぼし、「私の考へでは万葉の長短歌は、従来殆ど定説として信ぜられたやうな純情的のものではなくて、大いに遊戯的人為的なるものだ。殊に恋愛歌に於いてその特徴がよく現れてゐる。この恋愛はインテリゲンチヤの遊戯的な感情を主とするものである。即ち彼等の実生活と文学との間には既に多くの間隔が存するのである。総じて言へば、万葉の長短歌は構成的でなくて装飾的である特徴を大いに含んでゐたのである。かやうに見れば、『古今集』の歌をのみ遊戯的のもののやうに責めて、『万葉集』の歌を純情的であると挙げるのは真を得てゐない。ただ『万葉』の歌が『古今』の歌よりも純情的であるやうに見えるのは、その用語やリズム、即ち歌の形式が『古今』よりもずつと構成的であつて意志を含んだからである」と言っている。杏村がここで用いている「構成的」と「装飾的」という対立概念は、一九二〇年代半ばから力を得てきた構成主義の理論に主として立脚していて、その適用の仕方の大まかな点は物足らないけれども、彼がこの対立概念を『万葉』と『古今』に適用し、両者を装飾的な性格において共通すると断じているのは面白い。『万葉』と『古今』を最初から対立的にとらえる既成の常識に、彼はとらわれていない。『万葉集』に落ちている大陸文明の濃い影響を強調し、古代歌謡にみられるさまざまな形式が、『万葉』においては五七調を基本構成単位とする長短歌にまとまっていく理由についても、五言、七言の漢詩の形式からの直接の影響を重視するといった杏村の立場からすれば、『万葉』と『古今』は、岸をへだてて対峙するものとしてよりも、同じ岸の別々の位置に陣どるものとして眺める方が納得のいく点が多かったのである。

私には杏村のこういう見方がすべて正しいかどうかについて断定するだけの力はない。しかし、少なくとも『万葉集』の名ある歌人たちの作については、いわゆる初期万葉時代の歌人についてさえ、杏村の見方があてはまるところは多いのではないかと想像する。中西進氏のような万葉学者の著作の中に、額田王《ぬかたのおおきみ》が朝鮮渡来人の裔ではないかという推定や、山上憶良についての渡来人説を読むと、目からうろこが落ちるような思いがするが、そういう目で杏村の考え方を見直してみると、彼が直観的にとらえたものの中に、重要な暗示がいくつもひそんでいるのを感じる。

たとえば、天平二年(七三〇)正月十三日、太宰府の大伴旅人の邸に山上憶良ら三十二人の雅友が集って宴会をひらき、園梅を賦する短詠三十二首をなしたことはよく知られている。「うたげ」の中から生れる文芸というものを考える上で非常に興味ある古代の一例だが、杏村がこれに注目して言っていることに私は惹かれた。

わが苑に梅の花散るひさかたの天より雪の流れ来るかも　大伴旅人

をはじめとする雅客らの歌をいくつかあげたのち、杏村はこう言うのだ。

これらの歌を読んで感ずる特性は、内容が大して複雑でなく寧ろ稀薄と感ずる程に平明であること、艶麗な詞句の技巧を用ひずただ淡々としてゐること、それでゐて実生活とも離れず全く生活報告的の歌になつてゐること、抽象的概念的の感じがすること、要するに強く抒情的ではなくて寧ろ散文的抽象的な歌風となつてゐることである。さうした歌風は、艶麗端正な技巧を以て抒情的に繊細の風趣を歌つた、当時の職業的な中央宮廷歌人のそれ、例へば山部赤人の歌風と比較するならば、直ちに感じられるものであるに相違ない。然らばこの九州の文壇に、その散文的な歌風が盛行してゐた理由は何であらうか。先づ職業的な宮廷歌人と違つて、急忙な実務、しかも他郷に優雅ではない実務を持つてゐる人達の歌が散文的になるのは当然のことであらうが、なほ進んで考へれば、この九州の土地には優艶な漢詩などを読む趣味は最早幾分か衰へて、それよりも実質的な、散文で出来てゐる諸子史伝小説を読む趣向の方が盛行してゐたのではないであらうか。太宰府の学府へは中央政府より支那の書物を賜給したけれども、それは単に公然たるものであり、私には、九州の地へ支那の文化的産物が滔々と流入してゐたものであるに相違ない。古代の考古学的発掘品を比較しても、早くより大和と九州とにはさうした顕著な文化相の相違が見られる。またそのことを旁証するものは、『万葉集』中最も有力な漢文作家である旅人と憶良とが、共に九州に在任した人であり、その漢文の中へは、実に豊富に当時の支那散文書の詞句の引用せられてゐることであるといへよう。当時の九州歌人の作風が、散文的思想的となつた有力な理由の一つはそれでなかつたか。そして技巧的な抒情詩より離れ達意的な散文に移ることは、その生活を有閑的遊戯的ならしめず実生活的現実的ならしめることであつたから、彼等の作風は、勢ひ一見何の風雅もないやうな、散文的に生活を報告するといふ風のものになつたのではないかと思ふ。

かやうに観察して来れば、沙弥満誓《さみまんぜい》のすぐれた歌、中央には見られない珍らしい、生活報告風の淡々たる作風を以て成功した歌、——「しらぬひ筑紫の綿は身につけていまだは着ねど暖けく見ゆ」のやうな歌が九州に在つた理由は説明せられるであらう。

（「大伴旅人」・昭和八年〔一九三三〕）

ここでもまた私は杏村の説くところの一々について、その当否をあげつらうことはできない。古代学のいちじるしい発展は、杏村の考え方のある部分については支持を与えるかもしれないし、別の部分については否認するだろう。

しかし私は、沙弥満誓の「しらぬひ筑紫の綿」の歌に対する杏村の理会を正しいと思う。彼がこの歌を「生活報告風の淡々たる作風を以て成功した歌」ととらえ、その背景に今見たような観察を横たえているのを、目を見張るような思いで眺める。この一首の歌に対する彼の見方の正しさゆえに、その前にのべられた九州歌壇の新散文趣味に関する意見が重みをもって映ると言ってもいい。

土田杏村の文章に多くかかずらってきたのは、この今ではあまり読む人もいないと思われる思想家に対する、私のささやかな敬意を書きとめておきたかったからでもある。

私はかつて彼の山村暮鳥についての文章に接して以来、この人に関心をいだいてきた。画家土田麦僊《ばくせん》の弟であるということも、私にとって懐かしい理由のひとつだが、それはあまりに私的なことかもしれない。

『万葉集』に関する彼の少なからぬ論文については、なお見るべきものは多いが、さしあたって私は、彼が『万葉集』の中に宴席歌の多いことを指摘している点だけをとりあげた。

私は、むかしから『万葉集』巻十六（「由縁ある、並に雑歌」）が好きである。わけても

三八一六　家にありし櫃《ひつ》に鏁《かぎ》さし蔵《をさ》めてし恋の奴《やつこ》のつかみかかりて

右の歌一首は、穂積親王《ほづみのみこ》、宴飲《うたげ》する日、酒酣《たけなは》なる時に、好みてこの歌を誦《よ》みて、恒の賞《めで》としたまひき。

三八一七　柄臼《かるうす》は田盧《たぶせ》のもとに吾背子はにふぶに咲《ゑ》みて立ちませり見ゆ

三八一八　朝霞香火屋《かびや》が下《した》の鳴くかはづしのひつつありと告げむ児もがも

右の歌二首は、河村王、宴居《うたげ》する時、琴弾けば、すなはち先づこの歌を誦みて、常の行《わざ》としき。

のごとき「宴飲《うたげ》」の際の歌や、

三八二四　さしなべに湯沸かせ子ども櫟津《いちひつ》の檜橋《ひばし》より来《こ》む狐《きつ》に浴《あ》むさむ

右の一首は、伝へ云へらく、一時《あるとき》衆集ひて宴飲《うたげ》しき。時に夜漏《さよ》三更《なか》にして、狐の声聞えき。すなはち衆諸《もろびと》、奥麻呂《おきまろ》を誘ひて曰く、この饌具、雑器、狐の声、河、橋等の物に関《か》けて、但《ただ》、歌作れといひき。すなはち、声に応へてこの歌を作りきといへり。

に始まる、物の名を数種ずつ織りこんだ長忌寸意吉麻呂《ながのいみきおきまろ》の八首の戯《ざ》れ歌、さらには「心の著《つ》く所無き」、すなわちいわゆるナンセンスの歌二首、

三八三八　吾妹子が額《ぬか》に生ひたる双六《すごろく》の牡牛《ことひのうし》のくらの上の瘡《かさ》

三八三九　吾背子が犢鼻《たふさぎ》にする円石《つぶれいし》の吉野の山に氷魚《ひを》ぞ懸有《さがれ》る

右の歌は、舎人親王《とねりのみこ》侍座に令《おほ》せて曰《のたまは》く、もし由る所無き歌を作る人あらば、賜ふに銭帛を以ちてせむとのたまひき。時に大舎人安倍《あべ》の朝臣《あそみ》子《こ》祖父《おぢ》、乃ちこの歌を作りて献上《たてまつ》りしかば、登時《すなはち》

　募れりし物銭二《に》千文《せにもに》を給ひき。

のごとき、さらに他にも数多く収録されている同種の歌群に心惹かれていた。

　これらの歌は、要するに遊戯・即興の歌であって、それゆえたとえば、「万葉集のいのちは、内面から言へば、「全心の集中」であり、外面から言へば「直接の表現」であります。……夫れでありますから、真に万葉集を尊敬するものは、古今集を絶対に排するのが自然であり、当然であります」(「万葉集の系統」・大正八年(一九一九)十月)とか、「歌の道は、決して、面白をかしく歩むべきものではありません。人麿赤人の通つた道も、実朝の通つた道も、芭蕉(これは歌人ではありませんが)の通つた道も、良寛、元義、子規等の通つた道も、粛《つつ》ましく寂しい一筋の道であります。この道を面白をかしく歩かうとするのは、風流に堕し、感傷に甘えんとする儕でありまして、堕する所愈々甚しければ、しまひには、詞の洒灑や虚仮《こけ》おどしなどを喜ぶ遊戯文学になつてしまふのであります。」(「歌道小見」・大正十三年(一九二四)三月)とかの、復古的と見えて実は近代主義的・純粋主義的な自己表現至上主義の立場から、破邪顕正の剣をふりかざして万葉復興機運の先頭にたった島木赤彦の立場などからすれば、いかに『万葉』の歌だとはいえ許しがたい遊戯文学と一刀両断されねばならない種類のものだった。

ところが私には、これらの歌こそ、『万葉』の世界の豊かなひろがり、技術的にも感性的にも端倪すべからざる幅と厚みをもっているその沃土の、豊かさの理由をかいまみさせてくれる絶好の例とみえたのだ。三八二四番以下八首の物の名の歌をよんだ意吉麻呂は、巻三(二三八)や巻九(一六七三)では、「詔《みことのり》に応ふる」歌の宮廷歌人としてあらわれている。

二三八　大宮の内まで聞ゆ網引《あびき》すと網子《あご》とののふる海人《あま》の呼び声

アという開口母音のくりかえしには、明るいめでたさを歌にそわせようとする技巧が働いている。この歌の前には、あの有名な

天皇、志斐嫗《しひのおみな》に賜へる御歌一首

二三六　いなといへど強《し》ふる志斐のが強語《しひがたり》このころ聞かずて朕《われ》恋ひにけり

志斐嫗、和《こた》へ奉《まつ》れる歌一首

二三七　いなといへど語れ語れと詔《の》らせこそ志斐いは奏《まを》せ強語《しひがたり》と言《の》る

の君臣贈答歌があって、ここにも笑いと言葉遊びを必然に生むうたげの原型ともいうべき小世界がある。応詔歌や、天皇の作に「和へ奉る」即興和歌の伝統は、あきらかに

『懐風藻』をはじめとする一群の漢詩文集の伝統と通じあっているが、それらの儀礼的な性格の歌、晴れの場の歌には、わかちがたく、今見たような笑いや語戯の要素が含まれているのである。

笑いというものは本質的に社会的なものであり、集団性から生じ、またそれに回帰してゆく。たとえ嘲笑的な笑いであってさえ、この本質からははずれない。共同体的な集団の維持にとって、笑いが不可欠の要素であることは、いわずと知れたことであった。さきほど私が赤彦の万葉礼讃論を、近代主義的・純粋主義的と評したのは、赤彦の万葉論が『万葉集』のこういう共同体的側面についてついに正当にとらえることができなかったことを思うからである。赤彦の『万葉集』とは、きびしい儒教倫理の枠の中で育ち、純一素朴な理想主義的心情に燃えている明治の青年が、激変する価値観の時代に、ひたすら自己を確立し自己を表現しようとする熱狂の中でつかんだ、まさに近代の鏡としての『万葉集』だった。だから、赤彦は私がさきにあげたような遊びの歌、宴飲の歌、ナンセンスの歌のごときを、つまりは必要としなかったのである。『万葉集』の中に必要不可欠なものだけを見出そうとするとき、その選択はきびしく純粋であればあるほどよいことになる。赤彦の万葉観が、「万葉道」となり、「集中道」となり、「鍛錬道」となっていったのは必然の成行きだった。

由来東洋には鍛錬道がある。……儒教や仏教も一種の鍛錬道であると思ひます。鍛錬とは、生活力を統率して一方に集中させることであります。……儒教仏教のみではありません。東洋の絵画を解するには、矢張りこの鍛錬道を解せねば会得出来ません。……斯様に鍛錬を究極させるのが、東洋文化の骨子をなしてゐるのでありますから、詩形としても、東洋のものは短いものが多いのであります。短いのは初めから短いのではありません。短い内に深いものを蔵するのであります。深いものを蔵してゐるから、短くて長いのであります。（「万葉集の系統」）

これらは詩歌の論というよりは、心学の道話というべき性質の、俗耳に入りやすい議論である。赤彦はさらに進んで「……儒教には禽獣虫魚天地山川自然の心に随順するといふ心が多く現れて居りますので、鍛錬道から見まして、私どものよい参考になると思ひます……。精神を絶対に一方に集中する心が、犠牲の心になるのであります。犠牲とは心が一方に集中するゆゑに、一切のものを擲つて、或る物に突入せねば満足出来ない心の状態であります。之が日本に於ける武士道となり、男伊達となり、甚しきは盗賊道となり、掏児《すり》道とまでなつたのでありまして、盗賊掏児にまでも、犠牲道が及んでゐる所に、却つて、日本の国民性が現れて居ります。乃木大将が子息を討死させたのも、さうしなければ将軍には満足出来なかつたのであります」と言う。こういう理窟の展開は、むしろ政治家の演説にふさわしいように思われる。心学の道話が江戸の為政者にとって都合がよかったように、鍛錬道即犠牲道の理窟は、時の権力者の教育方針にとって都合がよかったはずである。

『万葉集』にふんだんにみられる笑いや遊戯の要素をあえて認めようとしない心理は、歌というものの生れ出る場を、「個人のもつ思想感情を押し詰めて、単純なる一点に澄み入る」ところに専一に求める心理と表裏一体をなすものだろう。それはまさしく近代短歌の創作心得ではありえたが、万葉人たちの実際には即していなかった。

私はたとえば三八一六番の歌の作者穂積親王のことを思う。この人は若い日、高市皇子の妃であった但馬皇女《たじまのひめみこ》と通じ、そのために皇女が「人言をしげみ言痛《こちた》みおのが世にいまだ渡らぬ朝川渡る」その他の歌を残すことになった人だが、晩年、当時まだ十代半ばの娘だった大伴坂上郎女をめとった。彼女は「寵《うつく》びをうくることたぐひなし」といわれるほど、親王から溺愛されたらしい。そういう男が、宴席で酒たけなわになると、「恋の奴《やつこ》のつかみかかりて」の歌を放歌高吟したのである。この人のことは、大伴家ではおそらくのちのちまで話題となり、なつかしまれたであろう。郎女の甥である家持も、そういう話題を耳にしながら育ったにちがいない。『万葉集』巻十七以後二十までの四巻に、家持を中心とする宴席の歌が少なくないということを思い合わせると、宴飲の席の戯《ざ》れ歌ひとつにも意味が感じられるような気がする。左註の「好みてこの歌を誦《よ》みて、恒の賞《めで》としたまひき」という書き方にも、そういう陽気な「うたげ」の雰囲気を実地に見知っていた人による註記の語調さえ感じられるように思う。

『万葉集』からこういう要素を取りのぞいてしまったら、実に多くの貴重なものが失われるだろう。一言でいって集団の歌。ここに『万葉』の豊沃な土壌がある。そこには皇族、貴族を中心とする歌も、旋頭歌や東歌、防人歌などにうかがわれる庶民の歌もあるが、儀式典礼の歌から相聞にいたるまで、宴席の歌から挽歌にいたるまで、『万葉』の歌のきわめて多くの部分は、それを聴き、受け入れてくれる相手が現実にそこにいるという条件において生みだされている。「独り」の自意識をはっきりもって独詠歌をものした作者は、大伴家持をのぞけばほとんど見当らないといえそうである。高市黒人の歌はどうか、といわれるかもしれないが、黒人の歌にはまだ反省的な自意識が明瞭な孤独の自覚としてあらわれてはいない。

私はこれまで、「うたげ」という言葉を何度か使ってきた。本来の宴飲あるいは雅宴の意味で用いた場合が多いのは当然だが、もっと漠然と、人と人との、集団的な、あるいは一対一の、ある昂揚的な出会い、心のふれ合いの場といった程度の意味で用いた場合もある。それは意識してやったことで、最低限二人以上の心的な出会いの形式として、この便利な言葉を用いてみたいという気持からだった。

紀貫之の「自撰本」家集についてふれたときは、公的な「うたげ」の詩人としての役割から彼がどんな形で「孤心」を救い出そうとしたかという点に興味をいだいた、ということを言った。そして『万葉集』については、むしろ逆に、近代的な「孤心」をもって律するにはあまりに多くの、多様な「うたげ」がそこにはあるということを言った。いずれにせよ、日本の詩歌を、「うたげ」と「孤心」という二つの極の緊張関係の上に歴史を織りなしてきたものとして眺めてみることができそうに思う。その場合、日本の詩歌の個性的な特徴として、「うたげ」的な要素がたえずいちじるしく大きな比重をもち、しかも長い期間にわたって生きつづけるという事実を指摘できるだろうと思う。

勅撰漢詩・和歌の詞華集編纂。

歌合の度かさなる開催と、それへの当代の代表歌人たちの熱狂的な参加。

連歌。

俳諧。

いずれも、詩歌の制作の場あるいは批評の場を「うたげ」の形で保とうとする抜きがたい傾向を示すものではないか。そしてこれは、単に詩歌だけの領域にとどまるものでもなかった。宮廷や貴族の家では、室内の必需調度品である屛風の装飾のために、屛風絵とそれに合う和歌とを大量に必要とした。当代の代表歌人は物語的な虚構の才を要求され、画家はまたそれに合わせてさまざまの情景を描かねばならなかった。そういう屛風絵を眺める宮廷人たち、とりわけ女房たちは、それぞれがまた屛風にヒントを得た歌を作って巧拙を競ったし、そういう場所で必然的に随筆と物語と日記とそして批評が発生した。『源氏物語』の「帚木」の巻にみられるような、かなり高級な絵画批評も当然そこで生れた。

旅もまた、文人たちにとっては「うたげ」の一種であった。それは単に行幸従駕のような場合だけを指していうのではない。歌枕をさぐり、古人の跡を追って旅すること自体が、いわば抽象的な「名」や「死者」と本人とのあいだに「ことば」をなかだちにして成りたつ「うたげ」の追求にほかならなかった。宗祇や芭蕉の旅だけではない、二条良基の『小島《おじま》の口すさみ』でも、一条兼良の『藤河の記』でも、細川幽斎の『九州道《みち》の記』でも、その他おびただしい旅行記が、旅行記の体裁をとった歌稿、句稿の集積であり、その中にたえず連歌百韻興行の記事の類を含んでいるのである。

この旅の形式は、今でも俳人たちの吟行という形で残っているといえるだろう。

和歌の道が聖なる権威をもっていたとき、多かれ少なかれその明らかな影響下に理論形成をした諸芸道もまた、この系列の中に含めて考えることができるだろう。茶道にせよ華道にせよ、それらが巨大な組織となって隆盛を誇り得る理由のひとつは、これらの中にやはり一種の「うたげ」の幻を求める多くの人々が存在するという事実そのものにあるだろう。

私は「文壇」というものの成立についても、こういう観点からの観察が可能ではないかと思うのだが、そこまで話をひろげるのはこの文章の埒外だから筆を戻す。

二

「伊勢物語、大和物語、源氏物語歌人の見るべきものなり」と『八雲御抄』に賞讃されている『大和物語』は、作者未詳の平安中期の歌物語集である。小説話百七十余篇、上下二巻にわかれていて、上の巻はとりわけ短章ばかりが並び、歌が主で文は従、その文も歌の端書を少し延ばした程度のものである。『伊勢物語』のような仮構性と文芸性に富んだ説話は乏しく、多くは事実生じた出来事をうちつけに採録して並べただけという感じが強い。下巻の方は歌に結びついた伝説的説話約四十篇を録し、こちらの方にはなかなか面白い話もある。

この物語に出ている歌を見ていると、おのずと湧いてくる感想のひとつは、「なんと退屈な歌の多いことか」ということである。それも当然で、本来なら普通の文章で語ってよい内容を、時代のならわしに従って三十一文字の律調ある形にまとめただけの代物が多いからである。なるほど、こういうものこそ、和歌というものの最も日常茶飯のあり方だったので、『伊勢物語』のごときは、多くの作為と洗練が加えられて完成させられていった例外的なものだったのだな、ということがおのずと納得されるていのものである。

男、限なく思ひける女を置きて、人の国へ往にけり。いつしかと待ちけるに、死にきと云ひて来りければ、

今来んと云ひて別れし人なれば限と聞けどなほぞ待たるゝ

となん云ひける。

というような種類のものである。歌は、ここでは何ら特別の芸術的関心の対象とはなっていない。芸術的な関心の芽ばえは、むしろこういうささやかなエピソード、つまり放

っておけば無数の同種のもののひとつとして忘れ去られたはずのささやかなエピソードを、記録しておこうと思いたち、そのために必ずや取捨選択の作業をしたにちがいない、作者とよばれる記録者の行為そのものの方にある。取捨選択とはひとつの批評にほかならないから、こういう素朴な段階の歌物語にあっては、芸術的な意欲の芽は、まず「批評」という形で発現しているといえるのである。

しかし、もちろんここに集められた歌と文がすべてこの程度のものであるわけではない。もう少し複雑な形になると、たとえば次のようなものがある。

越前権守兼盛、兵衛の君と云ふ人に住みけるを、年頃はなれて又往きけり。さて詠みける、

　夕されば道も見えねど故郷はもと来し駒にまかせてぞ行く

女、返し、

　駒にこそ任せたりけれはかなくも心の来ると思ひけるかな

このやりとりは面白い。兼盛は兵衛の君なる女のところに「住みける」というのだから、二人はかつて深い仲の夫婦だったのである。縁が切れて歳月がたってから、また復

活した。男は女に、夜の闇で道が見えなくなっても、馬にまかせていけばおのずとあなたの家についてしまう、だってもともと住みなれたふるさとだもの、と、型通りの挨拶にいささかの狎れ狎れしさをもまじえて言いやる。すると女は、馬の足まかせでやってきたのでしたか、私はまた、あなたの心がやってきたのだとばかり思っていたのに、と答える。つまり、たまたま馬の足が昔を思いだしてこちらへ向いたために、馬上のあなたもここへやってきてしまったのですね、本心は別のところにあるのだろう、という怨み言である。もとよりこれは、男の歌の揚足とりという形で、男の日頃の疎遠を怨じたものであり、男への恋しさと、男の身勝手さへの皮肉との二筋の意味を歌の中でゆらゆらとないまぜに燃えたたせている歌である。

このような歌の応酬になると、よほど手がこんでくる。とくに女の歌は、技巧的と思えば技巧的だが、それがそのまま真率な感情の造形になっている点で、歌として一本立ちできる形をもっていると思わせる。『大和物語』の作者が、どこに感心してこれを選び入れたかが、現代の私たちにも明らかにわかるのである。その点で、この短章の面白さは、時代の制約を超えているということができる。しかしそれを可能にしているのは、ひとえにこの歌の、ひとつらなりの言葉の組合せの妙以外になかった。片々たる消息文にすぎない歌から、「はかなくも心の来ると思ひけるかな」という言葉の形をとった嘆きが、いわば新たに誕生し、永遠化されたのである。

私は『大和物語』の全体的印象について、さきほどぶっきらぼうな批評を下したが、この物語には次のような滑稽なエピソードも含まれていること、そして私がこれらの可笑しさを愛することは言っておかねばならぬ。その一。

五条の御《ご》と云ふ人有りけり。男の許に我が像《かた》を絵に書きて、女の燃えたる像を書きて、烟をいと多く燻《くゆ》らせて、かくなん書きたりける。

　君を思ひなま〳〵し身を焼く時はけぶり多かる物にぞありける

平安朝の女房文学の「雅び」なるものも、こういうグロテスクへの傾斜と無縁ではないことを教えてくれる意味でも、このエピソードは興味ぶかい。その二。

小薬師久曾《こやくしくそ》と云ひける人、或人をよばひて遣《おこ》せたりける、

　かくれぬ(隠沼)の底の下草みがくれて知られぬこひは苦しかりけり

返し、女、

　水隠《みがくれ》に隠るばかりの下草は長からじとも思ほゆるかな

此の小薬師と云ひける人は、丈《たけ》なんいと短か丶りける。

久曾《くそ》というのは男の子の愛称で、菅原道真も紀貫之も幼名には、この愛称がついていた。このエピソードの男は、並はずれて短軀なため、大人になっても久曾つきでよばれていたものとみえる。贈答は、意をとって言えば、男が、やっと思いを遂げたのち、今までの苦しかったことを訴えたのに対し、女は男の歌の言葉を受けて、たとえあなたとこうはなっても、ちょうど下草が短いように、この仲も長つづきしないのではないか、とこれも一応型通りに、相手の誠実さを問いかえす形で応じたものだろう。いうまでもなくこの贈答は、下草の短さと男の短軀とが重ね合わせになってくるところが面白いので、『大和物語』の作者もそこに興じたのである。

この面白さは、さきの「駒にこそ任せたりけれ」の歌の場合の面白さとはやや異質なものであろう。あそこでの面白さが、歌そのものの出来映えにかかっていたのに対し、ここでのそれは、歌のやりとりの語戯的な面白さに加えて、「此の小薬師と云ひける人は、丈なんいと短か丶りける」というオチが利いているための面白さである。つまり、物語の生れ出る原初的な形がここにあって、私たちはこのエピソードの物語的な味わいに興味を感じるのである。

はなしのうまい人間がこのエピソードを語るところを想像してみるとよい。男の歌、ついで女の返歌が語られる。聴衆はふんふんとしかつめらしくうなずくだろう。この手の歌の贈答なら、いくらでも類型があるから、聴衆としては自分の知識の中にあるあれこれの同種の歌と比較して、歌の巧拙をすばやく秤にかけてみるかもしれない。一瞬の間があって、話上手の男は、「この小薬師という男は」とつけ加えるだろう。一同はどっと笑い、あらためて、うまくできたお話じゃないか、と言い合うだろう。たしかにここには、初期物語の発生形態を示すものがあるといわねばならない。

そしてここで注意しなければならないのは、何といっても「笑い」がここに参加している事実である。いいかえれば、笑いを通じて、この歌の贈答が物語の世界へと転じられている事実である。ここにもひとつの「うたげ」の世界が開かれていた。

「うたげ」という言葉は「掌ヲ拍上《ウチアゲ》」の約だと『言海』の著者はいう。ウチアゲについて、酒宴の際に手をたたくことだと『時代別国語大辞典』もいう。酒盛りで掌をうちあげるとき、そこには放歌高吟があるだろう。笑いもあるだろう。しかし、酒の入らない「うたげ」もある。つまり話の面白可笑しさ、含蓄や情趣の深さに、思わず並みいる一同が手をたたいて和す、そういう種類の「うたげ」もあるだろう。『大和物語』のような原初的な物語の発生現場には、そういう「うたげ」の環境があっただろう。そしてそれは、それより二百年ほど以前に、意吉麻呂《おきまろ》のような万葉歌人が仲間たちとやっていた機智による歌の遊戯の場と、決してかけはなれたものではなかった。

『大和物語』や『伊勢物語』からわずか一世紀後に書かれた『源氏物語』の意味とは、こういう「うたげ」の世界の歓楽そのものを、その中に生きつつ同時に超越して見つめることのできる生き生きと孤独な眼が、紫式部という一人の女性において存在しえたという事実に大きくかかっているだろう。「うたげ」の世界の歓楽を、永劫の時の流れに泛《うか》べて蒼ざめさせ、その蒼白な虚しさそのものをいわば定着液として、現世の歓楽の諸情景を現像していくというのが、紫式部の物語の方法だっただろう。真の意味での「作者」は、こういう孤独な転換装置を内部にもつ者のことであって、それ故、『大和物語』のような物語については、たとえ作者がつきとめられたにせよ、その人に対する興味が格別深まるわけではないのである。

『源氏物語』の「朝顔」の巻に次の一節がある。

雪の、いたう降り積りたる上に、今も散りつゝ、松と竹とのけぢめ、をかしう見ゆる夕ぐれに、人の御かたちも、光まさりて見ゆ。

源「時〳〵につけて、人の、心をうつすめる、花・もみぢの盛りよりも、冬の夜の澄める月に、雪の光りあひたる空こそ、あやしう、色なきものゝ、身にしみて、この世のほかの事まで思ひ流され、面白さもあはれさも、残らぬ折なれ。すさまじきためしに言ひ置きけむ人の、心浅さよ」とて、御簾《みす》まきあげさせ給ふ。月は、隈なくさし出でゝ、一つ色に見え渡されたるに、しをれたる前栽のかげ心苦しう、遣水も、いといたくむせびて、池の氷も、えもいはず凄きに、童べおろして、雪まろばしせさせ給ふ。

源氏はこの少し前に藤壺の死に出会っている。運命的な恋の相手の死によって、荒涼と色を失った中年の男の心理が、「朝顔」の巻以下に流れはじめているが、そういうことを思い合わせながら読むと、この冬の雪景をたたえる描写ひとつにも、紫式部という作家のしたたかな腕が感じられるのである。

源氏はここで、人が心を移しては惹きつけられるらしい春の花、秋のもみじの盛りよりも、冬の澄みきった月と地上の雪とが光り合い映発し合う夜空の景色こそ、「色なきもの」があやしくも身に染《し》みてくる玄妙な時間、「この世のほかの事」までもおのずと思いやられ、「面白さもあはれさも」あますところなくわがものとなる時間なのだ、と言っている。冬景色を「すさまじきためしに言い置きけむ人の、心浅さよ」というのは、源氏の口を通して紫式部が言い放った、おそろしく自信にみちた批評だといわねばならない。ここで冬景色を「すさまじきためしに言ひ置きけむ人」と式部に馬鹿扱いされているのは、どうやら清少納言らしい。現存の『枕草子』では、どの系統の本にもそういう一節はないというが、『紫明抄』その他の源氏物語古註釈書では、清少納言が『枕草子』の中で、「すさましき物、しはすの月よ、おうなのけしやう」と書いているとしている。

いずれにせよ、四季それぞれに興趣ある中で、選び出すなら春と秋、その中で、さあお前はどちらを選ぶか、というのが、古くからの四季の優劣を判ずる遊びの常套であり、常識であった。額田王は秋を選んだし、紀貫之は

春秋に思ひ乱れて分きかねつときにつけつつ移る心は

と逃げ、また

春は梅秋はまがきの菊の花自《おの》がじしこそ恋しかりけれ

とも逃げた。「春秋に思ひ乱れて」の歌は、源氏の「時〳〵につけて、人の、心をうつすめる」という言葉に、あるいは直接影響を及ぼしている歌かとも思われるが、もしそ

うだとすれば、紫式部はここで、憎らしい清少納言を馬鹿にしてみせるだけでなく、紀貫之という権威に対しても挑み、これを超える心意気を示しているということができる。さすがに貫之は、春なら桜、秋ならもみじという常識に対して、「春は梅秋はまがきの菊の花」と、いわば唐ぶりに転じて目新しい着眼点を示そうとしているが、真向から冬の雪景色の荒涼をたたえる紫式部には及びもつかない。

こういう紫式部の着想は、彼女一人のうちに突如湧きあがったものではありえまい。平安朝貴族社会全体の美意識が、この爛熟とデカダンスの底で光る「この世のほか」の世界への眼差しを生みだしたすさまじさを思わねばならない。

紫式部に愚者扱いされた(らしい)清少納言にも、「削り氷《ひ》にあまづら(甘葛)入れて、あたらしき金鋺《かなまり》に入れたる。水晶の数珠《ずず》。藤の花。梅の花に雪のふりかかりたる。云々」(『枕草子』四二段)のごとき断章があって、春の花、秋の紅葉をたたえるにとどまる美意識が明らかに超えられていることを示している。もっとも清女の場合には、紫女の省察の、一種の凄みに欠けているのは如何ともしがたい。紫式部の眼差しにひそむ凄みは、彼女が現実の雪景色の中に新しい美を見出し得たという事実に加えて、それをただちに「この世のほか」の世界への夢想と重ねあわせて眺めうる複眼の思想を持っていることに由来しているだろう。

これを別の言葉でいえば、物語の作者が真に物語の作者として立つことができるようになったとき、「批評」というものの深い意味での成立という事態が同時に起った、ということであろう。紫式部に関していえば、それは、「うたげ」の世界、歓楽の世界を超越する「この世のほか」の世界への眼をそなえることであり、おのれ自身のなかに、現世と世外とのかさなり合う構造模型をもち、それを活潑に現実に適用することによって、事象を必然的に批評の眼で見る力を得ることにほかならなかった。

このように見てくると、次には仏教というものの貴族社会への浸透ということを言わねばならなくなり、それにつけて、たとえば藤原俊成のような平安末期の歌人・批評家の批評の優秀性が、彼の仏教思想の体験的な深さと切っても切れない関係にあると思われることなど、すぐに思い合わされるのだが、今私にはこの話題に深入りするだけの用意がない。

当面のところ、「うたげ」という場で生れる「手をうちあげる」心躍りが、歌を生み、歌物語に展開し、批評という孤心の発現をうながすとともにそれを媒介にして、真の物語に発展してゆく一つの筋道を素描してみたのである。

興味ぶかいのは、歌がその日常的使用のなかで、必要にせまられて言葉の綾や二重三重の意味を含む複雑なものになってゆき、必然的に歌物語へ、さらに物語へと展開する道をたどる一方で、その複雑な意味を読み解くということだけのためにも、歌人ひとりひとりの中に批評家をいやおうなしに育てていったという事実である。歌合のことが、ここで想起される。

平安朝、すでに『古今集』の時代以前から歌合の行事があった。現存最古の歌合は、宇多天皇仁和三年（八八七）ないしそれをさかのぼる三年ほどの間における「在民部卿家歌合」である。さらに「寛平御時后宮歌合」（八八九ころ）などがあってのち、醍醐天皇延喜五年（九〇五）、『古今和歌集』が姿をあらわしている。つづいて「亭子院歌合」（九一三ころ）、「天徳四年内裏歌合」（実頼《さねより》判・九六〇）、「賀陽院水閣歌合」（輔親判・一〇三五）などがあって、藤原公任《きんとう》の『新撰髄脳』や『和歌九品』が書かれ、さらに「皇后宮春秋歌合」（頼宗判・一〇五六）、「承暦内裏歌合」（顕房判・一〇七八）、「高陽院七首歌合」（経信《つねのぶ》判・一〇九四）、「国信卿家歌合」（衆議判・一一〇〇）、以下、前後三世紀にわたって、盛衰の波はあっても、歌合は鎌倉時代まで続けられる。これは室町時代における連歌、さらに江戸時代の俳諧へつづいてゆくところの、制作形式自体「うたげ」そのものだといってよい日本詩歌の一大動脈をなす流れの発端である。

私が歌合についていだく興味のひとつは、そこに提出されて勝負をきそう歌の多くが、一言でいって凡庸である場合にも、判者の判定ならびにその理由は面白く、しばしば感心させられるという点にある。歌が凡庸になりやすい理由ははっきりしている。いかに遊びの要素もあるとはいえ、当代の代表歌人群としての面目をかけた勝負である以上、古歌の先例やらおびただしい歌病(作歌に当って避けるべき禁止事項)についての周到な知識を頭につめこみ、洲浜という風景のミニアチュールを前に想像力をふるいおこし、しかも与えられた題によって競作するのだから、いずれ似たような歌が次々に出来あがるのは理の当然である。当人たちは力の限りをつくしているのだが、私たち後代の人間から見ると、なんだか一様にのっぺりしたものが並んでいるな、という印象が真先にくるのは避けられない。京都の貴族社会という小世界であくせくしている限り、この条件を逃れうるわけがないのである。

それゆえに、かえって、判者の批評が面白いものと映ってくるのだ。似たり寄ったりの左右の歌の、どちらにいささかでも勝れたところを見出し、あるいはまた引分けと判定するか。その理由は如何? 批評の洗練という角度から見ると、ここにはきわめて興味ぶかい実例がたくさんあるのだ。ふたたび俊成を引合いに出せば、彼の歌論の重要なものは、いうまでもなく一本にまとまった『古来風体抄』をもって第一とするにしても、それと並んで、二十度にわたる歌合の判詞や、勅撰の『千載和歌集』の編纂方針そのものが、きわめて重要な具体例を示していることは、今更ここで言うまでもない。もうひとつ別の例として、藤原師実《もろざね》がその邸高陽院で催した盛大な「高陽院七首歌合」(堀河天皇寛治八年(一〇九四))をあげることができる。この時の判者、帥大納言源経信《つねのぶ》の判をめぐって、参加者のひとり、女房筑前(康資王母)が判を不服として歌合後に経信に送った反駁の手紙、それに対する経信の返事と、さらに筑前のもう一度の手紙が残っているが、論議の焦点となっている筑前自身の歌も、引分けとなった相手、中納言匡房の歌も、どこといって取得もない、当時の水準程度の凡作にすぎない。それにつけた経信の判も、歌に見合って、どうということもないのである。しかし、その判詞に対して筑前が申したてた不満は、古歌の例を引合いに出して、判者にそういう知識、配慮の欠けていることを嘲笑的に論難し、歌の名門に生れ育った八十すぎの老女流のすさまじい執念をむきだしにしていて、はるかに面白いのである。それを受けて、この場合古歌を持ち出して自己弁護するのは、身のほど知らぬ短見であることを、丁重に反論して相手を一応やりこめてしまう経信の手紙も、彼の判詞にくらべれば格段に面白い。そして、一応は説き伏せられていて、なおも経信の弱点をじわりじわりと指摘し、凄みをきかせ、若いもの(といっても、経信も七十歳をいくつかこえているはずだ)は仕方がないと吐いて捨てるように言い、また未練がましく古歌を引くといった筑前の手紙は、ほとんど執念のほむらが見えるように感じられるほどである。しかも、これらの手紙は、当時の風に従って、相手に直接あてた形ではなく、間接に相手のことを語るという形をとっているので、文体はあくまで丁重、障子をへだてて物をいうていの、じれったいといえばまことにじれったい、執念《しゅうね》く物を言うのに適した文体で、それだけに妙に心に残るのである。

このやりとりは『袋草紙』にも『今鏡』にも話題になったほど、当時からすでに有名だったものらしく、また筑前の陳状は、歌合の歴史はじまって以来最初の陳状様式の議論として、その後続々と書かれることになった陳状形式の激烈な批評への道をひらいたということになっている。

つまり、執念のほむらを燃やして、こと細かに、消息文の形で行なわれる批評の形式が、歌合という催しから、ほとんど必然的に生れたのである。

このことは同時に、判者という、歌人として最高の名誉といえる地位に選ばれた人間が感じるであろう孤独の深さをも、いやおうなしに想わせるものだ。彼は、古歌について誰よりも博い知識をもっていることを要求される。盛儀雅宴である歌合にふさわしくない歌をすばやく見分けてしりぞけること、歌の中で避けるべしとされているおびただしい禁止事項を頭にきざみつけておくこと、目の前に提出される歌の、実に微妙な差を瞬時に判定し、しかもそれを説得力ある批評として言い表わす能力をもっていることが要求される。彼は、「うたげ」を「うたげ」ならしめるために存在している孤独な男であり、その孤心の透徹の深さが、「うたげ」の成功の大きさにそのまま響くのである。

このとき、この男は批評の孤独というものの象徴のようにみえる。

しかし、こういう詩歌の場の孤独なゆえんは、この男が別の機会には左右に分れて勝負をきそう詠人のひとりに容易に変貌するというところにある。つまり、歌合という形式の制作は、「うたげ」と「孤心」との分かちがたくないまぜになった場で営まれるものであって、以後、連歌においても俳諧においても、この原理は一貫して守られ、ますます磨きをかけられてゆく。

これを別の言い方でいえば、創作と批評とが、具体的に人々との交わりのまっただなかで、同時に、相乗作用的に、行なわれてゆくという独特の形式がここに成立したということである。

集団制作ということは、こう見てくると、日本の文芸において実に久しいあいだ主流を占めていたわけである。散文小説が詩歌演劇にとって代って主流を占めるようになると文学史が説く近代以後、事態はどう変ったのだろうか、と問うてみる必要があるが、この問題についても、私はさしあたって意見をいう用意がない。しかし、「物語」と「小説」との区別について考えようとすると、かえって現代の散文小説の中でさえ、物語的な要素によって活力を得ている作品は少なくないだろうということの方が思われてきて、してみるとそこには、さかのぼれば和歌の世界にまですんなりとさかのぼりうる諸要素も、雑菌的生命力をもって生きつづけているにちがいないという推測までも頭に浮かぶ。

いずれにしても、「近代」と同時に文芸の諸形式も革命的変化をなしとげたのだという、われわれがいつのまにか身につけてしまった、しかし証明されたわけではない既成観念を、この際わきにおいて考えてみれば、和歌的な要素であれ物語的な要素であれ、それらが近代文芸の中に残留していても少しもおかしくはないと考える方が、少なくとも冷静な考え方ではあるだろう。

筆が先へ走りすぎた。私はもう一度『大和物語』に帰って、古伝説と、歌と、絵画と、物語とが、まさに「うたげ」的に寄り集っている一章を紹介しておきたい。すでに知る人も多いかもしれないが、私としてはもう一度陽の目をみさせてみたい一章である。

三

昔津の国に住む女ありけり。其れをよばふ男、二人なん有りける。一人は、其の国に住む男、姓《しやう》は菟原《うばら》になん有りける。今一人は、和泉の国の人になんありける。

姓は血沼《ちぬ》となん云ひける。かくて其の男ども、年齢《としよはひ》顔容貌《かほかたち》、人のほど、唯だ同じばかりなん有りける。志の優《まさ》らんにこそは逢はめと思ふに、志のほど唯だ同じやうなり。暮るれば諸共に来逢ひぬ。物遣《おこ》すれば、唯だ同じやうにおこす。いづれ優れりと云ふべくもあらず。女思ひ煩ひぬ。此の人の志の疎《おろか》ならば、いづれにも逢ふまじけれど、此も彼も月日を経て、家の門《かど》に立ちて、万づに志を見えければしわびぬ。是れよりも彼よりも、同じやうに遣《おこ》する物ども、取りも入れねど、いろ〳〵に持ちて立てり。

なんだ、血沼壮士《ちぬをとこ》、菟原壮士《うなひをとこ》と菟原処女《うなひをとめ》の話ではないか、といわれるだろう。その通りで、『万葉集』巻九に、田辺福麻呂《たなべのさきまろ》歌集や高橋虫麻呂《たかはしのむしまろ》歌集からの採取と註して数首掲載されている菟原処女伝説が、『大和物語』に再び姿を見せているのである。『万葉集』一八〇九、高橋虫麻呂作の長歌から冒頭部分を若干略して引けば、

……血沼壮士《ちぬをとこ》　菟原壮士《うなひをとこ》の　廬屋《ふせや》焼《た》く　進《すす》し競《きほ》ひ　相結婚《あひよば》ひ　しける時は　焼太刀《やきだち》
の　柄《たがみ》おし撚《ね》り　白檀《しらま》弓《ゆみ》　靫《ゆき》取り負ひて　水に入り　火にも入らむと　立ち向ひ
競《きほ》ひし時に　吾妹子が　母に語らく　倭文《しつ》たまき　賤《いや》しき吾がゆゑ　ますらをの

争ふ見れば　生けりとも　あふべくあれや　ししくしろ　黄泉《よみ》に待たむと　隠沼《こもりぬ》の　下延《したば》へ置きて　うち嘆き　妹が去ぬれば　血沼壮士　その夜夢《いめ》に見　取り続き　追ひ行きければ　後《をく》れたる　菟原壮士い　天《あめ》仰ぎ　叫びおらび　地《つち》に伏し　牙《き》喫《か》みたけびて　もころ男《を》に　負けてはあらじと　かき佩《は》きの　小剣《をだち》取り佩《は》き　ところづら　尋《と》め行きければ　親族《やから》どち　い行き集《つど》ひ　永き代《よ》に　標《しるし》にせむと　遠き代に　語り継がむと　処女墓《をとめづか》　中に造り置き　壮士墓《をとこづか》　こなたかなたに　造りおける　故縁《ゆゑよし》聞きて　知らねども　新喪《にひも》のごとも　哭《ね》泣きつるかも

菟原処女の伝説の原型がほぼこのようなものであるとして、これが平安時代にいたるまでの間に、どのような形に「物語」化されてゆくか、それが『大和物語』に見てとれる。さきの引用に続けて、次のようなストーリーが展開する。

親有りて、「かく見苦しく年月を経て、人の歎きを徒に負ふもいとほし。ひとり〳〵に逢ひなば、今一人が思ひは絶えなん」と云ふに、女「こゝにもさ思ふに、人の志の同じやうなるになん思ひ煩ひぬる。さらばいかゞすべき」と云ふに、当時生《そのかみいく》田河《たの》のつらに、女平張《ひらばり》を打ちてゐにけり。かゝれば、其のよばひ人どもを呼びに遣りて、親の云ふやう、「誰も御志《み》の同じやうなれば、此の幼き者なん思ひ煩ひにて侍る。今日いかにまれ、此の事を定めてん、或《ある》は遠き所よりいまする人有り。或は此処ながら其のいたづき限なし。此れも彼れも、いとほしきわざなり」と云ふ時に、いとかしこく喜び合へり。「申さんと思う給ふるやうは、此の河に浮きて侍る水鳥を射給へ、其れを射当て給へらん人に奉らん」と云ふ時に、いとよき事なりと云ひて射る程に、一人は、頭の方を射つ。今一人は尾の方を射つ。当時《そのかみ》いづれと云ふべくも有らぬに、女思ひわづらひて、

住みわびぬ我が身投げてん津の国の生田《いくた》の河は名のみなりけり

と詠みて、此の平張は河に臨みてしたりければ、つぶりと落ち入りぬ。

また引用を中断して言うが、森鷗外が第二回自由劇場公演のために書いた戯曲「生田川」(明治四十三年(一九一〇))は、『大和物語』のここまでの部分に材料を求めて書かれたもので、鷗外は機を織っている菟原処女と、そのかたわらの老いた母との会話を中心に、ほとんどの筋は『大和物語』に忠実に、しかし処女を遥かに陰影に富んだ、大人びた娘として描いている。鷗外の処女は、自分が血沼と菟原の二人の男のどちらを選ぶとも決

められないのは、「それはあの、(徐《しず》かに立つ、)人間の力に及ばない事ではございますまいかと、思ふからでございます」という。彼女が自分の、そして二人の男の、死を予感している少女であることが、鷗外のこの戯曲にかえって一種清新な近代的感覚をもたらしているのは面白い。この戯曲では、水鳥を射てさえ二人とも同時に射当ててしまう男たちを見て、処女が静かに笠をとり、家を出てゆくところで終る。鷗外の付加えた趣向は、途中から家の門前に托鉢僧がたたずみ、経を誦唱しつづけるという構想で、それが処女の死出の旅路を暗示するのである。『大和物語』が「つぶりと落ち入りぬ」と簡潔に書いた入水の場面は、もちろん戯曲では示されない。さて、『大和物語』はつづけて語る。

親あわて騒ぎのゝしる程に、此のよばふ男二人、やがて同じ所に落ち入りぬ。一人は(処女の)足をとらへ、今一人は手を捕へて死にけり。当時《そのかみ》親いみじく騒ぎて、取り上げて泣きのゝしりて葬《はふり》す。男どもの親も来にけり。此の女の塚の傍らに、又塚ども作りて掘り埋む時に、津の国の男の親云ふやう、「同じ国の男をこそ同じ所にはせめ、他国《ことくに》の人のいかでか此の国の土をば犯すべき」と云ひて妨ぐる時に、和泉の方の親、和泉の国の土を舟に運びて、此処にもて来てなん遂に埋みてける。されば女の墓をば中にて、左右になん男の塚ども今もあなる。

このエピローグ(であるはずだ)の、親たちのなまなましい争いの描写は出色だが、本来ならここで終るはずの一篇の物語は、さらに新しい局面に展開する。それは古代伝説がどのようにして平安朝の宮廷文化にとり入れられていったか、その情趣化、虚構化、細分化の過程を示すと同時に、和歌・絵画・物語が一体となってかもし出す「うたげ」の雰囲気をも伝えている。すなわち、つづけて、

かゝる事どもの昔有りけるを、絵に皆書きて、故后の宮(宇多天皇の后温子(八七二―九〇七)であろう。その後宮には伊勢その他の才女たちが集っていた)に人の奉りたりければ、是れがうへを、皆人々、此の人に代りて詠みける。伊勢の御息所、男の心にて

影とのみ水の下にてあひ見れど魂《たま》なき骸《から》はかひなかりけり

女になり給ひて、女一のみや、

かぎりなく深く沈める我がたまを浮きたる人に見えん物かは

また、みや、

何処《いづこ》にか魂を求めんわたつみのこゝかしことも思ほえなくに

兵衛の命婦、

つかの間も諸共にこ〔異本・と〕そ契りける逢ふとは人に見えぬものから

糸所《いとどころ》の別当、

勝ち負けも無くてや果てん君により思ひくらぶの山は越ゆとも

生きたりし折の女になりて、

逢ふ事の形身に殖うるなよ竹の立ちわづらふと聞くぞ悲しき

又人、

身を投げて逢はんと人に契らねどうき身は水に影をならべつ

又今一人の男になりて、

同じ江に住むは嬉しき中なれどなど我れとのみ契らざりけん

返し、女、

憂かりける我が水底《みなそこ》を大方はかゝる契の無からましかば

又一人の男になりて、

我れとのみ契らずながら同じ江に住むは嬉しきみぎはとぞ思ふ

ここには、古伝説が何枚もの絵や絵冊子に描かれて皇后に奉られるという事例が語られていてまず興味をひくが、それをうちひろげながら、後宮の才女たちが画中の人物ひとりひとりになり代って歌を作るところも、たぶん、やがて勃興する絵巻という形式の発生に関する最も早い時期の証言として興味ぶかい。またこのような形での作歌は、踵を接して登場する紀貫之ら宇多・醍醐朝の歌人たちの屛風歌制作状況の実際を充分に想像させるのみならず、これに若干先だつ陽成・光孝・宇多朝時代の代表詩人菅原道真が『菅家文草』に残している屛風の題画詩「田家閑適」「漁父詞」などについても、同様のことを考えさせるのである。「漁父詞」については『紀貫之』を書いたときすでに讃辞を呈したので、ここには「田家閑適」を岩波古典大系本『菅家文草　菅家後集』から引いておく。訓《よ》みは川口久雄氏による。

不為幽人花不開
萬株松下一株梅
逢春気色渓中水
待月因縁地上苔
双鶴立汀間弄棹
満壺臨岸便流盃

幽人《いうじん》のためならざれば　花は開《さ》かず
万株《ばんしゆ》の松の下《かたはら》一株の梅《むめ》
春に逢ふ気色《きそく》　渓中《けいちう》の水
月を待つ因縁《いんえん》　地上《ちしやう》の苔
双鶴《そうくわく》　汀《みぎは》に立ちて　間《ひまひま》に棹を弄ぶ
満壺《まんこ》　岸に臨みて　便《すなは》ち盃を流す

子孫安在恩情断　子孫　安《いづ》くに在りてか　恩情断たむ
誰訟書堂与釣台　誰か書堂と釣台《てうだい》とを訟《うるた》へむ

詩を読めばおのずと画中の情景が眼に浮かぶ。絵は当然唐風のものであり、人物は幽閑隠逸の人である。ただし、「子孫　安くに在りてか」以下二句、大意を川口氏によって示せば「こうして悠悠自適して養生する幽閑の人は、陰徳を積むから、子孫からも愛され、書斎や釣殿を訴訟にかけるというようなこともないであろう」という、この思想は、山林にのがれ住む風狂人の思想とは明らかに異なっていて、画中の景がもし純粋に唐風だったとしたら、道真の題画詩のこの和風は注意をひく。

いずれにせよ、「田家閑適」あるいは「漁父の図」なら、絵は中国風でなければならなかった。

その点で、右に引いた『大和物語』の絵が、日本の古代伝説の絵画化であり、物語化であることは注目してよいことだろう。平安文化の、中国朝鮮文化からの相対的独立、文芸美術における取材と内容の和風への変様という趨勢が、この一節からもはっきりとうかがえるのである。

ところで、くだんの物語は、女房たちの作歌の記録だけではまだ終らない。つづいてさらに奇怪な一節がつけ加えられている。古伝説に対する後代のほしいままな空想と、いわばバロック的というべき変様の試みが、ここにあざやかに浮き出てくる。すなわち、歌の一連につづいて物語はいう。

さて此の男〔といわれている男は、すぐ前の歌「我れとのみ契らずながら」をうたったことになっている男ととるほかないが、そのこと自体、物語というものが仮構の上に仮構を重ねてゆくことによって、思いがけないところまで展開するものであることを示している〕は、呉竹《くれたけ》の節《よ》ながきを切りて、かぎりて、狩衣《かりぎぬ》、袴《はかま》、烏帽子《ゑぼし》、帯などを入れて、弓、胡籙《やなぐひ》、太刀など入れてぞ埋みける。今一人は、おろかなる親にや有りけん、さもせずぞ有りける。彼の塚の名をば、処女塚《をとめづか》とぞ云ひける。或旅人、此の塚のもとに宿りたりけるに、人の諍論《いさかひ》する音のしければ、怪しと思ひて見せけれど、さる事も無しと云ひければ、怪しと思ふ〳〵眠りたるに、血に塗れたる男、前に来て跪《むくひ》きて、「我れ敵《かたき》に攻められて佗びにて侍り、御太刀《みはかし》暫し貸したまはらん、妬《ねた》き者の報し侍らん」と云ふに、恐しと思へど貸してけり。覚めて夢にや有らんと思へど、太刀は誠に取らせて遣りてけり。とばかり聞けば、いみじう前《さき》のごと諍《いさか》ふなり。暫時《しばし》有りて初の男来て、いみじう喜びて、「御徳に年比《ごろ》ねたき者打ち殺し侍りぬ。今よりは長き御守護《まもり》となり侍るべき」とて、此の事の初よりかたる。いとむくつけしと思へど、珍しき事なれば、問い聞く程に、夜も明けにければ人も無し。朝《あした》に見れば、塚のもとに血などなん流れたりける。太刀にも血付きてなん有りける。いとうとましく覚ゆる事なれど、人の云ひけるまゝなり。

この一節は、後代の加筆ではないかと私は想像する。「いとうとましく覚ゆる事なれど、人の云ひけるまゝなり」という最後の言葉は、この付け足しを書いた人物の釈明の言葉ととるべきだろうと思うからである。それに、この部分はまことに謡曲的である。観阿弥作の謡曲「求塚」は、菟原処女伝説に取材したものだが、そこでは、今引いた部分は、シテ(処女)の中入後、アイがワキにむかってかたる語りの部分にそっくり取り入れられている。それは、後シテ登場後に語られる話、すなわち、墓の中でまで処女が二人の男の妄執ゆえに責めさいなまれる陰惨な恋の執念の話には、まことに恰好の導入部をなしているのである。

そのため私は、現行の『大和物語』のテキストに入っている右の部分は、あるいは謡曲からの逆輸入によって付け加えられたものではないかしら、とさえ空想するのだが、もとよりそれは無責任な空想にすぎない。ただ、この部分がいかにも謡曲的だということだけはくりかえし言っておきたい。そして私は、こういう後代の付け足し(と私は思うわけだが)による作品の変様というものに、これはまず無条件に、強い興味を感じる。複数の作者が、時代をへだてて一つの作品をつくってゆくということの魅力は、一種言いがたい味のあるものであって、そこにもまた、「うたげ」の一ヴァリエーションがあると言わねばならないのである。

贈答と機智と奇想

一

『古今和歌六帖』という私撰集がある。平安前期の編纂になる類題和歌集で、編者については諸説がある。古くからの説では、紀貫之、貫之女、六条宮兼明《かねあきら》親王などの名が編者に擬せられてきたが、それに確たる根拠はない。今では、兼明親王か、または源順《したごう》か、ということになっているようである。契沖の『新校古今和歌六帖』や真淵の「古今六帖のはじめにしるせる詞」(『賀茂翁家集巻三』)などによって、この『六帖』への関心が強まったのだが、そこには彼らの万葉研究の副産物という側面があった。『六帖』には『万葉集』の歌の古い姿をつたえるものが含まれている。

契沖はこの本の成立年代を『拾遺集』以前、『後撰集』以後、つまり円融、花山天皇時代と考えている。一方真淵は、時代をかなりさかのぼらせ、『万葉集』以後『古今集』までの時代と考えているが、その推論はごく大雑把なもので信ずるに足りない。『六帖』

の歌と同じ歌が『古今集』に数多く入っているのに、詞の異なるものがある。これは『古今集』が『六帖』の歌を取って、古今時代の詞づかいに直したのだ、というのが真淵の考えで、『六帖』の歌の「古振《いにしへぶり》」をそのまま成立年代の推定に結びつけているのである。そして延喜（つまり『古今集』成立期）より後と思われる作が『六帖』にあることについては、後代になって「加へし歌多くして、巻巻を彼れ是れ作り更へて、今斯くや成りつらん」というように考えている。直接にはこれは、編者を貫之女とする古くからの俗説を否定するための論拠なのだが、「明和四年の冬、七十《ななそぢ》まり一つの老にて、手も戦《わなな》く戦く記るしつ」とあるこの説は、私のような考証の素人にも、ずいぶん不確かなものに思われる。

契沖は『六帖』成立の動機を、作歌の便宜のために古歌集から参考になる歌を抜き出し、題によって分類し、索引に便ならしめるように編んだのだと考えていて、この説の方が素直に受けとれる。契沖は『古今集』の有力な註釈書である『古今余材抄』を書くにあたって、ふんだんに『六帖』の同種同想の歌を引いているが、それが多くの場合非常に有益でもある。

約四千四百首が集められているから、歌数からすれば『万葉集』とほぼ同じ一大アンソロジーである。『万葉集』、『古今集』、『後撰集』の歌が半数以上を占める点からみて、この集の成立は、村上天皇の天暦五年(九五一)、宣旨により、宮中の昭陽舎、通称梨壺において、源順はじめ五人の和歌所寄人が『万葉集』の校勘解読にあたり、ついで『後撰集』をえらんだ時期より後になることは動かしようのないところだろう。当時の『万葉集』に対する関心の復興がなければ、この集の成立はありえなかった。それと同時に、このころからさかんになった題詠や歌合の催しの流行は、和歌を詩文(漢詩文)に比して一段も二段も低く見なしていた上級貴族たちのあいだに一種の恐慌状態をよび起し、それが便利な索引風作歌手引書の必要を生んだであろうことも当然考えなくてはならない。

勅撰和歌集としての『古今集』の出現(九〇五年と推定)によって、公卿社会の詩文尊重、和歌蔑視の風潮はよほどあらたまったにしても、なお和歌は、一般的にいえば、色恋の私的な伝達手段であり、主として下級貴族が主宰する言語表現の一領域にすぎないという通念が、公卿階級には根強かっただろう。(この問題については、村瀬敏夫著『古今集の基盤と周辺』(桜楓社刊、一九七一)の、とりわけ第六章「古今集と貴族社会」、第七章「古今集以後の宮廷歌」にくわしい)

平安朝の和歌の興隆は、後宮文化の発達と切離すことのできないものであった。後宮文化の発達は、いうまでもなく藤原氏の摂関専制政治の発達にもとづいている。藤原一門の縁につながる者としからざる者とのあいだには、もはや個人の能力によっては動かすことのできない障壁が立ったが、そのことは一面では律令体制時代の出世の緒口だった紀伝道その他、男の学問の魅力を薄れさせた。紀伝道の大家菅原道真の栄光からの劇的な失墜は、そういう変化を身をもって示した象徴的事件だった。この事件の敵役藤原時平は、政治家としては有能な人物だったというのが定評だろうが、この時平が一方では女好きで知られ、かつまた和歌の保護者として積極的に振舞った人物でもあったということは、『古今集』に始まる和歌復興時代を考えるとき、なかなか意味深い。

公卿、殿上人たちは、摂関政治が必然的に盛んにした後宮文化の新たな波の中から、まず和歌という、それまでは「色好みの家に埋れ木の人知れぬこと」(『古今集』仮名序)となっていたいやしい意思表示の手段が、それの主な保持者である女、および『古今集』撰者たちをはじめとする六位以下の卑官、下級貴族たちの手によって磨きをかけられ、装いを新たにして立ちあがるのを見た。五七五七七の律調さえ満足に身につかず、ひそかに指を折って確かめつつ歌を詠まねばならないような者もいたらしいから、題を出されて、さあ歌を詠め、といわれたときのために、手ごろな類題集形式の作歌辞典の編纂を待望する連中も少なくなかったはずである。

これは平安末期の例だが、藤原清輔の歌学書『袋草紙』の「連歌骨法」の章にこんなエピソードがしるされている。

源俊頼の一子俊重が、あるときさる女房に言い寄った。そのときたまたま彼は藤の花を手にしていた。女は「それがうらばの」と答えた。俊重は何のことやらわからず、黙りこんでしまい、不首尾に終った。後日このことを父の俊頼に語ったところ、俊頼がいうには、「後撰ニ藤のうらばのうらとけてト云歌不レ知歟、如何」。息子が答えて、「知給候」。そこで父がいうには、藤を持っているのを見て、「それがうらば」と言うのなら、くだんの歌のこころではないか。こんなことはあらためて教えるわけにはいかないよ、と。

『後撰集』の歌というのは、巻三、よみ人知らずの歌で、作者は女、

男のもとより頼めおこせて侍りければ

春日さす藤の末葉《うらは》のうら解けて君し思はば我れも頼まん

というのである。あなたが心から(うら解けて)私を思って下さるのなら、私もあなたに身をゆだねよう、というこころである。俊重はこの歌を忘れていたばかりに、相手の折角の色よい信号を解読することができなかったばかりか、たぶん相手から、一世の大家を父に持ちながらなんというぼんくらの無風流男、とさげすまれることにもなった。

こういうエピソードは、おそらく枚挙にいとまないほどあったはずである。男も女も

こういうことを無視できない環境であった。清少納言の香炉峰の雪のエピソードはあまりに有名だが、あれが有名になった一因は、女だてらに白楽天の詩句を知っていたという点にあった。ことが漢籍ならざる和歌についてなら、この種の教養をわれ勝ちに誇る女が続出したであろうことは想像に難くない。この領域では、一般的にいえば、何といっても男より女の方が適性をもっていたであろう。なぜなら、男は、たとえば今みた源俊重のように、和歌によって名誉を失墜するようなこともあったにせよ、それは女が、和歌によって一生を左右される男女関係にも導かれうることの重大性にくらべれば、結局二義的なことにすぎなかったからである。

古代において和歌は呪詞であった、といささか誇張的単純化の筆法を用いていうなら、中古においては和歌は艶詞として栄えた、ということになるだろう。その主たる管理者は女であった。ところが、摂関制が後宮の地位を引上げ、公的なものにしてゆくにつれ、和歌も必然的に晴れの舞台の主役を演じるようになってゆく。絵合、貝合、花合など、本質的に後宮の「うたげ」であるもろもろの競争的遊宴にまじって、歌合が華やかな行事として立ち現れ、事が多かれ少なかれ個人の創造的能力にかかわる分だけ、他の遊宴よりも真剣な、名誉をかけての競争の場となった。そうなれば、ふたたび男が全体の先頭に立つということが生じてくるのは否みがたいことで、藤原公任あるいは源経信といった、大納言にまで達したような名門の教養豊かな公卿が、和歌の世界でも自他ともに許す最高権威として君臨するようになる。彼らはみな、実作者としても相応の実績をもっていたが、何よりもまず優秀な批評家であり、また公任の『和漢朗詠集』編纂にみられるように、「倭」と「漢」の両者に深く通じ、かつ両者の独自な融合を企てることのできる博大な教養の持主であった。こういう事態は、いうまでもなく、俊頼や藤原基俊の時代を経て、藤原俊成、定家父子において絶頂をきわめることになる。ここまでゆけば、和歌はもはや女のものとか男のものとかの論議の枠を超えて、妖しい物狂いの精神圏を形づくるものとなり、男も女も、歌という一種超越的な観念にわが身を捧げる宗教的帰依の境地にまで身を浸してゆくのである。

　和泉式部のようなひとの歌が、実にめざましく独自なものにみえてくる理由も、こういう全体の動きと無関係ではない。彼女は、こういう全体の動きに対する極めて個性的な逸脱によって、最もあざやかに和歌史に屹立する作者となった。彼女は歌というものを観念的にとらえて操作しようとする一般的風潮から、考えられる限り遠くにいた。彼女はおのれの肉体と魂にあくまで執着したが、その結果、肉体や魂の間断ない動揺、不安に、たえず直面することとなり、それらを、おそろしく細分化され抽象化された局面において実感することによって、なまなましい抽象性としか言いようのない、力ある表現に定着した。

そういう例外はあった。しかし、一般的にいえば、和歌はある濃密な同質性をもった社会集団の中での、相互関係の維持あるいは確認あるいは発展のための有力な伝達手段として、共有財と化しつつあったのであり、それゆえに、その技術を有効に修得するための手引書が待望されもしたのである。

『古今和歌六帖』の編者がもし源順であるなら、これ以上その位置にふさわしい人物はいないように思われる。『後撰集』編者の一人でもあるこの文人は、周知のように通俗国語辞典『倭名類聚抄』の著者であり、『古今和歌六帖』の類題の分類方式は、この辞書の類別分類方式と大いに通じるところがあるからである。

真淵は前掲の文章で、『六帖』の類題について「其詞ある類ひを集《つど》へて席《むしろ》に設《ま》け置きて、然《さ》る古歌どもを載せし物なり。此題に向ひて詠める歌と思ふこと無かれ」といい、集全体の類題分類の仕方について好意的な意見をしるしつつ、「中にも五つの巻に書き列ねたる題の詞の面白きを思ふべし」とのべている。「五つの巻」というのは五冊とも第五巻ともとれる言葉だが、私は後者ととっておきたい。全六巻のものなのに「五つの巻」というのは、集全体を指す意味合いの言葉としては受取りにくいからである。第一帖「春・夏・秋・冬・天」、第二帖「山・田・野・都・田舎・家・人・仏事」、第三帖

「水」、第四帖「恋・祝・別」というふうに項目を立て、それぞれがさらに細かく、いわば歳時記風に分類されて並んでいるのに続いて、第五帖は「雑思・服飾・色・錦綾」、第六帖は「草・虫・木・鳥」と続くが、第五帖の、とくに「雑思」の項は、並んでいる小題目そのものが、全体にほかの巻とはちがっていて、真淵が面白いというのも当然だと思わせられる。すなわち、

「知らぬ人・云ひ始む・年へて云ふ・始て逢へる・あした・しめ・あひ思ふ・あひ思はぬ・異人を思ふ・分きて思ふ・云はで思ふ・人知れぬ・人に知るゝ・夜独をり・独寝・二人をり・ふせり・暁におく・一夜隔てたる・二夜隔てたる・物隔てたる・日頃隔てたる・年隔てたる・遠道隔てたる・打きてあへる・よひの間・物語・近くて逢はず・人をまつ・人を待たず・人を呼ぶ・道の便・文たがへ・人伝・忘る・忘れず・心変る・驚かす・思ひ出づ・昔を恋ふ・昔逢る人・あつらふ・契る・人を訪ね・めづらし・頼む・誓ふ・口がたむ・人妻・家とじを思ふ・思ひ痩す・思ひ煩ふ・来れど逢ず・人を留む・留まらず・名を惜む・惜まず・なき名・吾妹子・吾背子・隠れ妻・今はかひなし・こむ夜・形見・になき思」(引用は『国歌大観』、以下の歌同じ)

なるほど「雑思」にちがいない。各題目は、多分に編者のほしいままな連想のおもむくままに立てられたとおぼしく、あまりの整序ぶりに息づまる思いのする『古今集』な

どとは大いにちがっている。闊達さに興をそそられる題目の並べ方である。そもそも「雑思」という言い方自体、新鮮で自由な感じを与えるではないか。『万葉集』の「雑歌」は、最も晴れがましい公的な歌を集めていたが、ここでの「雑」は、すでに最も個人的な感懐、その自由な展開を意味するものに転じている。近代の「雑」の意識がすでに芽生えているといってもよい。

「知らぬ人」という、「雑思」最初の項目、冒頭には、

　誰はかは知ぬ先より人を知る知ぬ人こそ知る人になれ

というよみ人知らずの歌が採録されている。『古今集』の歌が理窟ぽいといっても、これほど露骨率直に理窟ぽくはない。けれども、理窟の中に明らかに笑いが感じられるところが、この歌の見どころであろうし、『六帖』編者がこの歌から第五帖を始めることにした心の動きも、何やら感じとりうるように思われる。この歌に続いては、

　大空に我を思はむ人もがなはかなきことは後に定めむ

という、やはりよみ人知らずの歌がとられていて、こちらはたとえば『古今集』巻十一、恋歌一の、かの有名なよみ人知らず、

夕ぐれは雲のはたてに物ぞ思ふあまつそらなる人をこふとて

と並べても見劣りのしない抒情詩である。つまり編者は、歌の内容性質に深く立ち入って粒をそろえようなどという余計なことは考えていない。そこが雑駁といえば雑駁だが、私にはかえって面白く映る。それは『古今集』の均質を見たあとで『後撰集』の不揃いを見ると、それがひどく新鮮に映るのと、ある意味で共通するものだ。

もうひとつ例をあげておく。「人妻」の項には七首が採られている。うち初めの四首。

人妻は杜《もり》か社かから国のとらふす野べか寝て心みむ
ま玉つくこしの菅原我刈らで人のからまく惜き菅原
蘆の屋のこやの篠屋の忍びにも否々まろは人の妻也
紫に匂へる妹をにくゝあらば人妻故に我こひめやも

この四首、眺めているだけで笑いがこみあげてくるようだ。『六帖』編者は博識の人物にちがいないが、同時に機智の人であり、笑いを愛する人であったこと、疑いの余地がない。それが源順であったなら、くりかえすが、まことにこの仕事にふさわしい人物だったように思われる。順についてはまた書くだろう。

二

一昨年のさいつ年より今年迄恋れどなどか妹に逢難き
心こそ心をはかる心なれ心のあたはこゝろなりけり
ゆめにのみきゝ〳〵とき〳〵とき〳〵〳〵といだくとぞみし
君によりよ〳〵〳〵とよ〳〵と音《ね》をのみぞ鳴くよ〳〵〳〵と

『六帖』第四の「恋」の部の「雑の思」の一部にこんな歌が並んでいる。「をととしの」歌のごとき拙劣な歌は、いうまでもなく勅撰和歌集には採用さるべくもない。けれども、こんなまずい歌まで入れているのは、むしろ編者の見識を示すものだったかもしれない。ぼんくらな貴族の子弟がこの程度の歌でお茶をにごすこともあっただろうし、この程度の歌でも、とにかく歌の形で思いをのべるという最低条件はみたしているからである。「心こそ」の歌は、先に引いた「誰はかは」の歌と同類で、古今集的表現の一翼にあるものだが、理窟が露わでありすぎる点で、これまた勅撰和歌集の優美、隠約の類型にははまらない。しかしこのての語戯めいた述懐の歌は、和歌の形式の中で多少とも観念的な主題を詠もうとするとき、必ず生れてくる性質のものであって、決して変則のものではない。たとえば今の「心こそ」の歌と、かの蟬丸の有名な歌、

逢坂の関に庵室を造りて住み侍りけるに、行き交ふ人を見て

是れや此の行くも帰るも別れつつ〔異本・ては〕知るも知らぬも逢坂の関

このあいだには、心の働き方に本質的な相違はないといわねばならない。こういう傾向は、一方では語の連りのぬめぬめとしたうねりが描くアラベスクの効果によって、理窟が美に結びつく場のひとつを見出したといってよいが、他方、同じ語、同じ調子のくりかえしは、当然、機智の詩、奇想の詩への道を開くものであった。「ゆめにのみ」の歌は、「ゆめにのみ聞く」と「きゝ〳〵」掻抱くとの両義にかけてうたわれているが、語の戯れと見えるものが、生真面目な思いのたけの直叙と、いつのまにか混ざり合ってしまうところに、この歌の核心があるのはいうまでもない。こういう歌いざまがもっと吃ってくれば、「君により」の歌になる。吃りながら、一面では他のどんな言い換えよりも直情吐露風であるのがこの歌の味噌で、それゆえこの種の歌は、ある時代固有の特殊な産物ではありえない。今日の若い歌人、たとえば佐佐木幸綱のよ

うな作者のうちに、『六帖』に採録のこの種の歌と通じ合う歌がいくつも見出されるのは、決して偶然ではないだろう。

さて、今引いた一連の歌の少しあとには、次のような面白い一群の歌詞が並んでいる。

女をはなれて詠める

紀　友則

滝つせにうき草の根はとめつとも
　人の心をいかゞ頼まむ
朝顔のきのふのはなは枯れずとも
空蟬をそめてともしにかひつとも
とりの子を十づゝ十はかさぬとも
かたなもて流るゝ水は斬りつとも
蜘蛛の網に吹くる風は留めつとも
吹く風を雲のふくろにこめつとも
ふる雪を空にとめては有りぬとも
置く露を消たで玉とはなしつとも
入る月を山の端にげて入れずとも

毛の末にはねつる馬はつなぐとも
袖の内に月のひかりはとゞむとも
散らずして去年の桜はありぬとも
もちぢ《ママ》葉に風をば包みとめつとも
田子の浦の波をば鎮めとめつとも
水の泡をしら玉とてはぬきつとも
かみすぢに千ひろの舟は繋ぐとも
こふの石を蟻におほせて運ぶとも
蚊の眉に国こほりをば立てつとも
ひを打ちて水の内にはともすとも

在原のしげはる

時鳥はるをなけとは原とも あとふとも
陽炎のかげをば行きてとりつとも
わたつ海の波の花をばとりつとも
漕ぐ舟の棹のしづくは落ちずとも

紀　貫之

網の目に吹きくる風はとまるとも
荒る丶馬を朽ちたる縄に繫ぐとも
をみなへし我が妻にては年ふとも
行く水にふりくる雪はとまるとも
我が袖のなみだに魚はすみぬとも

ます鏡ぬしなきかげはうつるとも
佐保山のもみぢぬ秋はありぬとも
かるかやを蛍の火にはともすとも
一つ笥に虎のまだらはわきつとも
春かへるかりをば皆もとどむとも
しろき毛をこき緑にはかへすとも
年のうちに月なき月はありぬとも
わたつ海を掬びて底は見せつとも
露霜をとけてののちはわきつとも
てをさへて吉野の滝はせきつとも

凡河内躬恒《おおしこうちのみつね》

題意は、女の心変りによって泣く泣く別れた男の嘆きうた、ということであろう。すべての句の下に、「人の心をいかゞ頼まむ」という下句をつければそれぞれが一首の歌になる体裁のもの、例の「それにつけても金の欲しさよ」式の付句遊びの遠い祖先ということができる。

これらの歌詞は、もはや女と別れた男の嘆きというモチーフから完全に切れてしまい、ひたすらありうべからざる出来事のイメージを作ることに熱中している。こういう試みの先蹤としては、『万葉集』巻十六の数々の歌をあげることができよう。私はすでに前回の文章〔歌と物語と批評〕に穂積親王《ほづみのみこ》の「家にありし櫃《ひつ》に鏁《かぎ》さし蔵《をさ》めてし恋の奴《やつこ》のつかみかかりて」や安倍朝臣《あべのあそみ》子祖父《こおぢ》が舎人親王《とねりのみこ》の命に応じて作った無心所著歌二首、「吾妹子が額《ぬか》に生ひたる双六《すごろく》の牡牛《ことひのうし》のくらの上の瘡《かさ》」「吾背子が犢鼻《たふさぎ》にする円石《つぶれいし》の吉野の山に氷魚《ひを》ぞ懸有《さがれ》る」を引いて、それら「うたげ」の歌に対する愛着をしるしたが、友則、滋春、貫之、躬恒の唱和あるいは競作もまた、明らかにこの伝統の上に立っているといわねばならない。

これらの歌が愚にもつかない戯れにすぎないとする人は、たとえば「諺」という人生智の結晶の中に、これらと同種の言葉遊びがふんだんにころがっていることについて熟考すべきであろう。例の無心所著歌を懸賞金つきで侍臣たちに募り、安倍子祖父の二首に銭二千文を与えたという舎人親王は、『日本書紀』撰修者として知られた当代の代表的知識人であったが、その人がわざわざこの種のナンセンスの歌を募ったということは、単なる例外的な座興と考えるべきではなかろう。これは、中国で流行していた字謎《じめい》などの刺戟を受けていた万葉時代の知識人による、諧謔への積極的な志向を示す一例だったとみなすべきで、『万葉』巻十二に、

二九九一　垂乳根之　母我養蚕乃　眉隠　馬声蜂音石花蜘蟵荒鹿　異母二不相而

と書いて

　　たらちねの母が養《か》ふ蚕《こ》の繭隠りいぶせくもあるか妹に逢はずして

と読ませているたぐいの、少なからぬ語戯や字謎を楽しむ知的風土の中に置いて眺めるべき出来事だ。ちなみに、右の「馬声蜂音石花蜘蟵荒鹿」の、「馬声」は、当時の人々が馬のいななきをイインと聞いたのでこれをイとよませ、「蜂音」はもちろんブ、「石花」は勢、すなわちセ、「蜘蟵」はクモ。つまり故意に動植物の名を用いて記した戯書だが、万葉仮名にこの種の戯れが少なくないことは、歌そのものの内容面での戯れや諧

謎の志向と合せながら見る必要のある、ある広い精神風土的現象だといっていい。ここに端を発するひとつの大きな流れは「なぞ」をたのしむ伝統にほかならないが、これについては、鈴木棠三《とうぞう》著『なぞの研究』(東京堂刊、一九六三)のごときすぐれた研究書があって、多くのことを教えてくれる。

友則らの競作に戻ろう。これらの歌詞がきそって生みだそうとしていたありうべからざるもののイメージの同類は、ささやかなものではあるが、諺の中にもふんだんに見出されるだろう。今、柳田国男の「ことわざの話」から例を借りれば、

豆腐で歯を痛める
冷《ひや》水で手を焼く
躄《いざり》に顎を蹴られる
三つ児の釣り髭
鰯網に鯨
蜘蛛のいに馬つなぐ
蓮の糸で大石を釣る
魚に芸教える
こんにゃくで石垣を築く

とりもちで馬をさす

その他その他。

　くらべて見るまでもなく、両者のあいだには、矛盾する二つのものの結合による奇想天外なイメージの造成という共通の動機があることは明らかであろう。古今歌人たちの場合、「人の心をいかゞ頼まむ」という与えられた下句を付けるために、奇想天外なイメージを持った上句が求められたわけだが、こういう試みは、事の性質上、単独の作者のみでは成り立たないものである。競争と拍手と嘲笑と賞讃との、まさに「うたげ」の場においてのみ、この種の試みは成り立つことができる。仮に、独吟連歌に似た形で、単独の作業としてこのような試みが行なわれたとしても、それは、最終的に他人に示すことなしには、作者自身を満足さすこともできないだろう。

　奇想を追求するという行為の底には、多かれ少なかれ、他人を驚倒させようとする動機がひそんでいる。少なくとも、自分が今生きている環境への挑戦という動機がそこにはある。それは抒情の衝動とは異質の原理によって支えられているだろう。つまり、他者とのあいだに意識の尋常ならざる緊張関係を生みだし、それによって自我の拡張という幻想を獲得しようとする衝動こそ、奇想追求の奥深い動機をなしていると思われる。

　近代以前の和歌の歴史を通じて最も重要な発想形式は、相手の存在を意識して作られる贈答歌の形式ではないかという思いが、私には強いが――題詠という形式もそのヴァリエーションと考えてよい――尋常な挨拶にすぎないものは別として、もし両者のあいだに何らかの刺戟的な関係変革への欲求が存在するかぎり、そこで作られる歌も、必然的に奇想的な表現を指向せざるを得ないといえるだろう。

友則ら四人の試みた競作は、いうまでもなく贈答形式のものではない。しかし、これらの作が、本質的に四人の間での贈答の歌という性格をひめていることは明らかであろう。そこで、こういうことがいえる。つまり、奇想の極致をねらうというようなことが決して不自然でない場が、すなわち贈答歌の場だということである。

ゆめにのみき〻〳〵とき〻〳〵とき〻〳〵といだくとぞみし
君によりよ〻〳〵とよ〻〳〵と音《ね》をのみぞ鳴くよ〻〳〵と

のような歌も単なる個人の孤独な述懐というよりは、むしろ恋する相手に迫る奇想の歌と見た方が、これらの歌の自己露出的な、あるいは押しつけがましい嘆きの性格にはふさわしい。贈答歌は、求心的な個の沈潜の深さにおいて欠ける分を、発想の複雑多岐や表現の奇抜さ、遠心的外向性によって補う。そしてそこでは、当然のことながら、機智が重要な役割をはたす。

『拾遺集』巻十八にいくつかの短連歌が採録されているが、その中のひとつ。

内裏《うち》に侍《さぶら》ふ人を契りて侍《はべ》りける夜、遅く参《ま》うで来けるほどに「丑《うし》三つ」と時《とき》申しけるを聞きて、女の云ひ遣はしける

人心《ひとごころ》憂し見つ今は頼まじよ　〔女某〕
夢に見ゆやと寝ぞ過ぎにける　良岑宗貞

男のやってくるのが遅くなって丑三つ時にもなった。そこで「あなたの頼り甲斐ない心底は見えました〔憂し見つ＝丑三つ〕。もうあてにはしますまい」と女がいう。男は答えて、「夢の中であなたと逢っていたからでしょうか、子《ね》の刻を過ぎるまで寝すごしてしまったのでした〔寝ぞ過ぎ＝子《ね》ぞ過ぎ〕」という。良岑宗貞、すなわちのちの僧正遍昭。風流才子の面目を知るに足る短連歌の応酬である。

和歌が久しい間贈答をもってその主たる存在理由としていた以上、一首の歌が五七五と七七に分離されて短連歌を成し、やがてこれが長連歌に発展してゆくことは、きわめて自然な歴史の流れであった。それは唱和することで生れた和歌というものの中に、も

ともと内包されていた「うたげ」の要素、そのダイナミズムの展開にほかならなかった。

明治中期の和歌革新運動が実現した最も大きな変化は、和歌の構造が内包していたこのダイナミズムの大胆な否定にあっただろう。「腰折れ」という言葉が、駄目な歌、下手くそな歌をいう代表的な軽蔑語となり自己卑下語となったという事実は、端的にこの変化を物語っているといえる。腰折れとは、歌の第三句すなわち腰の句と、第四句との間が二つに折れていて、歌が一本立ちしていないものという意味だが、これが駄目な歌の代名詞となっていることは、近代短歌の姿勢がきびしく一首独立の孤独な詠嘆に自己を限定し、求心的であり、自己確立という切実な、そしてロマンティックな要求に貫かれていた事実と表裏一体をなしているのである。それは、社会の急激な近代化にともなう個人の孤立の自覚、拠るべき根が喪われてゆくことへの不安の深まりと見合った現象であった。一首の腰がすわっているかどうかを証すのは、透徹した調べがそこにあるかどうかにかかっているが、近代短歌における調べの尊重ということの背景には、歌というものは一首で完結していなければならないとする前提があり、その底には、作者の対現実意識における、自己統一の確認への深い要求があった。私にはそう考えられる。

それゆえ、近代短歌が贈答歌の機智や戯れ、謎かけ的な遊びの要素を拒否し、また同心の作者たちの共同制作である連歌の試みのようなものにも訣別したのは、もはやいかんともしがたい歴史の必然だったといわねばならない。近代のすぐれた歌集のあれこれを通じて見てとられる一大特徴が、流派の別、歌風の相違をこえて、何よりもまず、生きることの意味を問う生真面目さにある、ということは、この際見落してはならないことだろう。これはあまりに当り前な事実にすぎないが、江戸時代以前の歌人たちの家集を読みくらべてみれば、この当り前の事実がいかに一千数百年の和歌の歴史において注目すべき新現象だったかがわかるだろう。その点では、橘曙覧《たちばなあけみ》も香川景樹も、賀茂真淵も小沢蘆庵も大差ないのである。私はこれら江戸時代歌人の中に芽生えていた近代的な諸要素をむしろ重視したい立場だが、それでもなお、彼らは歌というものを明治中期以後の歌人たちのように、自己確認と自己表現のためのせっぱつまった手段として用いることはなかったことを指摘しておかねばならない。

実際、五七五七七という短歌形式は、明治という激変の時代に滅びても不思議ではなかったかもしれない詩形なのだ。少なくとも遠心的に拡散してゆく傾向をもつ和歌形式の力学、自他共通の情趣に立脚しつつその上にたって機智や奇想を追求する一般性指向のその長い歴史は、そのままでは新しい時代の詩形としての短歌の存立を約束しえなかったはずである。その証拠は、明治初年代の旧派歌人たちが試みた開化新題和歌の中にいくらでも探すことができる。かれらは鉄道であれ新聞であれ、どんな新しい素材にぶつかっても、これを「もののあはれ」的な情趣の観点から、縁語や掛け言葉を駆使して詠《うた》おうとしている。いわばシャレのめすのに似た、しかし作者はそれなりに力いっぱい努力しているという意味で悲喜劇的な、趣味に堕ちた世界がそこにくりひろげられている。

和歌が近代短歌として再生するためには、一般性ではなくて特殊性へ、普遍的情趣ではなくて個人的述志へ、連歌的拡大ではなくて一首独立の凝縮へ、機智にみちびかれた遠心性ではなくて調べに集中する求心性へと、飛躍的な転換をとげることが必要だったし、事実それがなされたことによって、それ以後の近代短歌の歴史が始まったのだった。それが全体としておそろしく生真面目な性質を短歌にもたらしたということは、ごく当然の成行きだったのである。多少の揺れはあっても、この大筋は今にいたるまで変っていない。近代という時代がそれを要求し、短歌という形式がそれにふさわしい変化をみずからのうちに用意したのである。

それはまた、歌人が一般に社会の環境変化——戦争であれ安保闘争であれ大学問題であれ——に対して、はなはだ敏感に作品によって反応するという体質をもっていることをも、あるいは説明するものかもしれないが、私はこのいささかきな臭い話題について今論じるだけの充分な用意がないので、話を元に戻すことにする。

三

友則、貫之らの競作が、多かれ少なかれ奇想の競べ合いにいたる贈答歌の性質を秘めていることはすでにいった通りだが、女に飽きられてしまった男の嘆きを歌おうとしながら、実際にはそれを口実に、舌なめずりしつつ奇想的イメージを喚び出しては仲間に示し、あっと驚かせたり拍手しあったりしようとする態度は、歌というものを自己自身の生命の一回限りの表現と考える求心的な態度とは遠くへだたっている。しかし、好むと好まざるとにかかわらず、和歌の伝統の中ではそういう要素がきわめて大きな部分を占めていたという事実に目をつぶることはできない。真面目一辺倒の物の見方では、誇るべき独自性をもつ——と人のいう——わが日本国の伝統的心情なるものの姿は見えてはこないだろう。

『古今集』について書く。

『古今集』を読んでいて、いやおうなしに気づかされるのは、貫之ら四人の撰者の強烈な編集意識である。『古今集』の歌の配列、部立の編成が、四季の歌であれ恋の歌であれ、念入りに時の推移を追う形で組みたてられており、編集の構成全体が、あたかも移ろいゆく「時」の精妙な似姿になっているということについては、すでにいくつもの精細な研究成果が発表されていて、今さら私などが指摘するまでもない。もっとも、さきに名をあげた『古今集の基盤と周辺』の著者村瀬氏は、撰者たちが必ずしも充分な時間的余裕をもたず、ある種の部立に関しては、材料とすべき歌がとぼしかったため、かなり無理な編集の仕方をしていることを、例をあげて指摘している。なるほどと思わせられる鋭い指摘があるが、私がここで眺めてみようと思う恋歌の部、それに四季の部については、もとより材料は充分あり、撰者たちの編集の腕も冴えている。それゆえこちらでも安心して空想をたくましゅうすることができるわけだ。

『古今集』は自然界の事象をまず四季に大別し、春の歌は旧年中の立春に始まって、新春の雪、鶯、若菜、柳、帰雁、梅等々と、順次、時の経過を追って歌が編成されてゆく。他の季節も同様である。一首の歌はそれとして独立しているが、同時に、春なら春の一全体を形づくる有機的な一部分であり、そして春という季節で、春夏秋冬一年を通じて経歴する「時」を表現するための不可欠の一部分をなしている。

恋によって代表される人事の歌も同様である。恋の発生、展開を追って、その推移の状態が、さながら楽章の展開のように分類され、編成されてゆく。恋は五巻（巻十一—十五）だが、巻十一では「まだ見ぬ恋」「逢わぬ恋」、巻十二もほぼ同じだが、片恋の悩みはさらに深まって、独り寝の悶えや夢路での逢い、「今ははや恋ひ死なまし」の辛さを詠う。巻十三では、恋の悶えが一層つのり、通ってゆくが逢いえぬ悩み、評判が先に立つ嘆き、やっと思いを遂げたのも束のま、別れる暁の嘆き、忍ぶ恋の苦しさ、やがて評判の立つ辛さなどを詠う。巻十四は、いざ恋が成就しても相次いで起ってくる悩み、つまり思いのままに逢えない苦しさ、男を待ちこがれる女心の不安、怨み、形見によってわずかに相手をしのぶ辛さなどを詠い、巻十五では、過去のものとなった恋を詠んだ歌を収める。

恋を恋するあくがれに始まって、恋の前味、後味をたっぷり反芻しつつ、ついに諦めにまでいたる道筋が、五つの巻にきわめて意図的に配列されているわけである。驚くに足ることのひとつは、これだけの量の歌を収めながら、ここにはおよそ恋の歓喜を歌いあげた歌が見当らないことである。日本の和歌の伝統の奥底に貫流しているものを一言でいえば、それは「うめき」じゃないのか、と私はときどき考えることがあるが、そのとき私の念頭にあるのは、たとえば『古今集』の恋歌のこのような性格に対する一種の感嘆の思いなのだ。

事のついでにいえば、私は一年ほど前に作った「木霊と鏡」という四章から成る詩の「春日」の章の後半で、次のように書いた。

樹皮を洩る脂はかをる
浴室の孤独なタイルはひややか
すべて事もなげな春の日
この世はまだあまりに若く
暮しの隅で
ふくらみはじめるものたちの欲望の
なまぐさい芽と意志のひかり
このいきものの哀しみを
あめつちへ捧げるために
男はうめき
女は吟じ
壁は息をひそめ
ことばは墓をたてる春の日

これを書いたとき、私の脳裡には日本の、、、詩というものについてのある種の暗い想念がうごめいていて、それが言葉の形になったとき、この詩の終り数行の詩句が生れていた。そういうことをも、今ここでしるしておきたい。

それはさておき、恋の部五巻の構成が右に見たようなものである限り、そこでは作者個人個人のきわだった特殊性、個性というものが可能なかぎり無視されるという成行きになるのは当然だろう。一首から次の一首への移り行きは、ごくゆっくりと変化してゆく変奏曲を思わせるものとなり、その全体の流れの中では、個々の歌の作者が誰であり、どんな状況で歌われたものか、などということは、ほとんど問題にもならない。

四七八　かすが野の雪まをわけておひ出でくる草のはつかに見えしきみはも　　みぶのただみね

四七九　山ざくら霞のまよりほのかにも見てし人こそ恋しかりけれ　　つらゆき

四八〇　たよりにもあらぬ思ひのあやしきは心を人につくるなりけり　　もとかた

四八一　はつかりのはつかにこゑをききしより中ぞらにのみ物を思ふかな　　凡河内みつね

四八二　逢ふことは雲ゐはるかになる神のおとにききつつこひ渡るかな　　つらゆき

右五首は巻十一のはじめの方に並んでいる歌を試みにとりだしてみたものである。忠岑の歌は、ほのかにかいまみた女の恋しさを、雪間に生い出た若草にたぐえつつ言い寄っているひろく知られた歌であり、貫之の歌もその気分を補っている。元方の歌は、そのようにして人を恋しはじめた自分の心が、恋の使いでもないのにみずからの心を相手のもとへ持って行って届けてしまう、そのうつろな懸想の状態を詠み、躬恒の歌は心も空になってしまったわが身を嘆じる。そして貫之の歌は、そのようにして恋の嘆きをくりかえしながらも逢うことができず、人のうわさにのみ女のことを聞きつつ恋いわたる苦しさをいう。

つまり、作者も作歌動機も制作の時も場所も、すべて別々のものである歌を集めてきて、それらをある恋の物語のそれぞれの構成部分にかえてしまっているのである。個性の尊重などということは、ここでは問題にもならない。大切なのは全体の構成であった。各部分は、全体にとって必要な条件を最もよく満たすものであるかぎり、公卿の歌であろうが卑官の歌であろうが、おさまるべき場所に肩を並べて配置され、ほとんど作者名を必要ともしないほどに均《な》らされてしまうのである。

それゆえ、『万葉集』がその荒けずりで不揃いな編成の仕方ゆえに随所にかくしもっている意外な歌、新鮮な驚きを与える歌といったものは、『古今集』ではあまり目につかない。予想されるところに、予想される種類の歌が並んでいるからである。玉石混淆ゆえの発見の楽しみというものは、『古今集』の読者にはあまり与えられないといってよい。

そのかわり、『古今集』の編者は、少なくとも当時の京都で宮廷を中心とする生活を営んでいた人々の生活感情や自然観について、きわめて印象的に一連の類型をとりだし、それの詳細な索引を歌そのものによって作り、もしこんな歌集が権威づけられなかったら、もっと多様な見方がありえたかもしれないおのおのの事象に、これはこういう情趣の角度から見るべし、という強烈な規範の刻印を押していったのである。こうして確立された自然の情趣的な見方、人事に対する情趣的な切りこみ方が、その後久しいあいだ、もろもろの勅撰和歌集の編集方法はもちろん、物語の世界にも、連歌、俳諧にも、さらには年中行事をはじめ、日常生活のこまごました節々にも、大なり小なり影響を与えつづけてきたことについては、あらためていう必要もない。

それにしても、貫之ら撰者が、いかに醍醐天皇の勅命という権威を背負っていたとはいえ、かくも大胆に、特殊を無視して全体の秩序を生かすというやり方に徹し得たことは、注目すべきことであった。彼らがこの撰者専制ともいうべき態度を貫きうるためには、必ずや彼らのやり方を正当化するより大きな根拠がなければならなかったと思われる。そこで、中国の先蹤というものが、当然考えられねばならない。『礼記』の「月令《がつりょう》篇」(一年十二カ月の気候や、それぞれの月に行なうべき行事をしるす)が、当時の日本人に対して、自然を細分化し、分類的に見る知識を、その新鮮な感動とともに教えていたことは、『古今集』巻頭二首目の貫之の歌、「袖ひぢてむすびし水のこほれるを春立つけふの風やとくらむ」が、「月令」の「孟春之月、東風解氷」という記事をふまえて作られている事実などからも明らかな通りで、この新知識が『古今集』撰者たちの編集方針に示唆したところは多大だっただろう。

あるいはまた、当時日本に伝わっていたことが明らかな文学論の大著、梁の劉勰《りゅうきょう》(四六六?―五二〇?)の『文心雕龍《ぶんしんちょうりょう》』の「物色篇」が次のようにいっていることも、大いに啓発的だっただろうと思われる。

「季節の断え間ない移り変りの中で、人は秋の陰気に心ふたぎ、春の陽気に思いを晴らす。自然の変化に感じて、人の心もまた揺らぐのである。春の気配が萌すと蟻は活動を開始し、秋のリズムが高鳴れば蟷螂《かまきり》は冬ごもりの餌をたくわえる。微々たる虫けらでさえ外界の変化を身の内に感じるのだ。四季の変遷が万物に与える影響は実に深いといわねばならぬ。まして人類は美玉にも比すべき鋭敏な感覚をかかげ、名花に譬うべき清澄の気質を顕著に示す存在だ。自然のいざないに対して、誰が安閑として心を動かさずにいられよう。（中略）それぞれの季節にそれぞれの風物があり、各々の風物はまた各々の様相を呈する。そして感情は風物に従って変化し、言語は感情の流れに応じて姿を現わすのである。いわんや一夜の間にさわやかな風と明月に接し、きらかな日ざしと春爛漫の林を併せ持つ朝に遭うとき、人々の感動はいかばかりであろう」（興膳宏訳・筑摩書房刊「世界古典文学全集」25『陶淵明・文心雕龍』）

「感情は風物に従って変化し、言語は感情の流れに応じて姿を現わす」（情は物を以て遷り、辞は情を以て発す）という思想は、『古今集』仮名序の冒頭の一節と、偶然とはとても言えないような対応を示している。「やまとうたは、人の心を種として、よろづの言の葉とぞなれりける。世の中にある人、ことわざしげきものなれば、心に思ふことを、見るもの、聞くものにつけて、言ひいだせるなり」

『古今集』序が『文心雕龍』およびこれより若干年代の遅れる詩学書、鍾嶸《しょうこう》の『詩品《しひん》』（六世紀初頭?）の説をふまえて成っていると考えたのは土田杏村（『文学の発生』）で、さらに太田青丘氏は、『詩品』と『古今集』序とのこまかな比較対照により、『詩品』が決定的に『古今集』序に影響を与えていることを明らかにした（『日本歌学と中国詩学』）が、いずれにせよ、「人の心」（情）が核心であり、その情は「風物」（物）によって変化し、その変化する情の中から「言葉」(辞)が生れる、という思想が、そこでの共通の認識だったことは疑いえない。

その際、物の変化を最もよく示すのが、このモンスーン地帯の列島にあっては、多彩な変化を示す四季であったことはいうまでもない。それゆえ、この「物色」(自然の風物)を論じた部分(『文心雕龍』第四十六章)が、当時の日本知識層にとってとりわけ理解しやすい、よろこばしいものだったことは充分考えられる。中国の文学論の全構造の中ではごく一部分にすぎなかった自然と文学の論が、この列島で非常に大きな比重をもつにいたったことを見のがすことはできない。

『古今集』撰者たちは、こういう「権威」を背負い得たからこそ、安んじて編集に専権をふるえたのではないかと思われる。個人個人の特殊相を浮彫りするのではなく、そういう特殊を貫いている変化の原理こそ、彼らにとっては新鮮な関心の対象だったのである。現実の問題としても、京都を中心とする均質化された消費生活集団にあって、刮目すべき個の特殊相をもつ者が、相ついで現れる可能性などほとんどありえなかったのである。彼らの関心は特殊の強調よりは、むしろ解消に向かって働いた。そしてその結果得られた、変化こそ恒常的な原理とする思想は、たとえば遥か後の芭蕉の、「乾坤の変は風雅のたね也」という言葉にも明らかに受けつがれているように、日本の「風雅」

の思想における最も重要な部分を形づくることになった。

こういう思想が重要性をもつということは、たとえば沙漠や荒野から生れた、おそるべき威力をもつ一神教の神を信仰する民族にあっては、おそらく考えられないことであろう。

四季の歌のみならず、四季の絵、四季の行事が、これほどにも日本で盛んであることの理由は、おそらく他にもさまざまあるだろうが、今は措く。『古今集』の編集に関してもうひとつの重要な問題があって、それはいうまでもなく、「恋」の歌の問題である。四季の歌を精細に分類し、季節美感の一連の索引をつくるほどの意気ごみで歌集の排列にあたるということは、今見たように、多かれ少なかれ中国の先蹤を踏むものであっただろう。しかしこの分類と組織化の情熱が、厖大な恋の歌にまで及んだとき、おそらく中国の先例には見当らないと思われる日本独特の詞華集の形式が誕生した。

その場合、撰者たちが、恋の序曲から終曲までを、まことに要領よく編曲しきっていることはすでにいった通りだが、さて、『古今集』恋の部全五巻を読んでみると、ある種の好奇心をいやおうなしに刺戟される部分があるのだ。事はあいかわらず、特殊の強調ではなくむしろその解消を原則とする編集態度にかかわっている。貫之ら編者は、古今集という室内楽曲のハーモニーを完璧なものにするために、好材料の不足している部分に対して、みずから「よみ人知らず」の名を借りて歌を創作し、編入したこともあるのではないか。これが私のいだいている疑問である。

なにしろ素人が考えつくことだ。妄想というべき、もとより証拠とすべき物証などない。けれども、心証はある。

すでに見た『六帖』の友則、滋春、貫之、躬恒の競作もその心証のひとつとすることができる。滋春をのぞく三人は、壬生忠岑とともに、『古今集』の撰者団であった。滋春は在原業平の次男である。詳しい伝は明らかでないが、延喜初年代には壮年期にあったと推定してよい。この人の歌は『古今集』に六首とられているが、そこにはいちじるしい特徴がある。それは彼が機智の面においてとくに認められていたらしいということである。『古今集』三五五、三七二、四四四、四五一、四六五、八六二の六首のうち、三五五番は藤原三善なる高官の六十の賀に贈った賀歌で、一説には息子の時春の歌ともいうと左註にあるごとく、作者に存疑のもの、歌はもとよりありふれた賀の歌である。三七二の離別歌も同様。滋春の特色は四四四、四五一、四六五、および八六二の四首にある。うち前三首は、巻十「物名」(ブツメイまたはモノノナとよむ)の巻に集中し、巻十六「哀傷歌」の巻に入れられている八六二の歌も、実は物名歌であって、ただ内容から、こちらの巻に編入されたにすぎない。すなわち、在原滋春という人は、『古今集』において見るかぎり、物名歌に特色を発揮する

歌人とみなされていたことは明らかである。物名歌というのは、たとえば、

にがたけ

四五一　いのちとて露をたのむにかたければものわびしらになく野べのむし　しげはる

この歌の中に、題の「にがたけ」(真竹、女竹をいう)という語を詠みこんである。つまり、題である物の名を、歌の中に掛詞の技法を用いて隠し詠みこむのが物名歌である。したがって「隠題」ともいうが、これも中国の字謎などからのヒントで盛んになったにちがいない手法ながら、同音異義語を豊富に持っている日本語の特性を生かした機智、諧謔の詩であった。滋春の歌をもうひとつあげておけば、「哀傷歌」の巻に入っている八六二の歌は、甲斐国の知人を訪ねようとしたところ、途中で病にたおれ、死が今か今かに迫ってきたので、京の母(すなわち業平の妻染殿内侍)に使して送ったという詞書つきのもので、

八六二　かりそめのゆきかひぢとぞ思ひこし今はかぎりの門出なりけり

という、見様によってはずいぶんふざけた歌である。命旦夕にせまっているというのに、「行き交ひ路＝行き甲斐路」のごとき隠題の歌を詠んでいる。しかし、この詞書は、あ

るいは創作かもしれない。能因法師の例の「白河の関」の歌の故事もある。当時の歌人などというものは、気に入った歌ができれば、その歌にあわせて自分の行動や旅行まで架空にでっちあげることはいくらでもやったにちがいない。

こういう歌人が、在原滋春という人であった。この機智好きの人物をも加えて友則たちが試みた競作は、ではいつごろのものだったのか。もとより確実なことはいえないにしても、この一座に友則が加わっていることからして、『古今集』撰進の時期より後ではありえないことだけは明らかである。高齢の友則は、『古今集』の編集にたずさわっていたが中途で病にたおれ、延喜五年(九〇五)二月をへだたることさほど遠くない時期に没したと考えられるからである。『古今集』の奏上を延喜十二、三年(九一二、一三)ごろとするか、それとも延喜五年四月ごろとするかについては学者の説のあるところだが、いずれをとってみても、友則は奏上時にはもはや起つことのできない人であった。したがって、あの四人の競作は、『古今集』成立以前のものと考えるべきである。貫之は三十代のはじめごろだったろう。

『古今集』の四撰者のうち二人までが加わり、さらに機智的な作者として認められていた滋春が加わって、いわば法螺吹き大会にも似た奇想の歌を競作していたのである。この事実は、数多い『古今集』の「よみ人知らず」の歌の中には、撰者による創作もまじっているのではなかろうか、と空想する私にとっては、ひとつの興味ある心証を与えてくれるものと映る。

もう一つの心証をあげれば、『古今和歌六帖』に採られているのと同じ歌が、『古今集』では多くの場合、優美、婉曲、間接、朧化の原理によって改作されていると推定されることをも指摘できるだろう。もちろんこの場合にも、明瞭に古歌である証拠のあるものとそうでないものとがあるし、『六帖』所載の歌が『古今集』の同じ歌よりも古形を存しているとばかりはいえまいから、一律の論をたてることができない。しかし、『六帖』の歌の方がおおむね自然かつ直接的な詠みぶりであるのに対し、『古今集』の同じ歌は、アラベスク風ともいうべきひねりやなめしがかけられていて、一筋縄ではいかぬていのものとなっていることが多く、中には不自然をおかしてまで、季節を別の時期に転じさせているものさえあるのだ。（窪田空穂「貫之添削のあと」・『窪田空穂全集』第十巻、参照）

この問題については、契沖の『古今余材抄』を見るのがよい。『古今集』の歌の註釈の中で、『六帖』所載の同一歌が引かれていて、両者を比較するにはきわめて便利である。

そこで本筋に戻って、よみ人知らずの歌についての前述の疑惑にかかわる問題を考えてみよう。巻十四(恋歌四)の七二〇番から七二五番までをとりあげてみる。

七二〇　たえずゆくあすかの川のよどみなば心あるとや人のおもはむ
よみ人知らず

この歌、ある人のいはく、なかとみのあづま人がうた也

七二一　よど川のよどむと人は見るらめど流れてふかき心あるものを
よみ人知らず

七二二　そこひなき淵やはさわぐ山川のあさき瀬にこそあだ波はたて
そせい法師

七二三　紅《くれなゐ》の初花ぞめの色ふかく思ひし心われ忘れめや
よみ人知らず

七二四　みちのくのしのぶもぢずり誰ゆゑにみだれむと思ふ我ならなくに
河原左大臣

七二五　おもふよりいかにせよとか秋かぜになびくあさぢの色ことになる
よみ人知らず

歌の内容からすると、これらの歌はすべて、恋心の経験する不安、悶えを主題として

いる。

七二〇の歌。飛鳥川のたえず流れていた水（すなわちたえず女のもとへ通っていた自分自身）が急によどんで停滞する（すなわち夜離《よが》れ）ならば、別に思うわけがあって（すなわち他に思う女ができたための二心を生じて）のことではないかと、相手の女や世間の人々は疑ぐるだろうか、と男は不安に思う。この歌は『万葉集』巻七の譬喩歌の部に「川に寄す」の題のもとに集められた作者未詳の歌と同じで、ただし『万葉』の歌は、

一三七九　絶えずゆく明日香の川の淀めらば故しもあるごと人の見まくに

である。『万葉』の「故しもあるごと」の方が歌意は素直に通るが、『古今集』時代の人々は複雑に、含み多くいうことに、当時としての新鮮な喜びを感じていたのである。それだけでなく、古今歌が「心あるとや」と修正されているのは、「淀み」、すなわち川の深い所、つまり河心という形で、「心」を二様の意味合いをもつ暗喩的表現として用いようとしているからである。

七二一の歌。前歌の「よどみ」を受けて、その余義をつくす形になっている。淀川の水はよどんでいるようにみえても、深く愛する心はそこを流れているのだ、という。「行末とほくながらへてあはんと思ふふかき心あるゆゑに、ひとめ人ごとをしのひて時をま

つぞとなり。よどむ所はふかければ、ふかきはよどの縁也」(『余材抄』)。前歌の「よどみ」は、男が女のもとへ通うことが停滞する意味だったのが、この歌では、深い思いという意味に変化している。

七二の歌。『六帖』では、「あだ波」は「うはなみ」とある。前歌の「ふかき心」を受けて、「そこひなき淵」と「あさき瀬」の対照法をとりながら、深い思いをたたえた心は決して軽々しくそれを表に出したりはしない、山川《やまがわ》の急流のような、浅い浮いた心にかぎって、愛情をしばしば口にしたりするが、所詮あんなものはあだ波にすぎない、という。恨みごとをいう女に対する釈明のていである。

七三の歌。『六帖』では腰句は「色衣」、落句は「我は忘れず」とある。前歌の「あさき」に対してふたたび「色ふかく」という語が対置される。「紅《くれなゐ》の初花ぞめの色」までは「ふかく」の序詞なので、歌意としては、深く思いそめたころのあの一途な心を、私は片時も忘れたことはない、という意味である。べにばなが咲きはじめる、その初花からつくった紅《べに》は一段と色が深い、その事実を踏まえて、思い初めたとき以来の思いの深さを強調している。女が男にむかっていう、これもまた釈明の歌と考えるべきである。

ここで興味があるのは、『六帖』で「くれなゐの初花染めの色衣思ひしころ我は忘れず」(三四三五)となっている事実である。こちらの方が、もともと古歌であるこの歌の、まことに古歌らしい風体をよく保っているといわねばならないが、その主な原因であるところの「色衣」と「我は忘れず」の二個所を、『古今集』はわざわざ修正しているのである。「色衣」が「色ふかく」に変えられたのは、明らかに前歌の「あさき」と対照させるためだろう。「我は忘れず」が「われ忘れめや」になったことは、ある意味でもっと大きな変化である。なぜなら、『六帖』所収の歌について見るかぎり、これはむしろ男が初々しい「初花染めの色衣」のような娘を思いそめた、そのころの情熱を今も「忘れず」と誓っている歌と読めるからである。二個所の措辞に加えられた変更は、歌の作者を男から女に変え、ここの一連の歌の展開に変化を与えようとする『古今』編者の周到な計算にもとづくものではなかったか。

七四の歌。これはいうまでもなく百人一首にもとられている有名な歌である。ただし百人一首では「みだれそめにし」とあることはいうまでもない。『古今集』のテキストでも、元永本は「みだれそめにし」であり、『伊勢物語』に引くこの歌も同じである。さてどちらが原形であろうか。ここでも例の素人の気楽な想像でいえば、「みだれそめにし」が原形、少なくとも初案だったように思われる。その方が発想を自然に示しているからだ。他にも理由はあるが、それはあとまわしにして、この歌は、前歌の「紅の初花ぞめ」の、清純でしかも一途の思いをこめた色濃い直情性に対比して、「しのぶもぢずり」(信夫の捩摺《もぢずり》)、つまり忍草の茎葉を乱れ髪のように捩れた文《あや》に摺った陸奥の信夫の布にことよせながら、心の乱れのイメージを提示している。前歌の初々しい情感に対して、こちらは乱れに乱れているイメージを示しているところに、編集上の眼目がある。歌の大意は、陸奥の信夫の捩摺の乱れた模様よ、いったいあなた以外のどんな女ゆえに、この私が心を乱そうとするというのか、あなたゆえにこそ、わが心はこんなにも乱れているのに、というほどのことだろう。「みだれむと思ふ」だと求愛の歌になるが、「みだれそめにし」だと、すでに契っている男女で、女が男の浮気を怨じたのに対して男が釈明しているという色合いが濃くなる。後者の方が自然に思われることはすでにいった。そこで先ほどいいかけてやめた、「みだれむと思ふ」と「みだれそめにし」との関係についての議論にもどれば、『古今集』撰者たちが「みだれそめにし」を嫌ったのは、前歌の「初花ぞめ」という語にも原因があったのではなかろうか。「初」は「そむ」であり、「染」も「そむ」である。これを受ける次の歌が、またしても「乱れそむ」であることはうるさいと、撰者らは考えたのではなかろうか。そこまで理窟があるのかと思う読者もあるだろう。しかし私はこの程度のことは彼らが当然考慮したことであろうと思っている。

七二五の歌。前歌の「誰ゆゑにみだれむと思ふ」という強い問いの語調を正面から受けとめて、「おもふよりいかにせよとか」と歌い出す。いくらあなたが言いわけしたところで私のこの苦しい疑いは晴れはしない、こうして鬱々と思い悩むよりほかに、どうしろというのですか、あなたはまるで、秋（飽き）風になびく丈の低いちがやが黄葉して色がわりしてゆくように、心変りしてきたではありませんか。これは女の歌でなければならない。「おもふよりいかにせよとか」という歌い出しは、一首独立の歌としては異色である。意余って言葉足らぬ気配もある。前歌があるのですっきりと納得できるというところがある。

以上、六首の歌をとりあげて眺めてみた。このように見てくると、どこやら連歌、俳諧の付合いのような呼吸さえ、これらの歌の連鎖のうちに感じられてくる。私はたまたま、好きな歌がいくつか並んでいる個所を抜き出してみたのだが、他の個所を抜き出しても、多かれ少なかれこういう精妙な連鎖関係があるのを感じる。意味内容においてのみならず、歌の中の語句も、一首から次の一首へと、コントラストをもって、あるいはまた類推的連想によって、交響映発しあっているのが感じられる。なんとまあ、おあつらえむきのところにそれらしき歌がうまくはまっていることか、と感心しながら眺めているうち、どうしても気になってくるのが、すなわち「よみ人知らず」の歌である。これがしかるべきところにおかれているために、作者名の明らかな歌同士のあいだも円滑に結ばれている、と感じられる事例は二、三にとどまらない。

今引いた六首の場合についていえば、私は七二の「よど川のよどむと人は」の歌、および七五の「おもふよりいかにせよとか」の歌に対して、そういう意味での好奇心をおぼえる。もとよりこれは直観あるいは嗅覚の問題にすぎないが、私にはこの二首、いずれも、それ一本で立たせてみた場合、ほんの少しばかり影が薄いように感じられる。とくに七二番の歌がそうだ。前の歌を受けて次の歌へとつないでゆくための、いわば遣句《やりく》めいたところが感じられる。すぐれた歌というものが持っている体臭が感じられず、「よどむ」「流る」「深し」といった語を適当に塩梅して、そつなく一首にまとめあげただけのものである。こういう歌にぶつかると、「よみ人知らず」という文字が何かしらうさんくさいものに見えてくるということになる。

貫之という人が、架空の物語めかした歌を作るのに巧みだったということを、私は思いかえすのである。そしてまた、友則、貫之、滋春、躬恒の例の法螺吹き競争的な奇想歌の試みを思いかえすのである。

これらは結局、一首の歌を孤独な心のただ一度限りの叫びと考えたがる近代人の眼にはふれにくい、またふれてもまともには認められにくい、「うたげ」の場で生れる歌の生態にほかならなかった。

四

今見てきたようなことは、しかし例外的なことにすぎないのではないか、と考えられるかもしれない。けれども、必ずしもそうでもない。

曾禰好忠《そねのよしただ》という歌人がいた。貫之が死んだころに生れた人かと思われる。平安中期の歌人である。丹後掾であったので「曾丹」とあだ名された。本人はこのあだ名を嫌ったらしいが、家集も『曾丹集』と通称する。ここで便宜上『新潮日本文学小辞典』の記事を引かせてもらう。

「好忠が有名になったのは、永観三年二月一三日の円融上皇の子《ね》の日の御遊《ぎょゆう》に、召しもなく出席して退場させられた事件のためである。その理由は、好忠の歌の一面には、歌材が新しく、伝統的な歌語に拘泥しない自由な詠法によったものがあり、古今集的歌風に馴れていた当時の歌人たちの顰蹙をかったからである。このように当時の歌壇に受けいれられず、異端の徒として白眼視された好忠も、和歌革新の機運のもとに創作された『後拾遺和歌集』とそれに続く『金葉和歌集』『詞花和歌集』や『新古今和歌集』などの勅撰集においては、その歌風の斬新さが高く評価され、多数の歌が採択された。好忠はまた、源順《したごう》、大中臣能宣《おおなかとみのよしのぶ》、藤原公任《きんとう》、藤原実方《さねかた》など、当時の一流歌人とも交渉があったようであるが、保守的な『拾遺和歌集』時代の中央歌壇は、好忠を拒否し、丹後から京洛への進出を許さなかった。その憤懣を歌集『曾禰好忠集』中の『毎月集』や『好忠百首』に託したが、存命中には素志を果たし得ず、悲劇の歌人として終わり、後世に知己を待つに至った。（後略）」（松田武夫氏執筆）

この記述で好忠という歌人の概略の輪郭はほぼつかめる。そこでその歌を一瞥してみたいが、右の記述にもあった『百首和歌』の中に次の一連に始まる三十一首がある。

有経じと嘆く物から限あれば涙に浮て世をもふる哉
沢田川淵は瀬にこそ成にけれ水の流は早くながらに
数ならぬ心を千々に砕きつゝ人を忍ばぬ時し無ければ
八橋のくもでに物を思ふかな袖は涙の淵となしつゝ
松のはの緑の袖は年ふとも色変るべき我ならなくに
掻き暮す心の闇に迷ひつゝうしと見るよにふるぞ佗しき
今日かとも知らぬ我身を歎くまに我黒髪も白く成ゆく
漣や長柄《ながら》の山のながらへて心にもの ゝ適はざらめや

へじや世にいかにせましと思ねど問はば答へよ四方の山彦
三吉野に立る松すら千代ふるを斯も有哉常ならぬ世の
夢にても思ざりしを白雲の斯る憂世に住ひせむとは
るゐよりも独離れて飛ぶ雁の友に後るゝ我身悲しな

一応引用はここで止める。一連、一言で要約すれば嘆き歌であり、怨み言である。さきの辞典の記述に曾丹不遇のことが強調されていたのとまことによく見合っている。あの記事のもう少し先で「この集(曾丹集)にみられる好忠の中心的な志向は、自己の歌をもって、身の不幸を訴え、運命の打開をはかろうとする焦燥である」といわれていたのもまた思い合わされる。

ところで、右の一連、それぞれの歌の初句の頭の一文字を拾って、横につないでみる。「あさかやまかけさへみゆる」。ついでに、落句の最後の一文字を拾って、横につないでみる。「なにはつにきくやこのはな」。

じつはこの一連に始まる三十一首の歌は、それぞれの歌の内容においては、おおむね身の不遇を嘆き、人恋しさを訴え、この境遇から救い出してくれる機会の到来をねがう思いに貫かれているが、各歌最初あるいは最後の一文字ずつを横につないでゆけば、上段は「浅香山影さへ見ゆる山の井の浅くは人を思ふ物かは」、下段は「難波津に咲やこの花冬籠り今は春べと咲くやこの花」という、いずれもよみ人知らず、いずれも『古今和歌六帖』に録されている古歌になるのである。ただ、下段の歌については、「なにはつにきくやこのはなふゆこもりはまははるへときくやこのはな」となるのが妙で、あるいは『曾丹集』の現行流布本にいたるまでの間に、誤写などもあったかと思われる。私の引用は『国歌大観』によっている。

「浅香山」の歌は、『万葉集』巻十六に「安積香山影さへ見ゆる山の井の浅き心をわが思はなくに」として出ているものと同じで、『万葉』では東国の釆女がこの歌をうたうことによって葛城王《かつらぎのおおきみ》の不興をなだめたという意味の左註がついている歌だが、つまりは相手を浅からぬ思いで思っていることをいわんとする歌である。一方「難波津」の歌は、冬が去って春を迎え、花を迎える喜びをうたっている。どちらの歌もめでたい歌というべきで、「いろは歌」以前に習字の手本として用いられていた。

三十一首の歌の方では嘆きをうたい、隠された二首の歌ではめでたさをうたう。これはどういうわけだろうか。矛盾してはいないだろうか。矛盾してはいないのである。この一連を含む百首歌の次に、これらの歌への源順の返しになるものがそっくり記載されている。すなわち、好忠の百首歌は、かの源順にあてて贈られたものであり、源順はこれに対して全く同じ体裁で作った百首歌を返したのである。

贈答の歌であることがわかってみれば、上下の歌がめでたさを内容としていることは不思議ではない。「浅香山」の歌では、好忠は自分とある意味で似たような境遇にある（ただし自分よりは世間的に一流の文人と認められているだけ羨むべき立場にある）順に対して、「あなたへの私の敬意となつかしさは、まさにこの古歌のこころと同じです」と告げているのである。そして「難波津」の歌では、「自分にもやがて冬が去り春の花の到来する時節がめぐってくるはずだ」という希望を告げ、あわせて順に、そのための尽力をも訴えているのである。そうとわかってみれば、これらのめでたい歌の存在が、三十一首の歌群の嘆き節と矛盾していないことは明らかであろう。

さて、ではこういう歌を贈られた源順はどう答えたか。順の作を、同じ分量だけ引いてみよう。

浅ましや安積《あさか》の沼の桜花霞込めてもみせずも有る哉
沢田川瀬々の埋木顕れて花さきにけり春のしるしに
かをとめて鶯はきぬ棚《たな》びきの隠すかひなし春の霞は
宿近く桜は植じ心うし咲とはすれど散りぬかつ〳〵

巻もくの檜原こくこそ思ほゆれ春を過せる心習ひに
蚊遣火の下に萌つゝ菖蒲草あやめも知ぬ恋の悲しさ
けふよりは夏の衣になるなべにひもさし敢ず鵑《ほととぎす》なく
さみだれて物思ふ時は我宿のなく蟬さへに心細しや
へつくりに知せずもがな難波江の葦間を分て遊ぶ鶴の子
緑なる色こそまされ夜と共に猶下草のしげき夏の野
行雲の旗手よりこそ先はみれ秋の初になれる景色は
るりの壺さゝらゐさきは蓮葉《はちすは》に溜れる露にさもにたる哉

上段「あさかやまかけさへみゆる」、下段「なにはつにさくやこのはな」。まことにあざやかな手際である。しかし、順のこの返しには、この程度のあざやかさに感心していては見落してしまう驚くべき放れ業がひそんでいるのだ。

その一。順は好忠の嘆きに対して、冬がやがては去り、隠されていたものが現れる春が訪れてくるにちがいない、という慰めの心をまず伝えようとし、伝え得ている。そのことは冒頭の一、二首を読めば明らかである。

その二。右に引用した分についてだけでは不足で、ほんとは全三十一首をかかげればよいのだが、煩わしさを避けて説明で補うことにする。第一首「浅ましや」から第五首「巻もくの」までは「春」、第六首「蚊遣火の」から第十首「緑なる」までは「夏」、以下第十一首「行雲の」から第十五首までは「秋」、第十六首から第二十首までは「冬」、第二十一首から第三十一首までは「恋」と、順はこの三十一首をみごと『古今集』ぶりの構成で歌いわけている。

好忠の三十一首にくらべ、順のこの手際のみごとさは一段も二段も上だといわねばならない。好忠の嘆きの率直さをとる人も、この点については認めざるを得ないだろう。もともと「好忠百首」の構成が、春十首、夏十首、秋十首、冬十首、恋十首、「あさかやま」三十一首、「きのえ」から「みつのと」にいたる「えと」の名を物名歌の形で詠みこんだ十首、「一日めぐり」「一夜めぐり」二首、「ひんがし」「たつみ」以下、方位八首の、計百一首から成っていて、順ももちろん完全にこれを踏襲したのだが、「あさかやま」三十一首の中でさらにこの構成のミニアチュール版をやってのけているわけである。

好忠には、他にも「つらねうた」のような試みがある。

思つゝふるやのつまの草も木も風吹ごとに物をこそ思へ

思へ共かひなくてよを過すなるひたきの島と恋や渡らむ
渡らむと思ひきざして藤河の今にすまぬは何の心ぞ

以下略す。一読明らかな通り、前の歌の結句を次の歌の初句に移して連ねてゆくもので、これは「あさかやまなにはつ」のようなものよりは簡単な仕組みである。私も以前、『曾丹集』などを知らないときに、自分の詩の中でこの試みをやってみたことがあった。ただ私の感覚は、さすがに完全に正確な前後の言葉の一致を嫌ったことを思い起す。

源順のことではまだ書くべきことがある。彼の家集『源順集』に、有名な「あめつちの歌」四十八首がある。「もと藤原の有忠の朝臣藤六が返しなり彼はかみの限りにその文字をすゑたりこれはしもにもすゑ時をもわかちつゝよめる」と前書きがある。つまり、これまた藤原有忠、通称藤六なる人物から贈られた「あめつちの歌」への返しだというのである。藤六は上《かみ》の最初の一文字に「あめつちの歌」の各文字ひとつずつを据えていただけだが、こちらは下《しも》にも据え、さらに春夏秋冬思恋の六つの部門に分け、八首ずつ、合計四十八首を作った、という。

荒さじと打返すらむ小山田の苗代水にぬれて作るあ

めも遥に雪まも青く成にけり今日こそ野べに若菜摘てめ
筑波山咲ける桜の匂をば入て折らねどよそながら見つ
ちぐさにも綻ぶ花の匂ひ哉いづら青柳ぬひし糸すぢ

「春」八首の前半分だけを引いた。上も下も、「あめつち」と横に並ぶ。みごとなものである。ただ、一首目の結句「ぬれて作るあ」は一見よくわからないことばだが、田の畔をさす古代の言葉「あ」のことであろう。

「あめつちの歌」は、奈良朝末期ころから天禄のころまで行なわれていた手習歌だという。いわば「天地玄黄」千字文のや、ま、と、版である。いろは歌四十七音より一音多い四十八音だが、それはア行の「エ」とヤ行の「エ」を区別しているためで、いわゆる古代仮名遣の証跡の一つとされているものだそうだ。

「あめ　つち　ほし　そら　やま　かは　みね　たに　くも　きり　むろ　こけ　ひと　いぬ　うへ　すゑ　ゆわ　さる　おふせよ　えのえを　なれゐて」

「天地星空山川峰谷雲霧室苔人犬上末」までは意味が明瞭だが、「ゆわ」以下はよくわからない。名詞だけでなく動詞、助動詞、助詞を混ぜてあるからだろう。

ついでに手習歌のことをもう少し書いておけば、平安時代、「あめつちの歌」に続いて現れ、これにとって替ったのは、「大為爾《たゐに》」である。妙な字で書かれているが、これは万葉仮名で記されているからで、「あめつちの歌」も「阿女　川(あるいは都)千　保之曾良」という風に最初は記されていたらしい。「たゐに」の歌は四十七音で、「田居に出で菜摘むわれをぞ君召すとあさり追ひ行く山城の打ち酔へる児ら藻は乾せよ得船繫けぬ」。源為憲の作、その「口遊《くちずさみ》」にあるという。

　これに引続いて平安中期に現れた「いろは歌」が、「あめつちの歌」「たゐに」を駆逐してしまったことはいうまでもない。あれは弘法大師の作とばかり思っていたが、そうではないのだそうだ。「あめつちほしそら」の素朴な自然認識から始まって、田で菜を摘む乙女や山城の酔っぱらい男が歌われる「たゐに」を経て、「浅き夢みじ酔ひもせず」と歌う諸行無常、色即是空の法文歌まで、たかが手習歌のなかにさえ、日本上代思想の展開の諸段階がまざまざと刻まれているのは驚くに足ることだろう。

　そこで「あめつちの歌」だが、これが記されている現存の文献で最も古いものは『宇津保物語』の「国譲」上の巻、つづいてはさきの『源順集』の四十八首歌だという。ところで順は、『宇津保』の最も有力な作者と考えられているので、つまるところ、「あめつちの歌」の最も古い記録者は、ほかならぬ源順ということになりそうである。(「あめつちの歌」については、岩波古典文学大系・河野多麻校注『宇津保物語』三の補注三二にくわしい。)

『倭名類聚抄』は源順二十歳代の作だが、ほかにも『作文大体』『新撰詩髄脳』の著があったといわれる。順はいうまでもなく三十六歌仙の一人で、『拾遺集』以後『新古今集』にいたるいくつかの勅撰和歌集に入集しているのは当然だが、一方では『倭名類聚抄』にも早くからその実力が発揮された漢学の素養は並みのものではなく、『本朝文粋』『扶桑集』その他に入集して、文人としての多力ぶりを示している。のみならず、『宇津保』および『落窪物語』の作者に擬せられ、あまつさえ『古今和歌六帖』の編者でもあるかもしれないということになると、その活動領域の広さは群を抜いているといわねばならない。しかしそれにしては彼は現実生活において不遇だった。曾禰好忠が嘆きを訴える相手に順を選んだのは、理由のないことではなさそうである。嵯峨源氏だからいわゆる毛並みはいい。才能は同時代において群鶏の一鶴だった。しかし役人としての地位は従五位上どまりだった。紀貫之と同じである。

しかし、もし右に見たような学者としてまた作家としての業績がすべて事実彼の手によるものだったとすれば、役人として有能であったり、猟官運動に恥も外聞もなくとびまわれるということは、ありうべくもなかっただろう。権門のぼんくら子弟たちのために便利な作歌手引書を編むことは、たしかに彼の有能さを認めさせる現実的な一手段だったかもしれない。しかし、この仕事に深く没頭してゆけば、おのずから彼は現実の官僚社会の中で異端の人とならざるを得なかったであろう。出世できなかったのは当然であり、またそれが後代にとっては、ある意味で幸いだった。

「あめつちの歌」において、また他のさまざまな試みにおいて、発揮されている驚くべき機智の詩想、そしてまた強靭な構成力が、彼の現実的不遇への抵抗感、憤懣というものと無関係だとは到底考えられない。

遊びと見え、戯れと見えるものが、じつは精妙に練りあげられた秩序ある構造をもっている場合、そこに投入されたおびただしい時間と精力と忘我の恍惚境とを思いみる必要がある。それは、強いられた無為の時をみずからのものとして奪いかえし、堅固な秩序を貫徹しようとする意志的な営みの現れにほかならず、現実の秩序からはじき出されている痛覚を創造的に転換する自由実現の場にほかならなかった。

そういう意味では、贈答歌の「うたげ」的な華麗さ、軽薄とみえるまでの奇想、パズル的な眩惑を生みだしているものは、現実への抵抗によって活力を与えられている充実した「孤心」にほかならないといえるだろう。少なくとも源順や曾丹の場合を見ると、そういう思いを抑えることができない。

しかし、こういうタイプの作者が、どこかうさんくさい存在とみなされるというのは、近代以降の文芸世界の通り相場である。

たまたま先ほど引合いに出した佐佐木・芳賀校注本『三十六人集』の「順集」頭注に、香川景樹の言葉が引かれている。

「景樹云、これ〔順の家集〕は正しく此ぬしの自ら物しおかれたるなりけり此主は梨壺五人〔『後撰集』撰者団〕の最第一にて唐学びもうまくせし人にて世にも許されてさる方様にのみ携はり自らも時に逢ぬを猶いきどほらひほこりかに罵りて過られたる人なりされど歌の道は古今の撰者達に比ぶれば日を比べては論ひかたくなむ些さか齢はおくれたれど貫之ぬしと世を共にせし人のなぞやとまであやしみ思ひけるなり道の盛衰も漸くは待たぬものなりとぞ見ゆるこの道の心も姿もこの天暦の頃〔『後撰集』撰進の時期にあたる〕に至りてぞいやしきものには成にけるその罪この主たちにかかれりといふべし古人の歌を後撰集に引直して物せられたる皆古人の意をさとり得ぬより私のままにひがめられたるなりけり云々」

景樹は貫之の崇拝者で、それゆえ子規に罵倒され、損した人だが、源順についてのこの手きびしい評価は、彼が結局は、貫之よりも子規に近い近代の子であることを示しているだろう。私には景樹のこういう評価はそれなりによく納得できる。遊びの歌、戯れの歌は、歌をもって人性最高の表現手段と信じ、そのために「調べ」の論をはじめとする真剣な論を展開した景樹にとっては、「いやしきもの」と舌うちしてしりぞけるほかないものだったのである。

しかし、順の仕事を一瞥し、また一般に和歌というものの領土をもっと広い局面において眺めてみるとき、問題はおのずと別の様相を呈するだろう。

川口久雄氏の大著『平安朝日本漢文学史の研究』(明治書院刊)には漢文学者としての側面に重点をおいて源順を論じた一章がある(第十四章「和名類聚抄の成立と唐代通俗類書・字書の影響」)。これは順の仕事の全貌を知る上で示唆に富んだ必読の一章だが、その冒頭で川口氏は『本朝文粋』巻一所載の順の七言長詩「無尾牛歌」の訳をかかげている。私は他の場所でも川口氏の菅原道真の詩の訳に対して讃辞を捧げたことがあるが、「無尾牛歌」の訳もまた引かずにはおられない。

わたしに尾《しっぽ》のない牛がある
人は尾《しっぽ》のない牛だと嘲けるが
もとは野の牛、狼にかみ切られたのだ
だが狼から死を免かれたにはわけがある
千年の松の精霊の変化だもの

肥えて大きい図体はとても菓《このみ》のなる樹の下の小牛どものたぐいでない
牛にしっぽはないけれど、五つのとりえがあるというもの
どれ、わたしはその牛の角《つの》をたたいて一一うたって進ぜよう
まず一つには春の若草を食《は》んで糞をひっても
車の轅《ながえ》をしっぽでもって汚《よご》すということがないというもの
二つにはたといのこのこ人の庭にはいりこんだからとて
園丁がおこって死んだ牛の頭に結《ゆ》いつけようとも叶《かな》わぬというもの
三つには曠《ひろ》い牧場《まきば》の牛たちの群れに迷いこんだとて
牧童は遠くからでも見わけがつくというもの
四つにはむかし黒牛を盗まれた人が
その牛の背の白毛《しらが》をめじるしにして盗人をとらえたというが
たとい盗まれたとてすぐに見わけがつこうというもの
どうしてその毛色を一一おかみに訴える必要があろう
短い尾《しっぽ》は長生きのしるしだというが尾《しっぽ》がなければ一層長生き
盗んだやつもきっとつかまるというもの
五つには家家のお嬢さんがたは牛車《ぎっしゃ》で外出がお好き

遠くは山の寺詣で、近くは町の市場がよい
帰りは夜ふけ、さもなければ一晩お泊りというわけで
牛は疲れるし車はいたむし貸し主の苦労のたね
ところがわたしの牛にしっぽがないばかりに借りるものもなく
みんなわらっても一向平気　苦労のないのがましというもの

しっぽのない　しっぽのない　お前よくきいておくれ
わたしはお前をつかって田を耕したこともなく
あちこちに賃貸しして荷物を積ませたおぼえもない
荷物を積ませたにしても代《だい》をいただいたおぼえはない
わたしはお前が可愛いばかりにそうしたわけじゃなく
貧しいあまりにいつしらず儲けるてだても忘れたのだ
年とっても下っぱ役人づとめの俸給はうすく
ひとりふたりのしもべの少年も居つかぬしまつ
草の青い春の日は肥えた馬にも乗ってみたく
雪の白い冬の日はふっくらしたかわごろもも着てみたいは人情だが

わずかにお前にのることができても愁えははれぬ
——しっぽのない　しっぽのない　お前　知るや知らずや
世の中に道理があれば金がものいうのでなく心がものいうはず
朝はとく起き夜はおそくまで勤めに精をだすならば
やがてこの馬鹿正直も認められ糠《あらぬか》や豆にもお目にかかれよう
そしたら年ごろのお前の苦労にもきっと酬いをしようもの

大正時代民衆詩派某詩人の新発見の詩稿、とでもいって目の前に出されても、人はあるいは疑わないかもしれない。「無尾牛の歌」の「歌」とは、声を引いて拍子をつけてうたうことだという。この作は牛の角を叩いて歌う狂歌の一種だという。この詩の意味するところを、川口氏は次のように解いている。

「五位どまりの下級官吏で、貧乏に苦しんだ老学究、その祖先は燦たる弘仁の黄金時代の詩人帝皇だという自負をもちながら、源氏の末流として不遇のうちに生涯を終えた老詩人の心境がこの戯れの作に投影している。というよりしっぽを失った牛は彼そのものの戯画化された自画像であり、漢詩文の才能が世渡りのたすけにならないことを諷刺冷嘲している、笑いのそこにうすにがい自嘲と皮肉がこもっている。〔三善〕清行は詰眼文で眼と心とを対話させているが、順はこの詩で彼と彼の内部の無尾牛と対話させている。無尾牛は彼の分身であり、彼の内部の詩文風月の才能そのものである」

このように描かれた源順の老年の境地を、彼の家集の和歌が与える印象と重ねあわせてみると、またまたいろいろな感想が湧くのだが、それはまた後日の機会にゆずろう。ただ、漢詩においてこのように鋭く表現される彼の現実感覚も、和歌においては、情趣の薄もやをまとい、美化と類型化の濾過装置を通してにじみ出るものとなっていることは、否定しようのない事実であって、そのことは「和歌」というものの本質と限界をめぐる深刻な問いに人をみちびくものでもあろう。しかし、ここではその事実をいうにとどめる。川口氏は今引いた文章につづけて、次のように書いている。

「ここには漢詩文の伝統たる典故と虚飾の重いくびきから解放された、平明にわが心情をそのままに訴えようとする新しいうごきが認められる。散文の世界で四六をこえようとすると同じ傾向がここにも反映して、中国詩にも多くみることをえない平俗ながらに深い象徴性をたたえた新しい独自な詩情が生誕しているようである」

この点に関しては、たとえばあの「あめつちの歌」の作者としての順のことが思い起されるのである。通俗国語辞書『倭名類聚抄』の著者であったこの文人は、手習歌にいち早く強い関心をもち、あれらの歌を作ったのだが、あの奇をてらう「いやしき」遊びともみえたものが、じつはああいう形で婦女童蒙の興味をかきたて、文字の世界へ彼らを導こうとする意図をひめたものだったとしたらどうか。それは「無尾牛歌」にのべられたような思想の持主たる作者の手すさびには、まことにふさわしい試みではなかったか。そう考えれば、「あめつちの歌」にもまったく別の角度からの照明があたることになるだろう。詩人の役割というものが、そういうところにも大いにあったということは、今日では見落されやすいことだが、「遊びにすぎない」「愚かなひまつぶし」とくさされるだけでは浮かばれない多くの努力が、こういう文人たちの試みの中にこめられていることだけは、おぼえておいていいことであろう。

公子と浮かれ女

一

古今以往は万葉集作者おほけれど、家持、人麿、赤人などを棟梁とせり。その後、野相公〔小《お》野篁《ののたかむら》〕、在納言〔在原行平〕など、この道にたへたる卿相なり。そのほか遍昭、素性、小町、伊勢、業平、貫之、躬恒、忠岑まことにこの道のひじりなり。このほかにも古今のころの作者、かれらが風を学びけるにや、みなその骨《こつ》にたへたり。しかるをその後、次第におとろふるやう代々の集に見えたり、梨壺の五人〔『後撰集』の撰に当った大中臣能宣《おおなかとみのよしのぶ》、清原元輔、源順、紀時文《きのときぶみ》、坂上望城《さかのうえのもちき》〕めでたしといへども、かの古今の四人の撰者〔紀友則、紀貫之、凡河内躬恒、壬生忠岑〕に及ぶべからず。能宣、元輔は為ル二重代一之上、尤モ可キレ然ル歌人なり。順また重代にあらずといへども、この道稽古の者なり。茂材《もちき》〔望城〕、時文はただ父が子といふばかりなり。その後兼盛、重之、好忠など、むかしの跡をつぎて異なる歌よみなり。

かのともがらが後は、ただ公任《きんとう》卿一人天下無双、万人これにおもむく。また道信、実方《さねかた》、長能《ながとう》、道済などを歌人とす。女歌には赤染衛門、紫式部、和泉式部、相模、上古に恥ぢぬ歌人なり。そのほかも道綱母、馬内侍やうの歌人おほく侍りしも、みなうせ侍りし後は、天下に歌人なきがごとし。われもわれもと思ひたる人はおほかれど、上にもさしてその沙汰ある事なし。公任卿無二無三の人にてあるばかりなり。それもこもりにし後は(公任は後一条天皇の万寿元年(一〇二四)、内大臣藤原教通に嫁した愛女を失ってから政界を引退、万寿三年(一〇二六)、六十歳の時、洛北長谷《ながたに》に出家隠棲、山荘に閑居して長久二年(一〇四一)正月、七十五歳で薨じた)、いよいよふかぎりなし。

(順徳院『八雲御抄』)

順徳上皇の著した『八雲御抄』は、十三世紀初頭の日本の代表的な歌学書である。私はこの人の思いきった簡素、率直な書き振りが好きである。『古今集』以後の歌壇、歌人についての判断、短評も、おおむね小気味よい切味をもっていて、当代の批評の集約であると同時に、院の好む筋をもずばりと示している点で、大層好ましく感じられる。「ただ詞をかざらずして、ふつふつといひたるが聞きよきなり」というのが順徳上皇の考え方だったので、比較的近い時代の先人たちの中では、源経信や西行などの歌を最も好んだようである。経信の子俊頼や、その弟子筋にあたる藤原俊成の歌をも高く評価しているが、好き、という意味では、経信や西行の歌に最もひかれていたらしく思われる。

そういうことを思い合せると、藤原公任に対する讃辞はひときわめざましく思われる。なぜなら、公任の歌は、詞をかざらず、ふつふつと言いだしたような歌とはいえないからである。事実、院は『八雲御抄』の別の個所では、率直にこう言わずにはいられなかった。

公任卿、歌、名誉ほどは覚えず、少し如何にやらん有れども、さすが歌のさま、善くこそ見え侍れ

公任の歌は名声に匹敵するほどすばらしいとも見えない。ちょっと首をかしげるようなところもあるが、さすがに歌全体の風姿はすっきりまとまって見える、というのである。しかし、後段の賞めことばは、いってみれば付けたりにすぎない。

にもかかわらず、「公任卿、寛和の頃より天下無双の歌人とて既に二百余歳を経たり。在世の時は云ふに及ばず、経信、俊頼以下、近くも俊成存世までは、空の月日の如く仰

ぐ」というのが順徳院をも含めての当時の歌界共通の評価であった。それは公任の和歌作者としての力量に対して捧げられた敬意とのみはいえない。その住んだ場所にちなんで「四条大納言」とよばれて敬愛された公任が、極めて若いころから資質衆にぬきんでていたことは、寛和二年(九八六)弱冠二十歳にして花山天皇の宮中の歌会に判者となった事実からもあきらかである。当時公任の父藤原頼忠は関白太政大臣であり、また公任の妹諟子《ていし》は花山天皇の女御であったから、頼忠一門は栄華の絶頂にあった。二十歳の青年貴公子が歌会の判者になりえたことの背景に、こういう事情が有力にはたらいていたことはたしかである。それにしてもこの異例の栄誉をになった青年が、並みの教養しかもたない人間だったら、こういうことはそもそも起りえなかった。公任は才学雄長、衆芸を一身に兼ね、漢詩、音楽、和歌を善くし、さらに典礼に通じていた。彼は源俊賢《としかた》やかの三跡の一人藤原行成とともに、いわゆる四納言の一人として典礼の衝に当ったが、朝儀式目は多く公任の案に出でたという。

『栄花物語』巻八「はつはな」は、寛弘五年(一〇〇八)秋、藤原道長の邸土御門殿における一条天皇中宮彰子の御産の模様を描いている。このとき生れたのは後の後一条天皇、敦成《あつひら》親王だが、『栄花』の作者は、皇子誕生をめぐる『紫式部日記』の記事をたくみに取り入れつつ、誕生のくわしい経緯、無事安産につづく土御門邸の上下あげてのにぎやかなお祭り騒ぎを克明に語っている。三夜、五夜、七夜と産養《うぶやしない》のさまざまな行事が語られるうち、五夜には、攤《だ》(双六)遊びや和歌献上のことなどがあり、さて、こんな記事がある。

「女房盃《さかづき》」などある程に、如何《いかが》はなど思やすらはる。
珍しき光さしそふ盃はもちながらこそ千代をめぐらめ
とぞ、紫さゝめき思ふに、四条大納言簾《す》のもとに居給へれば、歌よりもいひ出でん程の声遣《こはづか》ひ、恥しさをぞ思べかめる。

この個所のおおよその意味は次のようなことだろう。「「女房、盃を」などといわれた場合、どのように歌を詠み添えたらいいでしょう、などと、とつおいつ思い悩んでしまう。紫式部がこのとき念頭に思い浮かべていた祝いの歌は、「珍しくもめでたい光が射し添うたみごとな月さながら、皇子が誕生あそばされた。それを祝う盃は、手から手へ、望月の欠けることない姿そのままに、千代も経めぐることだろう」という意味の歌だった。彼女はこれをくりかえし口ずさみながら、「歌を詠め」と声がかかったらこれを、と思ってはいたものの、御簾のかたわらに四条大納言(公任のことだが、公任は当時まだ左衛門督《さえもんのかみ》で、権大納言になったのは翌年春）がひかえておられるので、歌の巧拙はともかく、詠み出すときの声づかいや恥かしさがまず気になって、何やらそわそわと落着かないのだった」

　この一節は『紫式部日記』の文章をほとんどそのまま借用している部分だが、公任という人物が、単に歌人としてというだけでなく、歌を詠みあげる声遣いひとつをとっても、群を抜いてすぐれた万能の人物と畏敬されていたことがうかがえる。松村博司・山中裕校注・岩波古典文学大系『栄花物語』の補注によると、『公茂公記』の記事などから、公任がこのときの祝宴で、恒例の双六遊びにおいても、酒盃をかかげて和歌を献ずる儀式においても、つねに一同に率先して範を示したことがわかる。他の場合でも、たとえば『本朝文集』巻第四十五所収の、藤原行成の「賀二藤道長五十算一和歌序」（長和四年（一〇一五）十月二十五日の祝宴）や「賀二藤道長夫人六十算一和歌序」（治安三年（一〇二三）十月十三日の祝宴）を見ると、道長の五十の賀、道長夫人の六十の賀に際して、それぞれの時点で太皇太后宮大夫あるいは按察使《あぜち》だった公任が、宴たけなわとなるや進み出て、「三十一字之歌」を詠みあげ、兼ねて「百千年之春秋」あるいは「百千年之仙齢」を祈る恒例の行事の音頭をとったことがわかる。

　ここで思い合されるのは、公任よりも半世紀後に生れ、公任なきあと平安末期歌壇の第一人者として君臨した藤原俊成が、やはり皇后宮大夫、皇太后宮大夫を長年にわたってつとめたことである。俊成の家集の名『長秋詠藻』は、皇后宮の漢名「長秋宮」にちなんでつけられているのである。和歌は宮廷の最も重要な儀式的文芸となっていたとはいえ、なお濃厚に「後宮」の雰囲気をまとっていた。公任、俊成という二大家が、いずれも「長秋宮」に身を置いた人であったことは、そういう意味ではなかなか面白い。

それはともかく、公任は単なる歌よみの大家としてではなく、博学多芸、衆にぬきんでた権威として一世を風靡したのである。藤原清輔の『袋草紙』上巻に、藤原長能が、大御所の公任に歌を批判されたため食事ものどに通らなくなり、そのまま痩せ細ってもだえ死にしてしまったことや、また藤原範永が、まだ無名の時代、公任に歌を賞められたことに感激して、その讃辞を請い受け、錦袋に入れて重宝としたことなどが記されているし、源俊頼の『俊頼髄脳』にもその種の逸話がしるされている。藤原通俊撰になる『後拾遺和歌集』の序文に見られる公任礼讃の言葉は、平安朝中葉から末期にかけての公任に対する世間の敬意と傾倒がいかなる性質のものだったかをよく示している。

……大納言公任卿、みそぢ余り六つの歌人《うた》をぬきいでて、これかれ妙《たへ》なる歌も、ち余りいそぢをかきいだし、また十余《とをあま》り五番《いつつがひ》の歌を合せてよに伝へたり。しかのみにあらず、大和唐土《やまともろこし》のをかしき事ふた巻えらびて、物につけ事によそへて人の心をゆかさしむ。又九品《ここのしな》のやまと歌をえらびて人にさとし、我心にかなへる歌ひと巻を集めて、深窓秘集《ふかきまどにかくす》といへり。今も古《いにしへ》もすぐれたるなかにすぐれたる歌をかきいだして、金《こがね》の玉の集となむなづけたる。そのことば名に顕《あらは》れて、その歌情《なさけ》おほし。おほよそ此の六種《むくさ》の集は、畏きも賤《いやし》きも、しれるもしらざるも、玉匣《たまくしげ》あけくれの心をやるなかだちとせずといふ事なし。

すなわち『後拾遺集』序は、公任の『三十六人撰』『十五番歌合』『和漢朗詠集』『九《く》品《ほん》和歌』『深窓秘抄』『金玉集』の六種をあげて、当時いかにこれらの著が世にもてはやされたかをのべているのである。公任にはほかに『新撰髄脳』があって、これと『九品和歌』の二書が、歌学者として、また和歌文芸の評価基準の設定者としての彼の権威を決定した。後代の歌学書を見れば、これら二書のパターンがいかに執拗に真似られているかは一目瞭然である。これらの書物や、かの『和漢朗詠集』の編纂によって、彼は平安文化の最盛時である一条朝、その最高教養階級の趣味と美意識の結晶ともいうべき人物となった。あまつさえ大納言にまで進んだ最高権力者の一人であり、かつまた管弦の道にたけ、おそらくは朗々と詩や歌を詠ずるときにも、群を抜いてみごとな人だった。

紫式部ほどの才女でさえ、彼の前で和歌を詠もうと思ったとたん、どう発声したらよいかわからないと尻ごみを感じるほどの人物だったのである。

ところで私は、以下しばらくのあいだ、寛弘元年(一〇〇四)の春、おそらくは三月なかばのある日、公任のもとに届けられた一首の歌に始まる一群の歌の贈答について語ってみたい。

二

寛弘元年春、左衛門督《さえもんのかみ》藤原公任は、洛北白河の別邸にしばらく滞在していた。満開の桜は、邸のかたわらを流れる鴨川におびただしく散りかかり、それでもなお、まだ無限にはらはらと舞い散る豊かさをあましているかのように、せわしなく、風もないのに散りつづけていた。一夜、邸に招いた叡山のひじりから法華経の話など聞き明かしたのち、暁方立って庭を眺めると、夜のうちに散った花が、遣り水の浪に送られてひとところに寄り集っている。それがまるで蘇芳貝のように見えるので、口をついて出た歌ひとつ、

夜もすがら散りける花を朝ぼらけ明石の浜の貝かとぞ見る

口ずさんでいると、ふだんさして機転のきく男でもない家司《けいし》の某が、思いがけずも、

水に浮ぶ桜の貝の色見れば浪の花とぞ言ふべかりける

と唱和する。興じて、

朝ぼらけ春の湊《みなと》の浪なれや花散るときぞ寄せ増さりける

などと和しているうち、すっかり朝になってしまった。

公任は春に入ってから思い屈する日が続いていた。その原因は自らの官位の問題にあった。彼はもともと政治に野心を燃やすタイプではないけれども、自分より人物識見において劣っていると思う人間が、わが位階を超えて昇進するようなことがあれば、とうていそれを忍ぶことはできないとする気位の高さがあった。しかるに今年、どうやらそれが実際に起りそうな周囲の情勢なのである。彼はすでに三十八歳に達していた。官界での自分の格付けもおおよそ見極めはついたと思う。しかし他人が不当に追い抜いてゆくのは許せない。彼は誇りについては人一倍敏感だった。

公任は康保三年(九六六)の生まれである。彼の祖父、清慎公実頼《さねより》はそのとき左大臣、翌年には関白太政大臣に進み、位人臣を極めた。天元三年(九八〇)、公任元服の年、父

の廉義公頼忠は太政大臣、姉遵子は円融天皇の女御（のち中宮）であった。公任の元服は特に宮中の清涼殿で行なわれ、円融天皇みずから親しく冠を授けるという、破格の栄誉をさずけられた。かつてこのような優典を与えられた者は、光孝天皇の時代、宮中仁寿殿において親しく帝から冠を授けられた藤原時平があるばかりである。永観二年（九八四）十一月には、妹の諟子《ていし》が花山天皇の女御となり、父頼忠の勢威は絶頂にあった。十八、九歳ころの公任は、すでに左近衛権《ごんの》中将であり、兼ねて讃岐権守、尾張権守、伊予権守、備前権守などを経て正四位下にまで進んでいた。寛和二年（九八六）、弱冠二十歳で歌会の判者となったときの公任は、日の出の勢にある頼忠一門の輝かしい若獅子だったのである。

しかるに、同じ寛和二年六月、花山天皇はにわかに譲位、落飾し、一条天皇の御代となった。この時を境に、政権は藤原兼家の一門に移ってゆく。三年後の永祚元年（九八九）六月、父頼忠が薨じ、以後、公任は官位の上で久しく失意の歳月を送ることになった。昇進のテンポはゆるむ。兼家の息道長と公任は同い歳だが、道長の急速な出世は、もはや公任のそれと同日の談ではない。正暦三年（九九二）、公任は参議を拝して上卿に列し、近江守を兼ね、内大臣藤原道兼（後右大臣、関白）の猶子である昭平親王の女と結婚、長徳元年（九九五）左兵衛督、兼近江守、兼皇后宮大夫、同二年に右衛門督、兼検非違使別当、兼讃岐守、同四年に右衛門督、兼検非違使別当、兼勘解由長官、長保二年(一〇〇〇)に従三位、翌三年に正三位、左衛門督に任ぜられた。寛弘元年(一〇〇四)の春を迎えた公任の官位は、こういうわけで左衛門督である。彼はまだ知らないのだが、この年の除目で、彼は左衛門督にして中納言に任ぜられることになるだろう。しかし、これまで官位において彼とほぼ肩を並べていた、さして取柄もない人物、藤原斉信《ただのぶ》(為光の息)が、意外にも彼を乗りこえて従二位に進むはずである。公任は憤って病と称して朝廷に出ず、文章博士大江匡衡《まさひら》、すなわち赤染衛門の夫に上表を書かせて職を辞するが許されない。かえって従二位に叙せられ、さらに四年後の寛弘六年(一〇〇九)には権大納言、十二年後の治安元年(一〇二一)には按察使を兼ね、正二位にまで進むだろう。しかし位階の昇進は結局そこまでで、権大納言が彼の達した最後の官となるはずである。

そういう行末のことは、寛弘元年春の鴨川べりで満開の桜を眺めている公任には、もちろんわからない。彼はただ、わが家の運が父頼忠の死後明らかに下り坂にあることを知っている。さりとて自分には、全盛をむかえようとする道隆、道長らの門流と覇を争うだけの実力も野心も機会もないことは、火をみるよりもあきらかだった。それに彼は、同い歳の道長に対して、ふしぎに敵愾心が起きないのである。この男は、おのれの感情を隠すということをまるで知らない自然児の一面があって、政治的野望においてはくらべもののない権謀家でありながら、酔い泣きするときなど、呆れかえるほどに虚飾というものを知らない傍若無人な人柄をむきだしにした。公任は押しも押されもしない詩歌管弦典礼の大家であり、権威であったが、ついに道長のこの振幅の大きい、妙に魅力的な人格は持つことができなかった。それゆえ、道長に対しては、一種言いがたい愛情さえ感じていたのである。道長の方でも、公任の政治的無力と無害を見抜いていたから、隔意のない敬意を彼に対して払っているようだった。そのことがまた道長の一顰一笑にさえ気をくばっているあまたの宮廷男女の間に、公任への尊敬の念をかきたてるというわけだった。

だからこそ、公任には、道長一門は仕方がない。しかしそれ以外の藤原氏については、その中の誰にもうしろ指はささせない、という意地があったのである。しかるに、今年はどうやら雲行きが怪しいのだ。あのぼんくらの斉信《ただのぶ》に昇進のうわさがしきりである。斉信は実力者の道隆や道長に、何かといっては近づいて機嫌をとっているといううわさもきく。しかし公任は、こういうとき、いらいらはしても、結局動こうとはしない。斉信め、小鼠のように走りおって、賤しい奴、とさげすむことしかできないのである。彼にできることといえば、こうして白河院にやってきて人知れず鬱を散じることしかないのだ。

前夜来の夜ふかしで疲れ、うとうとしていた公任の枕もとに、しゃれた流水模様を浮かせた上等な紙に、稚拙さの残る若い字で書かれた一通の手紙が届けられた。

われが名は花盗人とたたばたてただ一枝は折りてかへらむ

だれか邸の花を折って行ったのだ。それにしても武骨な歌だ。私の趣味ではない。公任は鼻であしらったが、差出人の名には興味があった。大宰帥宮敦道親王の名だったからである。

帥宮が和泉式部を南院に引き入れて同棲しはじめた事件は、たいていの色恋沙汰には驚かない宮廷人士の間でも、さすがにかまびすしい話題となり、この二、三カ月というもの、浮かれ女和泉式部の新しい情事のうわさはあちこちでもちきりだった。

公任は和泉式部の歌才を高く買っている。和泉守橘道貞という、なかなか魅力的な、才能もあれば男らしくもある夫をもちながら、男出入りのうわさの絶えないこの美貌の女には、公任自身も男心をそそられることがある。自分が懸想の文を贈れば、和泉はおそらく一も二もなく受け入れるだろうとも思う。和泉は好奇心のつよい女だし、公任は多くの才媛たちの好奇心が自分に注がれていることをも知っていた。しかし公任が和泉に恋をしかけないのは、自分の歌の過不足ない優美さが、和泉の歌の奇妙に理窟ぽい

――しかしその理窟ぽさを必然たらしめているのは和泉の稀れにみるほど濃密な生命の渦巻きの衝迫であることが、少なくとも自分にはありありと感じとられるゆえに、何とも及びがたく感じられる――あの野性味の前では、おそらくひとたまりもなく色あせてしまうだろうという不安があるからだ。恋の贈答歌に負けるようなことは、公任にとって堪えがたい恥辱であった。

そういう和泉式部が、冷泉院と摂政太政大臣藤原兼家の女超子《ゆきこ》との間に生れた皇子弾《だん》正尹為尊《じょうのいんためたか》親王と恋をし、まもなく弾正宮に死別したのは、長保四年(一〇〇二)六月のことである。まだ二年とはたっていない。弾正宮は六歳のとき生母、贈皇后宮超子を喪い、外祖父兼家のもとで、叔父にあたる道長らとともに養育された。幼少のときから、母の美貌を受けついで輝くばかりの容姿だったが、性質には浮かれたところがあった。情趣を解する女であろうとなかろうと、とにかく手あたりしだい夜ごとの女遊びにうつつを抜かし、物騒な強盗の横行する夜中でさえ、あちらこちら歩きまわるという有様だったが、悪疫の大流行した長保四年という年も、相変らずの毎夜の女遊び、とうとう病に感染したか、悪質な腫物ができ、それが悪化して、苦しみに苦しんだあげく、二十六歳の若さで不帰の客となった。新中納言とか和泉式部とかが、宮の最晩年の恋人たちだったが、一方、貞淑な正妃は、四十九日の法要をすませたあと、嘆きのあまり尼となってしまった。
　和泉式部の方もしばらくのあいだは嘆きわびていたと聞くが、男なしではすごせない女のさがで、いつのまにか弾正宮の四歳下の同母弟帥宮の恋を受け入れ、またまた世上の耳目をそばだたしめることになった。はじまりはどうやら昨長保五年（一〇〇三）四月のころ、帥宮が式部に橘の枝を贈ったときからだという。この贈物は、いうまでもなく「さつきまつ花橘の香をかげば昔の人の袖の香ぞする」（『古今集』、よみ人知らず）をふまえていた。橘の枝の香に亡き弾正宮を思い出さないかと問いながら、式部の浮気心をくすぐろうとたくらんだものである。二十三歳の若者が、小癪な手段を弄したものだが、式部の応答はこの場合にもまことに彼女の流儀であった。

　かをる香によそふるよりは郭公きかばやおなじこゑやしたると

と答えたそうな。はじめから相手を呑んでかかっている。いどまれればさらにはげしくいどみかえす。これが和泉のやり方なのだ。帥宮はこれに対して、

　おなじ枝に鳴きつつをりし郭公こゑはかはらぬ物としらなむ

何ともうぶな歌を返したものである。公任はこういうやりとりが二人のそもそものな

れそめだったという話を人から聞いたとき、思わず苦笑いしたことを思い出す。和泉式部という女の、けたはずれな生き方、淫欲に鼻づら引きまわされて、うめき声をあげながら生きている風情なのに、なまめかしい女の魅力と息吹きが、かぐわしく匂いたってくるのが、あの女のなんとも不可思議なところだと思う。あの女は帥宮より少なくとも数歳は年長のはずである。しかし、宮は兄の弾正宮よりも一層美貌な上、弾正宮とはちがって、漢詩や和歌にもなかなかの熱意をもっているときく。少なくとも和歌に関しては、和泉式部という天才的な女がかたわらにあって、時折りは宮の歌に手を加えるようなこともしているらしいから、素質があるなら、先々才能が開花することもあるだろう。

しかし、和泉と宮の情事の方は、そんなのんびりしたことを言ってはいられないほど急な展開を示しはじめていたらしい。昨年暮も押しつまった師走の十八日という日に、帥宮はとつぜん和泉式部を宮の南院に引入れた。弾正宮の事件のころから、すでに和泉は夫の道貞とは完全に縁が切れているようであったが、とにかくれっきとした人妻である。もちろん帥宮自身にも正妃がある。小一条大納言藤原済時《なりとき》の中の君だが、夫の宮のこのたびの暴挙にはただただ呆れて泣きくらし、ついに年が明けるや南院を出て小一条の祖母上のもとに帰ってしまったと聞く。

もっとも、これは皇族の若君のわがままとばかりはいえない、せっぱつまった事情もあったようだ。年上の和泉との情痴に溺れた宮を、それだけの理由で責めるわけにはいかない。相手はしたたかな恋のつわものである。しとやかな姫君を相手にするのとはわけがちがう。純情なところの多分にあると聞く帥宮は燃えあがったみずからの情炎にいっそう煽られたのである。兄君の思いものを、とか、身分ちがいのけしからぬ恋にのめりこんで、とかの非難は、この場合宮の気持を和泉にますます深入りさせる形にしか働かなかった。それに、宮にとっては意外なことに、和泉式部という女は、宮と情を交しながら、ほかにも好《す》きものの一人二人を相変らずその床に引入れているらしいのである。これは生一本な若者を逆上させるに充分な打撃だった。自分がこの美しい浮かれ女に満ち足りた思いを与えることができずにいるということは、宮にとって、掛値なしに生涯はじめて出あう屈辱的な事態であった。こうなればもはや恋の雅びもおぼめかした情趣もありはしない。宮は驕慢に慣れた若者らしい率直さで、人々が仰天するような解決にむかって一気に突進した。

和泉は当初ひどくいやがったと聞く。こんなつらいことになるくらいなら、岩屋の中にでも隠れて住みたいと人に洩らしもしたという。さもあろう。皇子の愛人になるというだけなら、女も鼻高々でいられるだろう。しかし、やんごとない姫君が正妃でいられる、その同じ邸の中へ押しこんでゆくというのは、まったく別のことだ。邸内の家司や下人たちのまなざしひとつにも心おびえる日々にちがいない。

しかし、和泉式部という女は、さすがに肝が据わっていた。世間のことを思い患うという常凡の気づかいを、ある瞬間さらりと捨て去って再び思い出すこともない、そういうしたたかな能力がこの女にはそなわっているらしい。

ともかくも言はばなべてになりぬべし音《ね》に泣きてこそ見せまほしけれ

万葉の古い時代はいざ知らず、延喜の御代の和歌再興以来今日まで、こんな歌を詠んだ女はただのひとりもいなかった。和泉という女を裁ち割ってみれば、結局のところ、理非をこえてなまめかしくかぐわしいこの種の歌だけが、その五臓六腑から立ちのぼり、男を酔わせるだけだと思われる。世の中のことを、男と女のことと強いてでも割り切ってみせるこのしたたかさが、背後にどれほどおびただしいつれづれのわびしさ、せつなさを押し殺しているものか、さすがの博識な公任にもちょっと見当がつきかねた。

公任は近ごろ、唐の元兢の『詩髄脳』に真似た「髄脳もの」がいくつかわが国でも流行しているのを見て、みずからもその種の手引書を一冊書きはじめてみたところである。『新撰髄脳』という名をかぶせてやろうと思っている。凡庸な連中の鼻を明かせてやるのも一興と思ってはじめたのだが、手がけてみると案外おもしろくもある。何よりも、和歌には心と姿の一致した美しさが必要で、それを生みだすものは個々の歌人が体得した伝統の力にほかならない、という彼の信条を、すぐれた作品を引合いに出しながら簡潔に語ってみようと思っている。もののわかっていない連中は、伝統といえばすぐに七面倒な詩病論、歌病論にとびついて、たちまち袋小路にみずからを追いこんでしまうのが常だが、そういう馬鹿どもは蒙をひらいてやるにも値しない。かんじんなのは感性であって、なかんずく、伝統によってきたえられた感性が見出す新しい趣向、「めづらしさ」というものが大切だ。詩病、歌病の規則などをしたり顔にふりまわす連中には、感性というものの精妙な批評装置の存在など、はなからわかってはいないのである。

ただ公任が悩ましく思うのは、彼の定義する秀歌の範疇にうまくはまってこないのに、しかも到底無視できないというような歌を作る人間がいることで、もともとそんな作者は稀れなのだが、その稀れなひとりがあの和泉式部であるのが、何とも居心地わるく思われる。

凡そ歌は心深く姿きよげにて、心にをかしきところあるをすぐれたりといふべし。こと多くそへくさりてやと見たるが、いとわろきなり。一すぢに、すくよかになむよむべき。心姿あひ具する事かたくば、まづ心を取るべし。つひに心深からずば、姿をいたはるべし。そのかたちといふはうち聞ききよげに、故ありて歌と聞え、文字はめづらしく添へなどしたるなり。ともに得ずなりなば、いにしへの人多く本に歌枕をおきて、末に思ふ心をあらはす。さるをなむ中頃よりはさしもあらねど、はじめに思ふ事をあらはしたるは、なほわろき事になむする。

公任はこういう考え方を根本に据えて、なお、「一ふしにてもめづらしき詞をよみ出でむと思ふべし」という点を強調するように心がけた。彼が例歌としてあげた歌には、たとえばこんなものがある。

風吹けば沖つ白浪立田山夜半にや君がひとり越ゆらむ　よみ人知らず（古今集）
難波なる長柄《ながら》の橋もつくるなり今はわが身を何にたとへむ　伊　勢（古今集）
世の中を何にたとへむ朝ぼらけ漕ぎゆく船のあとの白浪　沙弥満誓（拾遺集）
天の原ふりさけ見れば春日《かすが》なる三笠の山に出でし月かも　安倍仲麿（古今集）
わたの原八十島《やそしま》かけて漕ぎ出でぬと人には告げよ海士《あま》の釣舟　小野　篁（古今集）
思ひかね妹がり行けば冬の夜の川風寒み千鳥鳴くなり　紀　貫之（拾遺集）

いずれをとってみても、心と詞の嚙み合いに、余裕を保ってしっくり結びついた奥床しさがあり、口ずさんだあとの余韻をゆっくり楽しむことのできる空間のひろがりをそなえている歌だ。公任は管弦の道に人一倍楽しみと愛着をもっているためもあって、声に出して詠いあげたり、楽器にあわせて朗誦してみたりするのに耐え得ない種類の歌を、どうもすぐれたものと見る気分になれないのである。その点では彼は『古今集』の撰者たち、とりわけ貫之の、忠実な後継者であった。貫之らが和歌を隠微な色好みの世界から明るみに引き出し、清涼殿でたからかに朗誦するにふさわしいものにまで模様がえさせるために払った努力を、公任は日ごろ高く買っている。歌のそういう公的な性格を保ちつつ、そこに近時の宮廷社会のより洗練された趣味を加え、新鮮味を添わせてゆくことは、彼自身の好みにもぴったりかなうことだった。彼が今あたためている夢のひとつに、若年のころからくりかえし読みなれてきた和漢の詩文の中から、愛誦するに足る佳句という佳句を摘句網羅して、これに和歌の秀歌をつがわせ、まさに詩歌管弦あげてひとつになった宴《うたげ》の精髄としての詞華集を編んでみることがあるのだが、そういうことを考えるのも、根は同じところにあるのだった。

こういう考え方からすると、和泉式部の歌は何ともわりないものと映るのである。例の「ともかくも言はばなべてになりぬべし音《ね》に泣きてこそ見せまほしけれ」のごとき、どう工夫してみたところで、管にも弦にも乗る代物ではない。女が息をつめて、あっというまに胸もとにまでにじり寄ってくるていの、妙に迫ってくる歌で、公任の好ましく思う余裕と空間があまりにも乏しい。こういうのが「近代」というものか、と彼は思う。

和泉式部には、彼女がまだ娘だったころに作って、播磨の性空《しょうくう》上人に結縁のため送ったといわれる歌がある。

くらきよりくらき道にぞ入りぬべきはるかに照らせ山の端の月

これは早くからはなはだ有名な歌だが、公任の眼からみれば、難がないわけではない。『法華経化城喩品』に「従レ冥入二於冥一、永不レ聞二仏名一」とある句を、あまりにも無雑作に上句に採り入れているのが気に入らない。下句の「はるかに照らせ」という文句は、上句にひかされて、ごく自然に出てきたものにすぎない。たしかに、これが十六、七歳のころの作だというのなら、彼女が非凡な歌の才をもっていることはわかる。しかし歌というものは、思いのたけをただ一息に詠み下すばかりが能でもあるまい。和泉の歌は大体がこの流儀で、心や詞の腰をいったんためておいてから、余裕をもって詠み下すという体ではない。迫って、かさにかかってものを言う流儀なのがどうも胸につかえる。せんだってもある身分の高い人物が、以前和泉に言い寄ったときの彼女の返歌だといって口ずさんでくれた歌があった。

白浪の寄るにはなびくなびき藻のなびかじと思ふ我ならなくに

というのだったが、この歌といい、例の帥宮とのなれそめのときの歌といい、どうしてあの女はこうもいどみ返すのが好きなのだろう。かと思えば、和泉はまたある男のためにこんな歌を代作してやったという話も聞いた。

おぼめくな誰れともなくて宵宵に夢に見えけむわれぞその人

その男と契りを結んだ女が、二度目には知らん顔をして、男の文に色よい返事をよこさなかったので、歌才のないその男が和泉に恋の歌の代作を頼んだものとみえる。ごまかさないでもらいたい、夜ごとのあなたの夢に見えたはずの男こそ、この私です、恋するあまりあなたの夢に顕《た》つほどに思い焦がれてしまったこの私です、というわけだが、このひたぶるに押し迫ってゆくところなど、男になり変ったつもりで、じつは和泉自身を露骨に押し出している歌ではないか。こういう歌を見ると、和泉式部という女は、同性がすべて自分と同じやり方で男に反応するものだと、はじめから決めこんでいるらしい。他の反応の仕方がありうるなどとは、まるで思いもよらないものとみえる。そういう点では、この歌人にはみやびな言葉遊びの趣味なんてものは本質的に欠けているのだ。ひたぶるに、思いつめて、命のかぎり生きている。さもないときは、全身虚脱放心し、みずからの遊魂をうつつに見つめている。そういう女なのだ。思いかえせば、あの「くらきよりくらき道にぞ入りぬべき」という歌は、和泉という女の生きかたをもののみごとに予言していた歌だったのかもしれぬ。あの女には、あれ以外の歌い方は何ひとつありえないのではなかったろうか。

公任はここまで考えてきて、ふいにぞっとした。こんな風に歌うほか、どんな歌い方も知らない歌人が、現実に、身近に存在しているということを、今までただの一度も真面目に考えたことがなかったことに気づいたからである。自分は歌についてなら何でも心得ている、と彼は思っていた。けれども、和泉のあの暗く輝く夜の火山の頂きのような歌は、ほんとうは、自分の知っている歌の世界と、ほとんどまったく縁のない世界で、噴きつづけ、燃えつづけている恐ろしい炎なのではなかろうか。

公任は自分が和泉に恋をしかけるのをためらった理由が、深くこの問題とかかわっていたらしいことに、今さらのように気づいて、思わず顔を撫でた。

ほんとうは和泉の歌の妖しい力に以前からひかれていたのかもしれないな、私は。公任は庭の遣水から響いてくるかすかな水音に耳を澄ませながら思った。紫式部とか赤染衛門とかの歌なら、これは彼の手中にあるも同然であった。けれども和泉式部の歌は……

そう思ったとき、ふいに公任は、枕をはずして眠りこけている眉濃い女の、汗に濡れた寝くたれ髪のいやな匂いが鼻をつくような感じに襲われた。それは一瞬のことだったが、和泉の歌が公任に、なまめかしさよりはむしろなまなましさによって迫ってくるものであることを、それは示しているらしかった。公任は帥宮の無謀な情熱をうべなった。無謀な情熱だけが、この女のうちにくすぶる熱い渇きに応えることができるだろう。

公任が帥宮の文に対する返事を送ったのは、それから何日か経ってのことである。ふだんならそんなことはない。公任としては異例のことだった。あの日、家司にたずねると、帥宮は公任がたぶんそうだろうと思った通り、和泉式部をともなって、花見に出かけてきたものであった。公任は、そうか、とうなずいてあとは何も言わず、暮れてゆく春の空をぼんやり見あげていた。なんだか急に、返事をしたためるのが億劫に感じられたのである。

三

藤原公任の家集を『前大納言公任卿集』という。この集に次の数首の贈答がある。

帥宮〔敦道親王〕、花見に白河におはして

我れが名は花盗人と立てば立て唯だ一枝は折りて帰らん

と有りければ〔公任〕

山里の主《ぬし》に知らせで折る人は花をも名をも惜まざりけり

また宮より〔敦道親王〕

知られぬぞ甲斐無かりける飽かざりし花に換へてし名をば惜まず

返し〔公任〕

人知らぬ心の程を知り居れば花の辺《あた》りに春は住まはん

「花をも名をも」と聞え給へりける御返しに付けて、道貞が妻《め》の聞えたりける〔和泉式部〕

折る人の其れなるからにあぢきなく見し山里の花の香ぞする

返し〔公任〕

知るらめやその山里の花の香の尋常《なべて》の袖に移りやはする

また聞えたりける〔和泉式部〕

知らせじと空に霞の隔てては尋ねて花の色も見てしを

返し〔公任〕

今さらに霞閉ぢたる白河の関を強ひては尋ぬべしやは

（日本古典全集『拾遺和歌集、付藤原公任歌集』による）

一方、『和泉式部集』にも、これと同じときの贈答が収められていて、それは次のようになっている。

いづれの宮にかおはしけむ、白河院まろ諸共おはして、かく書きて家もりにとらせておはししぬ〔親王〕

われが名は花盗人とたたばたて唯一枝は折りてかへらむ

日頃見てをりて、左衛門督の返し〔公任〕

山里の主に知られで折る人は花をも名をも惜まざりけり

とある文《ふみ》を付けたる花のいと面白きを、まろが口ずさびにうちいひし〔和泉式部〕
　折る人のそれなるからにあぢきなく見し山里の花の香ぞする
左衛門督の返事、又宮せさせ給ふ〔親王〕
　知られぬぞ甲斐なかりける飽かざりし花にかへつる身をば惜まず
又、左衛門督〔公任〕
　人知れぬ心のうちを知りぬれば花のあたりに春は過ぐさむ
一日御文付けたりし花を見て、まろなむさ言ひしと人の語りければ、かくぞのたまひし〔親王〕
　知るらめやその山里の花の香はなべての袖に移りやはする
返し〔和泉式部〕
　知られじとそこら霞の隔てしに尋ねて花のいろは見てしを
又左衛門督、陸奥守の下りしころ、それにうち添へたることとぞ見し〔公任〕
　いまさらに霞のとづる白河の関をしいでば尋ぬべしやは
まろ返し〔和泉式部〕
　ゆく春のとめまほしきに白河の関を越えぬる身ともなるかな
（朝日、日本古典全書『和泉式部集・小野小町集』による）

わざわざ『公任集』の記載と『和泉式部集』の記載とを併せ引用したのは、いうまでもなく、両者のあいだの、ある場合には小さな、別の場合には必ずしも小さくはない相違について、私が興味を感じるからである。

以下、まず公任の家集の方から眺めてゆく。

帥宮が花見に白河においでになって

　我れが名は花盗人と立てば立て唯だ一枝は折りて帰らん

（花盗人の名が立ってもいい。この花を見すごして帰るわけにはいきません。一枝はなんとしてでも頂戴していきますから）

とあったので

　山里の主に知らせで折る人は花をも名をも惜まざりけり

（山里の主である私にも知らせず、こっそり花を折っていくとは、なんともまあ、花も惜しまず名も惜しまないやりくちじゃありませんか）

また宮から

　知られぬぞ甲斐無かりける飽かざりし花に換へてし名をば惜まず

（花のあまりのみごとさに、折って帰ったのに、それがあなたに今まで知られなかったとは、かえって残念なことでした。こんな美しい花なら、それと引換えに盗人の名を負ったところで、むしろ本望です、私は）

そこでまた私の返事、

人知らぬ心の程を知り居れば花の辺りに春は住まはん

（わかりました。他人は知らない宮のそのお気持がわかりましたので、私も宮に追随して、この花のほとりに今年の春をすごすことにします）

（別解＝わかりました。他人は知らない宮のそのお気持がわかっているので、今年の「春」は、この白河の花のあたりにこそとどまり住んでいることでしょう）

「花をも名をも」という歌を私が送ったのに対して（『公任集』の詞書では公任自身の行為がしばしば敬称敬語をともなって、たとえばここの「聞え給へりける御返し」のような形に書かれている。与謝野寛・晶子、正宗敦夫校訂の「日本古典全集」本の解題は、その理由を、「彼れの自尊心から、上卿の歌は斯かる風に詞書を書くべきものであると云ふ意図を以て自ら敢てしたる事であらうと推定」している）道貞の妻（和泉式部）が言ってきた

折る人の其れなるからにあぢきなく見し山里の花の香ぞする

（折る人が折る人なので、風情のない山里とばかり思っていたところが、花の香

に匂いたつのを感じたことでした）

ここで引用を中断して言葉をさしはさむが、この歌の「折る人」が、「帥宮」なのか「公任卿」なのかは必ずしも明確でない。そしてそのことは、作者が和泉式部であるだけに、少なからず興味をかきたてるのだ。常識的にいえば、この種の贈答歌では、文を送る相手自身の心映えやら行為やらを賞めるというのが普通のことで、その場合には当然、この「折る人」は「公任卿」ということになる。公任が「花をも名をも」の歌を送ってきたとき、それを結びつけていた花が大層みごとだったから、和泉がそれに感心のあまり、帥宮と公任の贈答に割って入ったというわけである。この解釈には充分な根拠がある。『和泉式部集』の方を見れば、和泉は公任からの歌に結びつけられていた花の「いと面白き」を見て、この歌を「口ずさびにうちいひし」ものと書いているからである。和泉はこの歌を、公任の心映えをたたえるために作り、公任に贈ったと見ることが、この場合には最も自然である。

ただし、この点についても考えてみると奇妙なことがある。和泉の詞書の語調は、まるで口すさびに歌い捨てたと言わんばかりであって、この歌を公任に贈ったとは書いていないからである。そういうことにあまりこだわるのもどうかと思う反面、「口ずさびにうちいひし」だけのはずの歌を、実際には公任に贈っている——あまつさえこの歌は、詞に若干の変化が加わった上で、公任への贈歌として『新古今集』に入集しているのだ——和泉式部という人の、心の動き方が私には面白いし、隅におけないと思うのである。このことについては、またあとでふれるだろう。

「折る人」がだれであるかについてのもうひとつの解釈は、いうまでもなく「帥宮」だとするものである。これにも充分な根拠があり、歌の読みとり方からすれば、むしろこちらの方がまっとうだといえるかもしれない。帥宮と公任のこれまでの贈答を見れば明らかなように、花を折った行為が問題となっているのは、帥宮の方であって、公任ではない。その贈答に和泉式部が割って入るとすれば、「折る人」を「帥宮」として問答に加わってゆくのが、一も二もなく自然であり、当然であっただろう。それ以外には考えられないほど、これは明白なことといえる。そうだとすれば、和泉のこの歌の意味するところは大体こんな具合になるだろう。

「花を折った方が、だれあろう帥宮という美貌の風雅な方でしたから、ふだんなら何の風情もないはずの山里まで、花の香で匂いたつようでございましたわ」

受取る公任にしてみれば、何を小癪な、あじきない山里とは何たる言い草、と思わず呟かずにはいられないいどみかけの調子をもった歌になる。

公任ほどの上卿、しかも当代無双の文人にむかって、そんな失礼なことを言えただろうか、という疑問は、この際あまり問題にする必要はなかろう。和泉としては、自分のつかえる帥宮という高貴なお方をたたえ、あわせてその、花を折った行為をたたえるという点に主眼を置いた歌のつくり方をしていて、その点から見るなら、これはむしろ奥床しい歌とも読める、そういう性質の歌だからである。

そういう歌のつくり方の例はないわけではない。『後撰集』巻三、春歌の下に、「やよひの下《しも》の十日ばかりに三条右大臣（藤原定方）、（藤原）兼輔の家にまかりわたりて侍りけるに、藤の花咲ける遣水のほとりにて、かれこれ大御酒《おほみき》たうべけるついでに」という詞書から始まる定方（客）、兼輔（主人）、紀貫之（兼輔の厚い庇護を受けていたので、当日、客をもてなすための取持ち役として兼輔からよびだされ、席に侍っていた）三者の、当夜から翌朝にかけての歌の贈答がのせられている。そのときの貫之の歌は、定方のような立派な客を迎えることができた主人兼輔のよろこびに声を合せると同時に、もう一歩進んで、兼輔みずから言い出しにくい我れぼめを、第三者の立場からという形で巧みにやっているのである。客をほめると同時に主人をもほめる。道化的な役である。しかしこれこそ芸の見せどころであった。貫之としては誇りとするに足ることだったはずである。

和泉の「折る人の」の歌も、そういう立場でつくられていると見ることができるし、それならそれで、彼女は突飛なことをやったのでないことは明らかなのだ。

ただここで面白いのは、そういうことを了解した上でも、彼女の歌にはたしかに公任へのいどみかけの調子が感じられるということであり、さらに根深いところでは、公任への媚態をも含んでいると感じられることである。

和泉は年若い帥宮の情熱に押しきられて、今や宮の南院にかこわれている身である。けれども、そうなったのは、もとはといえば、彼女が宮を恋人にもってからでさえ、他の男を相変らず引入れていたからではなかったか。それに彼女は、弾正宮や帥宮との関係が名高くなってからというもの、夫の道貞とはまったく切れてしまったけれども、道貞に対する未練は深いものがあって、そのことについては少なからぬ証拠を彼女の歌に見出すことができるのである。帥宮の若さや美貌やひたむきな情熱をもってしても、和泉の肉体の深部にゆらゆらうごめいている女のあくがれごころを鎮めることはできなかっただろうし、和泉としては、窮屈な籠にとじこめられた鳥の不満をひそかに押えている日々も多かっただろう。帥宮としてみれば、そういう和泉だから一層深入りすることにもなった。帥宮と和泉式部が賀茂祭の日に、人々をあっといわせるいでたちで祭見物にくりだした話は有名である。『大鏡』の描くその情景は、帥宮の、祭のかへさ、和泉式部の君とあひ乗らせ給ひて御覧ぜしさまも、いと興ありきやな。御車の口のすだれを、中より切らせ給ひて〔簾を縦に半分にお切りになって〕、わが御方をば高うあげさせ給ひ、式部の方をばおろして、衣ながういださせて、紅の袴に、あかき色紙の物忌ひろきをつけて〔赤い色紙に「物忌」と書いた幅広い札をつけて〕、土とひとしうさげられたりしかば、いかにぞ、物見よりは、それをこそ人見るめりしか。

まるで、奇抜なニュー・ファッションで公衆の目をそばだたせつづけねばならない芸人さながらだが、この賀茂祭のエピソードは、寛弘元年四月、つまり私が今話題としている白河花見のときから、わずか一カ月内外たったときの出来事なのである。帥宮は得意満面だっただろう。しかしまた、彼の胸のうちには、和泉式部という女豹をいやがおうでも自分ひとりの持ちものとして天下に広告し、かつまた、とりわけ和泉その人にこそ思い知らせてやろうとする、少々サディスト的な快感をともなった無謀な情熱が燃えていたのではないか。和泉という女は、彼女が完全に身をまかせているとみえるときでも、男にいつ自分の手もとから逃げてゆくかわからないと思わせる天性の娼婦性をもった女なのだ。そしてそのひとつの証拠を、「折る人の其れなるからに」の歌を公任に贈った和泉の、隠された心理のうちに見ることが、決してできなくはないと私は思うのである。

はたせるかな、公任はこの歌に対して、いどみかえした。

返し

知るらめやその山里の花の香の尋常《なべて》の袖に移りやはする

（だれが知ろう、あなたのいうその山里の花の香だが、ありきたりの人間の袖に移るような香りだろうか。見そこなわないでもらいたいね）

私は右の解釈を、和泉の歌にいう「折る人」が「帥宮」だと見る文脈に従ってつけたのだが、「折る人」を「公任卿」と解する文脈に従ってこれを読むなら、公任の歌の心はもっと面白い相をあらわしてくる。すなわち、和泉が「さすがに公任卿が折って結び付けられた花だけのことはありましたわ」という心で詠んだ歌に対して、公任は「あなたはこの私のことがわかるとでも思っているのか。なまなかな人に、私という人間がわかるはずはないだろうよ」という返しをしていることになるからである。

そう読むなら、この歌は、和泉式部が公任に対して一応作法通りの歌でお世辞をいったのに対して、故意にからんでみせる形で、じつは和泉の気をひいている歌だということになるだろう。そんな読み方は深読みの邪道だという反論があるかもしれない。しかし、たとえばこの歌を、男の作ではなく、女の作と仮定して読んでみられるがよい。言い寄ってきた男に対して、私が欲しくばもっと真剣に誘ってみよ、と答える女の歌の、これはまさに典型的なものであることがありありと見えるであろう。公任の歌には、たしかにそういう心が動いている。私はそれを疑うことができない。

こういう風に見てくれれば、『公任集』のこれにつづく二首の贈答歌の意味も、まるで現像液の中から浮かびあがる写像のように、おもむろに、しかしまぎれようもなく鮮明に、浮かびあがってくるのが感じられる、すなわち、

また〔和泉式部の方から〕言ってきた、

知らせじと空に霞の隔てては尋ねて花の色も見てしを

（あなたは「知るらめや」とおっしゃいました。たしかに、花のありかを「知らせじ」として、白河の空に霞が深くかかって花を隔てていました。でも、その霞の奥を尋ねあてて、花の色も見てしまったのです、私は）

私の返事、

今さらに霞閉ぢたる白河の関を強ひては尋ぬべしやは

（これは意外なお返事でした。私の守るこの白河は、深く霞に閉ざされて、あの遥か東の白河の関も同じこと、とても今さらあなたなどが、わざわざ尋ねてこられるようなところではないでしょう）

今度は和泉がぐいと押し、公任はすっと身をひいた形である。

帥宮では満たされない女の遊びごころ、それが和泉のうちでざわめき、公任という、願ってもない相手にむかって噴き出ようとする。公任はそれをいざなっておきながら、ついと身をかわして逃げる。逃げたのはなぜか。帥宮という高貴の身の思いものになっている女、しかもつい三月ほど前、一大スキャンダルをひきおこしたばかりの女と、言葉の上でのいちゃつき以上に進むことなど、公任には考えられなかったであろう。しかし何よりもまず、相手が和泉式部という女だったことが、公任にこの歌問答をほどほどのところで切上げさせた理由だったにちがいない。

だから、公任のこの最後の歌には、たくみにもうひとつの意味のトンネルが掘られていた。それは何か。

実は、この寛弘元年春という時期に、和泉式部の身辺にはもうひとつの出来事が生じていた。今は名目だけの夫となったが、和泉の方では決して忘れたわけでもなく、嫌って離れたわけでもないらしい橘道貞が、この三月下旬、陸奥守として奥州に赴任したのである。

「式部が弾正宮や帥宮の恋人であったころの道貞の態度はよくわからない。しかし道貞との関係は、式部の南院入りのころまったく絶えたものとみてよい。式部と絶った道貞は、寛弘元年三月下旬陸奥守として単身赴任した（『御堂関白記・権記』）。このとき式部の親友で、夫大江匡衡《まさひら》とともに尾張の国府にあった赤染衛門が、

ゆく人もとまるもいかが思ふらん別れてのちのまたの別れを

という歌を贈ってよこしたのに対して、

別れてもおなじ都にありしかばいとこのたびの心地やはせし

と絶ちがたい道貞への衷情を訴えている。陸奥守として任期五年をすませた道貞は都へ帰り、前陸奥守として長和五年（一〇一六）四月十六日に歿した（『御堂関白記』）」。（清水文雄・岩波文庫『和泉式部日記』解説）

『和泉式部集』にはほかにも

みちのくにの守にてたつを聞きて
もろともにたたましものをみちのくの衣の関をよそに聞くかな

のごとき真情のこもった歌があり、道貞が陸奥へ下ったあとでも(つまり、帥宮との日々をすごしているあいだに)、

陸奥国へいひやる
高かりし浪によそへてその国にありてふ山をいかに見るらむ

の歌を道貞に送っている。この歌は『古今集』の有名な東歌、「君をおきてあだし心をわが持たば末の松山浪も越えなむ」を踏んでいて、みずからの「あだし心」が大浪をひきおこしたこと、それを自分でも充分承知していることを道貞に伝え、その上で、陸奥へ下る途中、末の松山を眺めながら、あなたはそれをどうごらんになることでしょう、いまだに私を許しては下さらないのでしょうか、という心を訴えている。「末の松山」を踏まえているということは、「松＝待つ」の心をも伝えようとしていると見られないこともない。

いずれにしても、和泉には、道貞愛惜の心があり、しかもそのことは、彼女の情事のうわさのかまびすしさにもかかわらず、知る人ぞ知るという形で、少なからぬ人々に知られていたらしい。その証拠のひとつが、まさに右の公任の歌であって、

　　今さらに霞閉ぢたる白河の関を強ひては尋ぬべしやは

の歌のもうひとつの意味とは、すなわちこうである。

「たとえ空に霞が深くこめて花を隠していても、私は尋ね尋ねて花の色を見てしまった、とあなたは言ってきたけれど、本当だろうか。あなたにとっての花である道貞は、もう白河の関を越えて陸奥国へ入ってしまったそうではないか。それなのに、霞に閉ざされてしまったあの関所を、今さら尋ねることがあなたにできるだろうか」

　この解釈には、またもやあまりの深読みという反論があるかもしれない。けれども、今度は最もたしかな証拠が、『和泉式部集』自身の中にある。すなわち、この章冒頭で引いた同集からのこの問答の、この歌につけられた詞書にほかならない。

「又左衛門督〔からの返しで、公任卿は私の「尋ねて花の」の歌を〕、陸奥守〔道貞〕の下りしころ、それに〔私が〕うち添へたることとぞ見し」

　つまり、公任が和泉の歌を道貞下向にひっかけた歌だと見て、「いまさらに」の歌を

返してきたと、和泉式部自身が言っているのである。

公任の歌は、「白河」を、みずからの白河別邸と、陸奥への入口にある白河の関との両義に掛けて作ってあって、それゆえ今まで見てきたような二様の解釈が成立つことになる。この二様の解釈は、両方とも正しいというべきである。公任ははじめから、両義性をもつ歌としてこの歌をつくっていたのである。一方には、和泉に誘いをかけ、言葉の上でのたわむれを楽しみながら、ついにそれ以上には踏み入ろうとしない公任がいる。他方には、そうやって身を引きつつも、簡単には引下ることをせず、「白河」にひっかけて意地わるく和泉に前夫のことを思いださせ、彼女の反応を見てやろうとうかがっている公任がいる。

そうである以上、和泉式部がこれにどんな返歌を送ったか、公任ならずとも興味をそそられるところだ。和泉は何とこたえただろう。

『公任集』には、しかしながら、和泉の返歌はのっていない。帥宮の歌に始まり、途中から完全に公任と和泉のきわどい歌の贈答に変ってしまったこのやりとりは、『公任集』で見るかぎり、ここで終っている。

しかるに、和泉はやはり返事を送っていたのである。すなわち、『和泉式部集』にいう、

私の返事
　ゆく春のとめまほしきに白河の関を越えぬる身ともなるかな
（行く春を関の手前でひきとめたいと思ったのに、白河の関を越えてしまう身となってしまったことでした）

　この歌の「白河の関」は、一応公任の白河別邸に花見に行った事実をきちんと踏まえ、公任への礼を失しない形になっているけれども、和泉式部自身の心のありかはすでに明らかである。詞書で知られるように、彼女は公任からの歌を、道貞への仄めかしと受取っているからで、当然この返歌は、その事実をふまえて作られている。「ゆく春」とは、まさに道貞その人にほかならなかった。

　寺田透氏は『和泉式部』の中でこの「ゆく春のとめまほしきに」の歌について書いているが、帥宮、公任、和泉式部三人の「歌合戦」について略述したのち、「和泉の道貞思慕歌は、敦道親王の眼前で作られたということになる」と言っている。

　まことにそういう次第であった。和泉式部という人は、ある急所を押すと突如噴きあがる激しい火焔をかかえこんでいて、それは彼女自身でも抑えることのできない暗黒の力だったように思われる。公任とのそれまでのやりとりには、この最後の一首のもつ、素直な詠歎の調べはなかった。たしかにそれまでのやりとりにも、男と女の、誘い、誘われ、いどみ、いどみかえす好きごころの働きはあった。しかし、公任が軽い気持で引いた引金は、みごとに和泉式部の急所を射たようである。和泉は公任との贈答歌をうたった場所よりも一段と深い場所にさっともぐってゆき、「ゆく春のとめまほしきに白河の関を越えぬる身ともなるかな」と、おそらくは一息に詠み下したのである。

公任の集にこの歌が記載されていないのはなぜなのか、もちろんだれにもわかりはしない。しかし、公任はこの返歌を手にして、和泉と歌の贈答をこれ以上つづけることの無意味をただちにさとったであろう。和泉はもはや彼の手のとどく範囲の外へ、一瞬にして飛び去った。彼はこの歌が、生身の肌をふいに露わに見せて迫るていの、和泉式部の本筋にかえった歌であることを認め、それゆえに返歌をしたためることもしなかったのだ。返しをしなかった以上、彼がみずからの家集にこの歌を書きとめる必要もなかったのである。けれども、公任は「道貞が妻《め》」の端倪すべからざる野性の発露にふれて、このとき心中ふかく動かされなかったかどうか。それを空想してみる権利は私たちにたしかにある。公任はこのとき、女の孤心に発するふかい嘆きの歌を聞いたのだ。道長がたわむれに浮かれ女とよんだ和泉式部は、表面的にいえば平安宮廷社会という宴《うたげ》の世界の、とりわけ華やかな登場人物の一人である。彼女の恋も歌も、この宴の世界以外のどこから生れたわけでもない。けれども、彼女の歌には、いかなる場合でも、突きつめていけば極度の熱中または極度の放心に必ず達してしまうひと筋の調べがあって、

思ふことみな尽きねとて麻の葉を切りに切りても祓ひつるかな
背子が来て臥ししかたはら寒き夜はわが手枕をわれぞして寝る
つれづれと空ぞ見らるる思ふ人天降り来るものならなくに
君恋ふる心は千千に砕くれど一つも失せぬものにぞありける
しのぶべき人もなき身は在る時にあはれあはれといひや置かまし
見るほどは夢もたのまじはかなきはあるをあるにてある身なりけり
恨むらむ心は絶ゆな限りなく頼む世を憂くわれも疑ふ
身の憂さを知るべきかぎり知りぬるをなほ歎かるることや何事
われもわれ心も知らぬものなればいかがつひにはなるとこそ見め
あらざらむこの世のほかの思ひ出に今ひとたびの逢ふこともがな
暮れぬ間の命ともがなねぬる夜は忘れにけりと明日こそはいへ
もの思へば沢の蛍もわが身よりあくがれ出づる魂《たま》かとぞ見る

あまりにも有名な帥宮挽歌群は別にしても、なおいくらでもこういう種類の歌を引くことができる。寺田透氏は和泉を「放縦な、しかし腹の変に据った」女といったが、この「腹の変に据った」ところは、右に引いた歌の、たとえば「しのぶべき人もなき身は」、「恨むらむ心は絶ゆな」、「われもわれ心も知らぬ」、「暮れぬ間の命ともがな」などの歌に、ほとんど凄絶な感じさえともなって、ぬっとあらわれている。明日はどうともあれ、自分にとっての唯一の生のしるしは、今この瞬間以外にない、という思いが、男との交渉の最も激しく高揚した瞬間に、他の思念を圧して和泉を占めてしまうのだ。これらの歌から立ちのぼる冷えびえとした孤独の雰囲気は、浮かれ女が浮かれ女なるがゆえに知り得た、一歩踏みはずせば真暗闇という世界の冷気であった。和泉はこの冷気をたえず背筋に感じていたからこそ、男と女が作る「世のなか」のぬくみに執してやまなかった。

公任のほのめかしがきっかけで、和泉の中にぽっかり口をあけた世界は、まさにこういう彼女の心の基調をなす領域にほかならなかったのである。それはもう公任とは関係のない世界だったし、現実の道貞とさえ関係のない、和泉式部という女の中だけで生滅している、彼女の心の原形質ともいうべきものの世界だった。彼女の歌はここから発し、ここからのみ、真の意味で発していたといってよい。

公任の、そしてまたひろく平安朝歌人一般の和歌観が、和歌というものを社会生活の運営をたすけるもろもろの手段のうち最高最美のものとみる功利的価値観によって彩られていたことは、まず疑いの余地がない。どれほど和歌の至純の価値を強調しようとも、その至純の価値の追求そのものが、宮廷社会という美的趣味の社会では、最も現実的な出世栄達の道につながらざるを得なかったからである。

和歌のよしあしについての確固たる基準を示してくれる歌人が尊崇されるのは、こういう意味からしても当然のことであった。事実、この国の和歌の歴史を一瞥するなら、『万葉集』の時代はいざ知らず、『古今集』以後の歴代、最も高く評価されてきた歌人といえば、紀貫之、藤原公任、藤原俊成・定家父子など、歌人であると同時に歌学者、歌論家であり、当代の趣味の基準の権威ある設定者である人ばかりであった。当該社会が美的趣味を尊重し、それによって現実を裁断しもする社会であるかぎり、これは避けられない必然だったのである。

だから、公任の権威はゆるぎないものであった。『和漢朗詠集』の選び方ひとつをとってみても、彼が驚嘆に値する繊細な感受能力と緻密な批評能力をもっていた人であることは明らかである。彼は自分がいかなる意味で当代社会の極めて有用な人間であるか、早くから明瞭な認識と自負を持っていたはずである。寛弘元年、藤原斉信《ただのぶ》に位階を追い抜かれ、心平かならず辞表を提出した事件をとっても、そういう自負心にもとづくところが大きかっただろうと想像される。

そういう彼にとって、和泉式部の歌は、本質的な部分において無用に徹している点で、何とも落着きのわるいものと見えたであろう。そんな歌を作る和泉という女そのものには、彼は興味をいだき、関心も寄せていただろうが、和泉の歌の評価という点に関しては、彼はあくまでみずからの基準をゆずろうとはしなかっただろう。彼が息子の定頼に問われたとき、和泉の秀歌として「津の国のこや〔地名の昆陽《こや》と来やを掛けた〕とも人をいふべきにひまこそなけれ蘆の八重葺《ぶき》」をあげ、世評の高い「冥《くら》きより冥きみちにぞ入りぬべき遥かに照らせ山の端の月」については、法華経の文句を借りただけのもの、と一蹴し、「こやとも人をといひて、ひまこそなけれといへる詞は凡夫の思ひよるべきにあらず。いみじき事なり」と前者を激賞したというエピソード〔『俊頼髄脳』〕は、そういう公任をよく語っている。「津の国の」の歌は、なるほど技巧をこらした歌である。けれども、和泉の本領を発揮した歌とはいえないし、まして今眺めて面白い歌とはまったく感じられない。

四

　さて、私はもう少し、例の贈答の歌について書き足しておかねばならない。すなわち、『公任集』所載のそれと、『和泉式部集』所載のそれとの記載形式ならびに内容の違いの問題について。

　前章のはじめに並べて引用したものを見直してもらえばわかることだが、『和泉式部集』所載のものと、『公任集』所載のものとでは、まず歌の順序に変化がある。詞書にももちろん違いがある。それらを合せた上で、実は、歌の作者そのものが、『公任集』の場合と違ってしまうという、何とも奇妙な問題があるのだ。

　例によって『和泉式部集』の方をはじめから見てゆく。

「どの宮であられたろうか〔故意にぼかしているが、もちろん帥宮敦道親王〕、白河院へ私〔「まろ」は男女を問わず自称〕諸共にお出かけになって、次のように書いて家守《いえもり》〔公任〕に贈って帰られた」

「われが名は花盗人とたたばたて唯一枝は折りてかへらむ」

「何日間かその歌を見ていてから〔「見て居りて」ととればこうなるが、「見て、折りて」とと

れば、花を折ってということになるだろう」、左衛門督公任の返歌
「山里の主に知られで折る人は花をも名をも惜まざりけり」(『公任集』では「知らせで」だった)
「という文《ふみ》を結びつけてある花が大層面白いので、それに興じて、私が口すさびにふと詠んだ歌」
「折る人のそれなるからにあぢきなく見し山里の花の香ぞする」
前章で見たように、この歌を詞書とともに読めば、ここでの「折る人」は「公任」ととるほかない。注意すべきことに、和泉がこの歌を詠んだとき、帥宮はそこにはいなかった。そのことはあとの方の「知るらめや」の歌の詞書から知られる。いずれにせよ、和泉は公任から帥宮に送られてきた文の、その花に感心したあまり、「折る人が折る人だから」と公任礼讃の言葉を思わず洩らしたのである。
「左衛門督への返事を、宮がなさる」
「知られぬぞ甲斐なかりける飽かざりし花にかへつる身をば惜まず」(『公任集』では「花に換へてし名をば惜まず」だった)
「左衛門督からの返事」
「人知れぬ心のうちを知りぬれば花のあたりに春は過ぐさむ」(『公任集』では「人知らぬ

心の程を知り居れば花の辺《あた》りに春は住まはん」だった〕

「先日、御文を結び付けてあった花を見て私があのように言ったと、人が〔宮に〕語ったので、こう仰せられた」

「知るらめやその山里の花の香はなべての袖に移りやはする」

さて、ここが問題の個所である。『公任集』ではこれは、「折る人の其れなるからに」の歌を和泉が送ってきたので、公任がそれに答えたものとして記載されている歌である。しかるにこちらでは、帥宮の歌となっている。もっともここで、詞書の「一日御文付けたりし花を見て」という「御文」の敬称は少々気にならないでもない。公任の文ではなくて、別の日の帥宮の文を指すようにも思われるからである。しかし「まろなむさ言ひし」に該当するのは例の「口ずさびにうちいひし」歌しかないので、これはやはりあのときの公任の文を指すととるのが自然であろう。あのとき和泉が詠んだ歌のことを人から聞かされた宮は、「さてどうだろう、その山里の花の香は、ありふれた人間の袖に簡単に移るようなものではないのに」と詠んだ。あなたに花を解することができるのかしら、という意を含んで、つまりは和泉をからかった形のものだが、いささかは、彼女の公任礼讃に対する嫉妬心も動いているかもしれない。そこで和泉の「返し」。

「知られじとそこら霞の隔てしに尋ねて花のいろは見てしを」

『公任集』では公任が「知るらめや」の歌をよこしたので、それに対して和泉がこの歌を返したことになっているが、こちらでは当然、帥宮への返歌ということになる。帥宮が、あなたにも花の趣を解するなんてことができるのか、とからかい気味にいったのに対して、もちろんです、霞の奥まで尋ねていって花の色を見てきた私ですもの、と答えたわけだ。

「又左衛門督、陸奥守の下りしころ、それにうち添へたることとぞ見し」以下二首については、すでにふれたから書かない。

ただ、ここまで来ると、『和泉式部集』のこの一群の歌は、どうにも構成上の無理がめだってくるのが感じられる。というのも、公任が「陸奥守の下りしころ、それにうち添へたることとぞ」見たという歌とは、今見たように、和泉が帥宮に対して返した歌だからである。宮あての歌の内容を公任がいちはやく知り、あまつさえ、この「花」というのはあなたの夫でしょう、などとしゃしゃり出てくるようなことは、現実にはありえないことである。その不自然が生じたのは、いうまでもなく、作者が入れ替ってしまったからだ。

つまり、『和泉式部集』の記載は、この三人の贈答歌群に関するかぎり、どうも信用できないということである。だいたい、『和泉式部集』という家集は、少なからず構成に問題があり、重複歌も多く、読者を混乱させる要素を持っていることは周知の事実だが、『公任集』の中にたまたま同じものが載っていたことによって、そういう問題点が具体的にはっきりしてくるという面白いことになった。右の贈答をめぐる『和泉式部集』の詞書は、うち見たところみな尤もらしい書き振りなのだが、後人が何とかつじつまを合すべく苦心の手を加えているという可能性も、なきにしもあらずであろう。少なくとも私の考えでは、三人の歌の贈答の自然な経過は、『公任集』の方に見られる。

それにしても、今見たように、ある一首の歌が、作者と情況をとりかえただけでがらりと意味を変え、新しい文脈の中で素知らぬ顔して生きかえってしまうということほどスリリングな見ものはない。こういう例は、事を平安朝の和歌の世界にだけ限ってみても、限りなくあるだろう。私は『紀貫之』を書いたとき、その種の事柄についていくつかの例をあげながら説いたが、今また『和泉式部集』の中に新しい例を見た。

個人の、ある時点、ある情況のもとでの表現には、きびしい一回性というものがあって、他の何をもってしてもそれは代替できないものであるべきだ、という信念と、右のような事実とは、いうまでもなく矛盾する。矛盾するけれども、こういうことはしばしば起りうる。事は平安朝の和歌にのみ限った問題ではない。たとえば歌謡の世界では、むしろ右のような変化、流転、転生の可能性こそ、その最大の魅力、最上の生命力を保証するものだとさえ言えるようなところがある。

だが、それにもかかわらず、和泉式部は和泉式部以外の何ものでもない歌をうたい、公任は公任以外の何ものでもない歌論をのべた。錯綜する意味のもつれ糸を解きほぐしながら、一人の作者が、彼以外の何ものでもない姿をあらわしはじめるまで解きほぐしつづけることほど深い喜びはない。千年前の詩人が、隣人として語りはじめるのを感じるとき、私は「本」というものの世界が無限であることを、驚きをもって何度でもくりかえし信じるのだ。

帝王と遊君

一

『梁塵秘抄』という平安末期の歌謡集があって、そこには魅力ある当時の歌謡が少なからず蒐集されているということをはじめて知ったのは、ずいぶん以前のことだった。岩波文庫の佐佐木信綱校訂になる『梁塵秘抄』の新訂版が出たのは昭和三十二年(一九五七)はじめのことだが、私はこれを早速買って愛読した。それ以前には、断片的にしか『秘抄』の歌謡を知らなかったので、渇きがみたされる思いがあった。岩波文庫本は、後白河法皇撰になる『梁塵秘抄』巻一(断簡)、巻二(全巻)、『梁塵秘抄口伝集』巻一(断簡)、巻十(全巻)のほか、「御撰ではないが、同じく郢曲《えいきょく》に関する書であって、はやく撰ばれたので、御撰の書と一つになされ、口伝集巻十一以下の外題を記されたものと考えられる」『口伝集』巻十一、十二、十三、十四の四巻(いずれも全巻)をおさめていて、『秘抄』本文に関する基本文献はほぼこれに尽きるといってよい。その後刊行された志田延義校注になる日本古典文学大系本『梁塵秘抄』は、頭注、補注とも綿密精緻、かつ多くの示唆に富み、浩瀚な『日本歌謡圏史』二巻の著者が、その蓄積を背景に注しているだけに、本文と注を併せ読んでゆくだけでもいろいろな楽しみがある。この大系本は、後白河院の撰であることが確実なものだけをおさめており、『口伝集』巻十一以下の四巻は省かれているが、以上二冊を手もとにおけば、『梁塵秘抄』を読む上で不足はない。加えて、小西甚一『梁塵秘抄考』(昭和十六年、三省堂刊)、佐佐木信綱『原本複製梁塵秘抄、附巻梁塵秘抄の研究』(昭和二十三年、好学社刊)、志田延義『梁塵秘抄評解』(昭和二十九年、有精堂刊)などの研究、評解類を読めば、ひとくちに歌謡とよばれるものの世界が、いかに興味津々たるひろがりをもっているかに眼を開かれる思いがする。

近代の詩人、文人で『梁塵秘抄』を愛した人々は少なくない。わけても北原白秋、斎藤茂吉、佐藤春夫、芥川龍之介らには、直接に『秘抄』の歌謡から詩想を借りた作があって、いずれもよく知られている。

一心に遊ぶ子どもの声すなり赤きとまやの秋の夕ぐれ　　北原白秋
うつつなるわらべ専念あそぶこゑ巌の陰よりのび上り見つ　　斎藤茂吉

白秋の歌は『雲母集』の「臨海秋景」の一首、茂吉のは『あらたま』の「海浜守命」の一首。いずれも、『梁塵秘抄』巻二、四句神歌のうち、雑の部にあるあの有名な歌謡、

三五九　遊びをせんとや生《う》まれけむ
　戯《たはぶ》れせんとや生《む》まれけん
　遊ぶ子供の声聞けば
　我が身さへこそ動《ゆる》がるれ

との関連を思わせる。事実、大正三年(一九一四)のころ、白秋と茂吉はともに『梁塵秘抄』を熱愛し、『秘抄』への愛着をひとつの絆として、互いに深く心を通わせ合った。当時白秋は隣家の人妻との恋愛事件による投獄という屈辱的スキャンダルを経て彼女と結婚し、神奈川県三崎に転住、心機一転を期して「巡礼詩社」を起し、さらに小笠原父島に渡り、無謀というほかない貧窮生活の中で、光明讃仰の『雲母集』の世界を追求していた。同集の「法悦三品」の章に

　ここに来て梁塵秘抄を読むときは金色光のさす心地する

の歌がある。そしてこの時期の白秋の歌をおそらく最も熱心に読み、共感していたのが茂吉だった。「大兄に向つていふのが変なれど、御近作小生讃嘆します。なぜ、かういふ潜光があるものを御詠みになるかといろいろ考へてゐます。」大正三年八月七日付の白秋あての手紙に茂吉はこう書いている。さきに引いた「うつつなる」の歌を含む「海浜守命」一連は、茂吉が右の手紙を書いたと同じ八月の下旬に神奈川県長井浜に妻とともに滞在したときの作である。このときすでに白秋一家は三崎から小笠原に移っていたが、茂吉は長井浜滞在中に三崎にまで足をのばしている。「海浜守命」には、

海此岸《かいしがん》に童《わらべ》のこゑすなりうらうらと照《て》り満《みつ》る光にわれ入らむとす
あかあかと照りてあそべる童男《をわらは》におのづからなる童女《めわらは》も居り
にちりんは白くちひさし海中《かいちゆう》に浮びて声なき童子《どうじ》のあたま
海岸にひとりの童子泣きにけりたらちねの母いづくを来らむ

など、童子を歌った作がいくつもあり、それらは白秋の『雲母集』の中の歌、

おほわだつみの前にあそべる幼などち遊び足らずてけふも暮れにけり

赤き日に彼ら無心に遊べども寂しかりけり童《わらべ》があたま
何事の物のあはれを感ずらむ大海《たいかい》の前に泣く童あり
ものなべて麗《うら》らならぬはなきものをなにか童の涙こぼせる
まんまろな朱《あけ》の日輪空にありいまだいつくし童があたま
麗らなれば童は泣くなりただ泣くなり大海《たいかい》の前に声も惜しまず

などの作と共通の世界に浸っている。もちろん、その共通性は、趣向の共通性であって、二人の歌の質は明らかなちがいを示しており、そのちがいの最たるところは、白秋の童子が作者の夢想の中に生きている気配が濃厚であるのに対し、茂吉の童子はたしかに浜辺で泳いだり泣いたりしている矚目の子らであるという点にある。しかし、二人が共通の趣向によって童子を歌っている点だけは明らかで、そしてこの場合、茂吉の方が白秋に刺戟を受けていたらしく思われる。けれども、さらにこれを手繰っていけば、二人がともに熱中していた『梁塵秘抄』にまでさかのぼりうることは否定できないだろう。たとえば次のような歌。

二六二　平等大慧《びやうどうだいゑ》の地《ぢ》の上に

童子の戯《たはぶ》れ遊びをも
漸《やうや》く仏《ほとけ》の種《たね》として
菩提大樹《ぼだいだいず》ぞ生《お》ひにける

四〇八 舞《ま》へ《ゐ》舞へ《〳〵》蝸牛《かたつぶり》
舞はぬものならば
馬《むま》の子や牛の子に蹴《く》ゑさせてん
踏み破《わ》らせてん
真《まこと》に愛《うつく》しく舞うたらば
華《はな》の園《その》まで遊ばせん

茂吉自身も、大正三年時代の自作に『秘抄』の影響のいちじるしいことを認めている。一、二の例をあげれば、

入日には金のまさごの揺られくる小磯の波に足をぬらす

は、『秘抄』四〇一番、「こゆりさんの渚には、黄金《こがね》の真砂《まさご》ぞ揺られ来る、栴檀香樹《せんだんかうず》の林に

は、付嘱《ふぞく》の種こそ流れけれ」に、また

旅を来てかすかに心の澄むものは一樹《いちじゅ》のかげの蒟蒻《こんにやく》ぐさのたま

は、『秘抄』三三番、「心の澄むものは、秋は山田の庵《いを》ごとに、鹿驚かすてふ引板《ひた》の声、衣しで打つ槌の音」や、三三番、「心の澄むものは、霞花園夜半の月、秋の野辺、上下も分かぬは恋の路、岩間を漏り来る滝の水」などに、また

かうかうと西吹きあげて海雀《うみすずめ》あなたふと空に澄みゐて飛ばず

は、『古事記』歌謡のうちとりわけ抒情性に富んだ歌のひとつ、「天皇(仁徳)上り幸《い》でます時に、黒日売の献れる御歌」とされる、「倭《やまと》へに西風《にし》吹きあげて雲離れ退《そ》き居りとも吾忘れめや」と、『梁塵秘抄』四七〇番、「おぼつかな鳥だに鳴かぬ奥山に、人こそ音すなれ、あな尊《たうと》、修行者の通るなりけり」に、いずれも詞を借りつつ、しかも『あらたま』の茂吉の、最も茂吉的な調子をみごとに歌いあげているのである。『あらたま』時代の茂吉と『梁塵秘抄』あるいは白秋との関わりについては、『日本近代文学大系』(角川書店)の『斎藤茂吉集』に付された本林勝夫氏の綿密な注釈が多くのことを教えてくれるが、茂吉がこれほどにもあらわに古典作品に詞句を借りつつ、しかもまぎれもない彼自

身の歌を響かせているということは、私には実に興味深い。

今こうして書きついでいる「うたげと孤心」という文章は、大方はゆくえ定めぬ古典世界の彷徨にほかならないが、ただ私は、日本の詩歌あるいはひろく文芸全般、さらには諸芸道にいたるまで、何らかのいちじるしい盛り上りを見せている時代や作品に眼をこらしてみると、そこには必ずある種の「合す」原理が強く働いていると思われることに、興味をそそられているのである。これを方法論についていえば、懸詞や縁語のような単純な要素から本歌取りまで、また短連歌から長大な連歌、俳諧まで、あるいは謡曲の詞章にその好例を見ることのできる佳句名文の綴れ織りスタイルのごときにいたるまで、一様に「合す」原理の強力な働きを示すものだといわねばならないし、これを制作の場についていえば、協調と競争の両面性をもった円居《まとい》、宴《うたげ》の場での「合せ」というものが、「歌合」において典型的にみられるような形で、古代から現代にいたるまで、われわれの文芸意識をたえず支配してきたということを考えずにはいられないのである。短詩型文学における「結社」組織をはじめ、おびただしい「同人雑誌」の存在は、「結」とか「同」といった言葉に端的にみられるように、「合す」原理の脈々たる持続と健在ぶりを示しているといわねばなるまい。

けれども、もちろんただそれだけで作品を生むことができるのだったら、こんなに楽な話はない。現実には、「合す」ための場のまっただ中で、いやおうなしに「孤心」に還らざるを得ないことを痛切に自覚し、それを徹して行なった人間だけが、瞠目すべき作品をつくった。しかも、不思議なことに、「孤心」だけにとじこもってゆくと、作品はやはり色褪せた。「合す」意志と「孤心に還る」意志との間に、戦闘的な緊張、そして牽引力が働いているかぎりにおいて、作品は稀有の輝きを発した。私にはどうもそのように見える。見失ってはならないのは、その緊張、牽引の最高に高まっている局面であって、伝統の墨守でもなければ個性の強調でもない。単なる「伝統」にも単なる「個性」にも、さしたる意味はない。けれども両者の相撃つ波がしらの部分は、常に注視と緊張と昂奮をよびおこす。

そういう眼で見るなら、茂吉と『梁塵秘抄』の出会いのごときも「合す」原理がひとりの近代詩人の中でいかにみごとに働いているかを示すひとつの場合だといってよかろう。

佐藤春夫や芥川龍之介の場合はどうだったか。よく知られている文章だが、佐藤春夫は彼の詩を十年古いと難じた萩原朔太郎に対して答えた文章「僕の詩に就て」(「日本詩人」大正十四年七月)の中で、「君がジャズバンドを愛せられるのはもとよりそれで差支はないが、尺八と胡弓とは別に僕のためにある。和漢朗詠集と今様と箏唄《ことうた》と藤村詩集とは僕の詩の伝統である」と書いた。同じことを彼は「解嘲」という詩の中でも次のようにのべている。「夢を見たら囈語《うはこと》を言ひませう。／退屈したら欠《あく》びをしませう。／腹が立つたら呶鳴《どな》りませう。／しかしだ、萩原朔太郎君、／古心を得たら古語を語りませう。／さうではないか、萩原朔太郎君。」皮肉は充分にきいている。

佐藤春夫が『梁塵秘抄』を愛読しはじめたのは、大正三年、あるいはその前年であろう。大正三年、彼は二十二歳であり、この年五月、彼が恋していた尾竹ふくみは親の選んだ相手と結婚し、彼は失恋した。六月に書かれた「情癡録秘抄」という断章的詩篇を集めた作品には、『梁塵秘抄』の影響がいちじるしい。

かばかりわれにおもはせて真実あはれとおもひなばひとよは夢にきてもみよなべて無情《すげな》き世のおきて夢だに不義といふやらん

これが第一の断章である。次のようなものもある。

ふく風に、消息をだにつけばやとおもへどもよしなき野辺におちもこそすれ

実はこれは、『梁塵秘抄』四五五番をそっくりそのまま自作の一断章として取入れている

のであった。詩人は後年（大正九―十年）、谷崎潤一郎夫人千代子への愛慕に苦悩していた時期、ふたたびこの『梁塵秘抄』の同じ作を題詞として引き、詩「箏《こと》うた」を作った。

かくまでふかき恋慕とは
わが身ながらに知らざりき、
日をふるままにいやまさる
みれんを何にかよはせむ。

空ふくかぜにつけばやと
ふみ書きみれどかひなしや、
むかしのうたをさながらに
よしなき野べにおつるとぞ。

初恋に破れたとき、呻くようにして詩人が歌い出た作の一契機をなした「古語」が、数年を経て、人妻との苦しい恋の呻きを歌うとき、ふたたび詩の契機をなした。相手変れど主変らず、詩作の経済学、と言って、不謹慎な笑いを洩らすことができるような例かもしれない。しかし、私はむしろ、佐藤春夫の詩心がいかに民謡的なものを豊富に含んでいたかをここに見てとることの方が大切だろうと思う。『記紀歌謡』や『万葉集』以来、私たちはきわめて多くの似たような例を知っている。

わが船は比良の湊に漕泊《こぎは》てむ沖へな離《さか》りさ夜更けにけり
わが舟は明石の湖《みと》に漕ぎ泊てむ沖へな放《さか》りさ夜深《ふ》けにけり

前者は『万葉』巻三にある高市黒人の歌、後者は巻七にある作者不詳の古歌である。どちらが先にできていた歌か知らない。黒人の歌は秀歌として有名であり、作者不詳歌の方は忘れられている。いずれは同じ歌が、民謡伝播の通例として、時に応じ場処に応じて適宜固有名詞の置きかえが生じた結果、こうして二つの形として残ったものにほかなるまい。

佐藤春夫が「古心を得たら古語を語ろう」といったとき、彼にはこの主張を実行することのできる資質の自覚があった。「情癡録秘抄」には、こういう断章もある。

なげかへばこころあやなしひとり寝やひとり寝やよしなきものと知りもせばみそ

めざりせばなかなかにそらに忘れてやみなまし三とせがほどのわがおもひ夕ぐもと
してわすれたや

ここにも『梁塵秘抄』の直接の投影がある。

三三五　思ひは陸奥《みちのく》に
恋は駿河に通ふ也
見初めざりせばなか〳〵に
空に忘れて已《や》みなまし

けれども、事はこれだけでは終らない。詩人はまたしても、数年後これをいわば焼直して、人妻との恋の苦しみを歌うのである。

つれなかりせばなかなかに
そらにわすれて過ぎなまし、
そもいくそたびしぼりけむ

たもとせつなしかのたもと。　　　　（「後の日に」前半）

佐藤春夫がこの詩を書いてから四年ほどして、芥川龍之介は伊豆湯ケ島滞在中に「相聞」という詩を書いた。大正十四年(一九二五)四月作のこの詩は、七五調四行詩三篇から成っていて、その三は有名な、

また立ちかへる水無月の
歎きを誰にかたるべき。
沙羅《さら》のみづ枝に花さけば、
かなしき人の目ぞ見ゆる。

であり、その一は次のようであった。

あひ見ざりせばなかなかに
そらに忘れてやまんとや。
野べのけむりも一すぢに

立ちての後はかなしとよ。

「思ひは陸奥《みちのく》に」の『梁塵秘抄』歌が、佐藤、芥川の恋の歌にいかに巧みに採られているか、一目瞭然である。芥川はこの種の本歌取り、換骨奪胎において、佐藤よりも一歩先んじていた感さえあって、右の「つれなかりせば」(佐藤)と「あひ見ざりせば」(芥川)とを較べてみれば、後者の方が哀切な情緒の定着においてやや優っているのである。

詩人としての芥川龍之介は、そういう点ではまことに興味深い存在であって、たとえば彼の恋歌のうち最も真率の情に溢れている作は、旋頭歌という今ではまったく廃れてしまった古い詩形で書かれた二十五首の連作「越びと」にほかならないし、また彼の書いた最も痛烈な諷刺詩は、催馬楽《さいばら》の古調をみごとに模倣した「百事新たならざるべからざるに似たり」にほかならなかった。

な古りそねや。
さ公《きん》だちや。
新水干《にひすゐかん》に新草履《にひざうり》、
新《にひ》さび烏帽子《ゑぼし》ちやくと着なば、

新《にひ》はり道にやとかがみ、
新糞《にひくそ》まれや。
さ公《きん》だちや。

「百事新たならざるべからざる」かのごとくに、息せき切って新ばかりを追う連中に対するこの嘲笑的諷刺は、精神の姿勢において、佐藤春夫のそれに近いといえるであろう。芥川は「佐藤春夫氏」（大正八年五月）という短文で、「佐藤の詩情は最も世に云ふ世紀末の詩情に近きが如し。纖婉《せんゑん》にしてよく幽渺《いうべう》たる趣を兼ぬ」といい、また「萩原朔太郎君」（大正十五年十一月二十七日）という萩原論として第一級の重要性をもつ、洞察力にみちた短文では、萩原と佐藤の例のやりとりにふれつつ、「佐藤君はその〔「十年前の詩」だという萩原の評言の〕言葉に、「十年以前のものではない、千八百九十年代のものである」と答へてゐる。千八百九十年代は僕の信ずる所によれば、最も芸術的な時代だつた。僕も亦千八百九十年代の芸術的雰囲気の中に人となつた。かう云ふ少時の影響は容易に脱却出来るものではない。僕は近頃年をとるにつれ、しみじみこの事実を感じてゐる」と書いているが、佐藤春夫の詩情の本質を「世紀末」的なものとして理解し、それに対して共感している芥川のこの言葉は、彼らの詩ないし文学の質を考えるとき、まことに暗示的なものを含んでいる。

世紀末の意識の核にはイロニーがある。佐藤春夫や芥川龍之介が『梁塵秘抄』その他の歌謡を愛し、進んでそれらの形式を踏襲し、それらを模倣することにおいて、みずからの赤裸な心を最も素直に流露させようとする手のこんだやり方をとったのも、彼らの精神がイロニーの機構によって動いていたからにほかならない。「古心を得たら古語を語ろう」という佐藤春夫の印象的な言葉にしても、看板通りに受けとってはなるまい。古心や古語を語っているとき、彼は最も新しい心と言葉の在り様を語っているという自負をもっていただろう。しかしまた、当然のことながら、古心や古語をいうかぎり、彼の自負する新しさは、白紙の、冒険にみちた新しさではありえなかった。イロニーの武器を用いる者は、まず最初にそのイロニーで傷つかねばならないのだ。それは芥川の場合も同様であり、彼の萩原朔太郎論がすぐれているゆえんは、彼がみずからのそういう精神機構をもって、萩原の「古今東西を絶した芸術上の伝統さへ顧みない勇気」、「芸術上のアナアキズム」を、同時代の他の誰よりも鋭く洞察しているからである。芥川のイロニックな精神は、萩原のそういう特質を端的に見抜いて共鳴した。しかし、萩原的な「芸術上のアナアキズム」を最もよく理解しつつ、しかも最もこれに同調することのできない精神こそ、芥川の精神だった。彼は「芸術上の伝統」の偉大さを片時も忘れることができない精神だったからである。

佐藤春夫と辻潤や高橋新吉の関係も、これと似た性格のものだったのではないかと私には思われる。『梁塵秘抄』について語りはじめた文章が、大正期の詩歌の話題にもっぱら関わっている形だが、私は佐藤春夫や芥川龍之介のように鋭敏な近代感覚の持主が、たとえば『新古今和歌集』にはおもむかず、『梁塵秘抄』や催馬楽におもむいたことを大層意味深いと感じている。彼らの「世紀末」の感覚は、新古今的な精緻な文学ではなく、雑芸《ぞうげい》的な民謡に、むしろ近代の心に訴えるゆかしさと雅びを感じとったのである。イロニーの詩心は、そういう形で、「古語」の中に、新よりも新なるものを見出そうとしたのだ。

三好達治も『諷詠十二月』の冒頭で神楽歌や催馬楽をいくつかとりあげていて、並々ならぬ愛着をもっていたことをうかがわせるが、しかし三好達治の資質は、佐藤、芥川のようにはイロニックでなかった。

二

北原白秋、斎藤茂吉、佐藤春夫、芥川龍之介。これらの人々と『梁塵秘抄』との接触を見ると、それがすべて大正年間に生じていること、しかも大正三年あたりにひとつの頂点があったことに気づく。そのことは、実は『梁塵秘抄』なるものの経てきた運命と深く関わっていることなのである。

『梁塵秘抄』の名は、『徒然草』をはじめとして、多くの書物の中で言及され、古くから知られていた。しかし、『群書類従』に収録されている『口伝集』巻十をのぞいては、実に数百年のあいだ埋没して、その実体は不明だったのである。順徳院の『八雲御抄』の六に、「後白河院の梁塵秘抄といふものに、いま様のやうをかかせ給へる中に、「歌詠む輩《ともがら》も、万葉の様など称《い》ひて癖《くせ》み詠《よ》めども、真《まこと》のよき歌詠みになりぬれば、やすやすとありのままの事とこそ聞こゆれ。何事も、長じぬれば斯《か》くの如し」といへり」とあるのは、明らかに『口伝集』の一節から引いたものと思われるが、さて、この「後白河院の梁塵秘抄」なるものが一体どんな本であるのか、とうの昔からわからなくなっていた。少なからぬ学者が夢中になって探し求めたが、どこにも見出せなかった。つまり、幻の本だった。平安時代末期に、盛んな今様雑芸時代があったことはわかっていながら、その時代の歌謡の主役を占めていた今様の実体がどんなものであったのかを教えてくれる資料はほとんどないままに数百年が過ぎたのである。

しかるに、明治四十四年（一九一一）秋、この幻の歌謡集のうち巻二が国文学者和田英松によって発見された。彼は友人佐佐木信綱にこれを託して検討を依頼した。佐佐木信綱は、これが幻の『梁塵秘抄』の本文の一部であることを確認した。こうして巻二本文は大正元年(一九一二)八月を期して刊行される運びとなった。しかるに、その校正中、今様に縁の深い家柄の綾小路家において、『梁塵秘抄』巻一、『口伝集』巻一のそれぞれの断簡が佐佐木信綱によって発見され、こうして一挙に、目下現存する後白河院親撰の『秘抄』のすべてが、大正元年というこの年に上梓されたのである。

白秋、茂吉、春夫、龍之介らは、この記念すべき本によって、『梁塵秘抄』の少なくとも重要な一部分をなす五百余首の歌謡を読む幸運にめぐりあったのである。彼らは大正元年現在で、茂吉三十歳、白秋二十七歳、春夫、龍之介ともに二十歳という年齢だったが、この年齢構成のちがいは、そのまま彼らの『梁塵秘抄』の受入れ方の微妙なちがいとなって現れているようにもみえる。茂吉、白秋が、いわば研究的な受入れ方の余裕を残しつつこれを愛読したのに対して、春夫、龍之介の二人は、青年のがむしゃらな愛によってこれをむさぼり吸収し、ついにはみずからの傷つきやすい近代的感性、そのイロニーを表現する絶好の容れものとして、これを利用するところまでいった。そういうちがいがあったように思われる。

いずれにせよ、私たちが今手軽に読むことのできている『梁塵秘抄』は、大正元年にはじめて陽の目を見た、まだ真新しいといっていい本なのである。

さて、そこで、こういう問題が生じる。たとえばあのあまりにも有名な「遊びをせんとや生まれけむ」の歌だが、白秋や茂吉がこの歌を明らかに意識しつつあれら子供の歌を作ったとき、彼らはこの「遊びをせんとや」の歌を、いったいどんな人間が作り、謡ったかについて、立ちどまって考えてみたことがあるだろうか。おそらく彼らは、ごく普通の人間(男でも女でも)が、無心に遊ぶ子供を見て感じた気持を、そのまままっすぐに謡ったものとして、これを受取ったことだろう。彼らの作った童子の歌を念頭においてみても、その印象は変らない。

しかし、この「遊びをせんとや」の歌は、遊女が子供を眺めて謡ったものであろうという見方がある。私ははじめてこの説を知ったとき、実に驚いた。目から鱗が落ちる思いとはこういうものをいうのだろうとさえ思った。遊女の歌として見ると、このひたすらな童心讃仰とみえる単純な歌が、にわかに、哀切、痛烈な歌と変じて見えてくるではないか。

この説を最初に示した学者はだれなのか、私はつまびらかにしない。小西甚一氏の『梁塵秘抄考』は、この歌についての「考説」として次のようにのべている。

「この歌は秘抄の中でもすぐれたものであるが、以下の数首が遊女に関する歌であるから、これも遊女の感慨であるかと思ふ。平生罪業深い生活を送つてゐる遊女が、みづからの沈淪に対しての身をゆるがす悔恨をうたつたのであらう。「たはぶれ」は、『類聚名義抄』の「淫　タハフル」が当るやうである。」

どうも、叙述の仕方から察するに、この本の説が、この歌を遊女の作とする考えの最初の表明ではなかったかと想像される。そうだとすれば、この説は昭和十六年(一九四一)以来のものということになる。白秋も茂吉も、春夫も龍之介も、そういう見方がありうるとは、たぶん想像もせずに、この童子讃歌を読んでいたことだろう。

しかし、小西氏と共に『梁塵秘抄』研究のもう一人の権威者である志田延義氏は、『梁塵秘抄評解』の中で次のようにのべている。

「これを遊女《あそび》の身をゆるがす悔恨を謡った歌として見ようとする人もあるが、単純に右に解したように、童子の遊びたわむれる歓声を聞いて自然とわが身の動き出すような衝動を覚える情を謡ったものと解してしかるべきであると思う。この心持ちを一応反省的な謡いぶりにしながら、それを先にうち出して繰り返し、その因縁を後に明かにして謡い上げた所に、心の躍動を伝える巧みな表現が成立していることを味わいたい。」

志田氏は今様雑芸時代の歌謡の流行伝播にあずかった重要な集団としての遊女や巫女、傀儡子《くぐつ》などの活躍を強調することにおいては小西氏と変らないが、この歌に関しては、遊女と関連づけて見る必要はないとするのである。小西氏の説では、「たはぶれ」は「淫　タハフル」に当るだろうとされるが、志田氏の考えでは、これは子供の「戯れ」以外のものではないということになる。

どちらの説が妥当なのか、私にはわからない。ただ、この歌を遊女の生態と関連づける見方のあることをはじめて知ったときの鮮烈な驚きは、今でも私の記憶に新しい。

遊女、巫女、傀儡子、白拍子。これらの人々を除いては、歌謡の歴史はまったく成り立たない。そのことは、その道の学者、研究者の間では常識だが、私のような門外の素人の目からすると、こういう事実はまだ充分に知れわたっていないと感じられる。

たとえば遊女が、平安時代ないし鎌倉時代の社会で、一体どのような位置にいたのかということを、いささか劇的な形で示そうと思えば、ここに平安博物館館長角田文衛氏の『日本の後宮』(昭和四十八年、学燈社刊)という驚くべき逸話をふんだんに盛った興味津々たる本があり、その付録として巻末に収められた斎院表・斎宮表・女院表・歴代皇妃表・歴代主要官女表を眺めてみれば、歴代皇妃表の後白河天皇の項には、中宮藤原忻《よし》子《こ》以下十七人の皇妃の表があり、その中に「紀某女」なる女性があげられている。「丹《たん》波局《ばのつぼね》」とよばれたこの妃についての説明にいう、「初め遊女。嘉応元年、皇子(承仁)を産む。『天台座主記』には、「内膳司紀孝資女。江口遊女、云々」とあり、遊女などに産ませし娘と見ゆ」。

後白河天皇は、歴代天皇の中でも皇妃の数のぬきんでて多かった帝王のひとりだが、角田氏によると、気に入った女性に対する求愛においてもユニークだったらしく、「上皇は、なにかの機会に気に入った女房を見出され、あるいは人の話である女房に興味を抱かれると、気軽に車を遣して御所に召されたようである」という。有名な女流歌人小侍従も車を差向けられて御殿に一夜召されたことがある。『古今著聞集』が語っている小侍従自身の告白を、角田氏の再話によってしるせば、

「風が肌寒く、月の冴えたある夜、高松殿から迎えの車が遣された。千々に思いくだけ、心は迷ったあげく、恥ずかしい思いをしながら車に乗った。さて高松殿に行きついて御殿の車寄せに車をさし寄せると、御簾《みす》のうちから天皇がなよやかに出て来られ、車の簾を上げて彼女を車から降され、彼女は非常にいとおしく感じた。天皇は、彼女を立ちながら衣《きぬ》越しにひしと抱かれ、「なんとまあ遅かったことか」と宣せられたが、彼女には御返事の言葉も出なかった。契った後に天皇としめやかにうち語らう間に長夜も明けそめたので、睦言も尽きぬままに車に乗り、家に戻った。その時、彼女は天皇と衣をとり違えて帰ったので、日ねもすこの衣の移り香であかぬ名残りを偲んだとのことである。これは保元元年の晩秋か初冬の頃らしいが、暗い御帳台《みちょうだい》の中で下着をとり違えたと

いうのであるから、二人は裸形で契り合ったことが知られる。」

下着とり違えの一件から、二人が裸形で契り合ったむね念を押すあたりに、角田氏の本の面白さがあるが、氏は「丹波局」とよばれることになる江口の遊女紀某女も、はじめ小侍従と同じような方法でひそかに院の御所に招かれたのであろうと推測している。

父親は一応貴族であったにせよ、母は水駅《みずうまや》に舟をあやつって色をひさぐ遊女であったと見られ、みずからも遊女として生計をたてていた女である。そういう女が、御所に住む身となり、皇子を生んで丹波局とよばれる身分にまでなることができた。後白河院という帝王は、そういうことを、「気軽に」やれた人であった。そのことについては、『口伝集』巻十をじっくり追いながら、小侍従の母小大進《こだいしん》などが大いに活躍する後白河院後宮の今様サークルについて書く際に、たっぷりと見ることになるだろう。

卑賤の身分の女を後宮に入れ、皇子、皇女の母たらしめた帝王には、もう一人、かの後鳥羽院がある。後白河、後鳥羽と、平安朝から鎌倉初期にかけての日本の詩歌史に、掛値なしに最重要の仕事を残した二人の帝王が、そろってそのような人柄だったことは興味がある。これは必ずしも偶然のことではなかったと感じられるからである。後鳥羽院が亀菊や石《いし》を寵愛したことは有名だ。ふたたび角田氏の皇妃表によれば、「某姓亀菊」は、「舞女の出。寵愛並びなし。その父に賜はりし荘園がもととなり、幕府との間に紛争を生ず。上皇の隠岐遷幸に供奉す(『承久記』)」。彼女には皇子、皇女は生れなかった。次に「某姓石」は「白拍子にして、簾を編む者の娘。殊寵ありて、元久二年二月、皇女・凞子《ひろこ》を生む(『明月記』)」。ほかにも、「姫法師」とよばれる皇女が、「同じく舞女の出身か」とある。

なぜ後白河院が遊女、傀儡子らに気安く接したか、といえば、それは院が当代随一の今様狂だったからである。院の今様狂いがどれほど壮絶なものだったかについては、追い追い見てゆくが、帝王と遊君たちとの稀れにみる出会いが行なわれた当時の状態を、高野辰之の古典的名著『日本歌謡史』(大正十五年、春秋社刊)によってみれば、

「今様の盛行は一条の朝以後のことで、吉野楽書に、「今様ノ殊ニハヤルコトハ後朱雀院ノ御時ヨリナリ」とあり、敦家の左少将が多く謡つたのだと記してある。始は神仏に奉仕する巫女の間に行はれて、次で遊君・白拍子の間に盛行し、後には貴紳の間にも弄ばれることになつたのである。後朱雀院の御代、長久元年女宮の袴着の御祝に大納言以下の者が今様を歌つたといふので、東宮権太夫藤原資房は其の日記の春記に、「太《はなはダ》以《テ》軽々也」と記してゐる。それが百年たつと、後白河院が最も之を好ませられて、上達部《かんだちめ》殿上人は勿論のこと、京の男子、所々のはした者、雑仕、江口神崎の遊女、国々の傀儡《くぐつ》まで、苟《いやし》くもこれに達してゐる者には、貴賤を問はず就いてお習ひになつた。さうして

承安四年九月、御所に於て十五日の間、連夜今様合を遊ばされた。此の時六条上皇もお謡ひになつたが、それを『百練抄』に「希代之美談也」と記して居る、変れば変るもので。」（第三編第五章）

遊女や巫女に関わる歌は、『秘抄』巻二の中の「四句神歌　百七十首」（実数二〇四首）のうち「雑　八十六首」（実数一三〇首）の部にたくさん含まれている。

三四　鈴は亮《さや》振る藤太巫女《みこ》
目より上《かみ》にぞ鈴は振る
ゆら〳〵と振り上げて
目より下《しも》にて鈴振れば
懈怠《けたい》なりとて、忌々《ゆゆ》し
神腹立《かみはらだ》ちたまふ

鈴を目よりも高く清らかな音色に振って祈り歌う巫女が、ついつい眠気を催すのである。眠くなれば自然に手は目よりも下がってくる。すれば、恐ろしや恐ろしや、神さまは腹をお立てになるのである。いささかの無駄な描写もない、小気味よい具象性で迫ってくる歌だ。巫女の生活実感から生れた諧謔の歌といってよい。

三三〇 よく〳〵めでたく舞ふものは
巫《かうなぎ》小《こ》楢葉《ならは》車《くるま》の筒《どう》とかや
八千《やち》独楽《こま》蟾舞《ひきまひ》手《て》傀儡《くぐつ》
花の園には蝶小鳥

「巫《かうなぎ》」はもちろん巫女のことである。『秘抄』にはこの種の「ものは尽し」スタイルが少なからず見出され、その言葉のにぎやかなめでたさ、日常生活の細部の活写には感心させられるものが多い。右の「蟾舞」は侏儒《ひきひと》舞(こびと舞)のことで、こびとの道化の舞ぶりをさす。「手傀儡」は手遣いで人形をまわす芸人のこと。

三三四 常に恋するは
空には織女《たなばた》流星《よばひぼし》
野辺には山鳥秋は鹿
流れの君達《きうたち》冬は鴛鴦《をし》

「流れの君」とはすなわち遊女である。「流れ」といったのは、「淀河沿いの江口・神崎の遊女が扁舟に棹さした所からいう」(古典文学大系頭注)。彼女らの生業の実態を語っている歌をあげれば、

三八〇　遊女《あそび》の好むもの
　　雑芸《ざふげい》鼓《つづみ》小端舟《こはしぶね》
　　簦《おほがさ》翳《かざし》艫取女《ともとりめ》
　男の愛祈る百大夫

「雑芸」には種々の種類があるが、ここでは主として今様歌謡とその音芸をさしている。「小端舟」は小舟、「簦」は柄のある大がさ。小舟には一人あるいは二人の遊女が乗り、河中を往き来しては客をとって春をひさいだ。二人で組む場合は、年とった方が大がさをさしかけて棹をとり、若い方は脂粉をこらして客を蕩《とろ》かし、今様をうたった。彼女らは百大夫とよばれる道祖神を守り神として信心していた。

三四番の「常に恋するは」の歌に続いて出ているのは、すでにあげた三五番「思ひは陸《みち》

奥《のく》に、恋は駿河に通ふ也」の歌である。これが、「思は満ち」「恋はする」に懸けたものであることはいうまでもない。このあたりには率直な恋歌が並んでいるので、続けていくつか引いてみよう。

三三八 厳粧狩場《けしやうかりば》の小屋竝《なら》び
暫しは立てたれ閨《ねや》の外《と》に
懲らしめよ、宵の程
昨夜《よべ》も昨夜《ようべ》も夜離《よが》れしき
悔過《けくわ》はしたりとも〳〵
目を見せむ

遊女の馴染みの武士が、よそに気を移したのか、近ごろ足が遠のいているのである。今度やってきても、簡単には閨に入れてなんかやらないからと彼女は怒って歌うのである。悪かったと頭をさげても、懲らしめて、思い知らせてやるから、おぼえているがいい。

三三九　我を頼《たの》めて来ぬ男
角《つの》三つ生《お》ひたる鬼になれ
さて人に疎《うと》まれよ
霜雪霰降る水田《みづた》の鳥となれ
さて足冷《つめた》かれ
池の萍《うきくさ》となりねかし
と揺りかう揺り揺られ歩《あり》け

周知の有名な歌である。体を張って生きる遊女だから、このように歯切れのいい呪詛も吐けたのだろう。「頼めて」は、頼みにさせておきながらという意。これは、単に惚れた男がやってこないから焦《じ》れている、というだけの歌ではなかろう。生活がかかっているのだ。「冗談じゃないよ、あいつ。どうしてくれるんだい、あたしら一家を。」そんな歯ぎしりもまじっているように思われる。

三四〇　冠者《くわざ》は妻《め》設《まう》けに来《き》んけるは
構へて二夜《ふたよ》は寝にけるは

三夜《みよ》といふ夜の夜半《よなか》ばかりの暁に
袴取《はかまと》りして逃げにけるは

この歌は遊女が主人公とも限るまいが、ともかく女に若者が求婚してきたのである。女をその気にさせて、二夜は共寝したのである。三日目の夜という夜の明け方に、袴のももだちとって、あっというまに逃げてしまったのである。小僧はげらげら笑いながら仲間に自慢ばなしをしたことだろう。こういう滑稽な歌が歌われる場合には、きっと身振りや所作が加わっただろうと想像される。

三四一　美女《びんでう》打ち見れば
一本葛《ひともとかづら》にもなりなばやとぞ思ふ
本《もと》より末《すゑ》まで縒《よ》られればや
切るとも刻むとも
離れ難きはわが宿世《すくせ》

もちろんこれは、女に惚れた男の歌だ。「びんでう」の「びん」は「美」に撥音を加えて、いかにも景気の添うた謡い方である。

三四三　君が愛せし綾《あやゐ》藺笠《がさ》
落ちにけり〳〵
賀茂河に河中に
それを求むと尋ぬとせし程に
明けにけり〳〵
さら〳〵清《さや》けの秋の夜は

これもよく知られた歌だが、綾藺笠をかぶっている男といえば、しかるべき身分の武士である。夜の河中にその笠が落ちたのは、武士が舟に乗っていたからであろうか。そうだとすれば、相手はやはり遊女ということになろう。

こんな具合に眺めてゆくと、いろんな歌が遊女にまつわるものと見えてくる。こじつけに陥るおそれもあろうから、この辺で遊女を離れ、もう一度巫女の歌をとりあげてみる。

三六二　王子《わうじ》のお前の笹草は
　駒は食めども猶繁し
　主《ぬし》は来ねども夜殿には
　床《とこ》の間《ま》ぞ無き若ければ

古典文学大系頭注によれば、これは「若王子《にやくわうじ》の社の巫女の夜の生活」を歌ったものだ。たとえ情人はやってこなくても、若くて美貌の彼女の寝床はあく暇もない、というのである。神社につかえる巫女の多くが遊女でもあったから、こういう歌がうたわれた。「王子のお前の笹草は　駒は食めども猶繁し」という前半は、男出入りの頻繁さをいう後半に対応しているが、多淫な若い女の隠しどころに生えている毛髪のイメージがそれに重なって閃くところが、なんともいえずなまめかしい。

三六四　我が子は十余に成りぬらん
　巫《かうなぎ》してこそ歩《あり》くなれ
　田子の浦に汐踏《しほふ》むと
　如何《いか》に海人《あま》集《つど》ふらん

正《まさ》しとて
問ひみ問はずみ嬲《なぶ》るらん
いとほしや

三六五　我が子は二十《はたち》に成りぬらん
博打《ばくち》してこそ歩《あり》くなれ
国々の博党に
さすがに子なれば憎《にく》か無し
負かいたまふな
王子の住吉西の宮

巫女である母親が、歩き巫女になって諸国を遊行している娘の身の上を思いやって歌っているのが三六四番の歌だ。娘は遠い駿河の田子の浦あたりをさすらっていると風の便りに聞くが、さぞかし荒くれた漁師どもにかこまれて、なぶりものにされていることだろう。娘のお告げがよくあたるなどとはやして、その実、下心がある男どもばかりなんだ。かわいそうに。

三六五番の歌は、ぐれて博徒に身を投じた息子の身を案じながら歌っている。手におえない子ではあっても、やっぱりわが子だもの、だれが憎かろう、ぜひぜひ勝たしてやってくださいまし、住吉、西の宮の神様方。

次のような歌もある。

三六八　此の比京《ごろみやこ》に流行《はや》るもの
肩当《かたあて》腰当《こしあて》烏《え》帽子《ぼうし》止《とど》め
襟《えり》の竪《た》つ型、錆《さび》烏《え》帽子《ぼうし》
布打《ぬのうち》の下の袴、四幅《よの》の指貫《さしぬき》

三六九　此の比京《ごろみやこ》に流行《はや》るもの
柳黛髪々《りうたいかみがみ》似而非《えせ》鬘《かづら》
しほゆき近江女《あふみめ》女冠者《をんなくわざ》
長刀《なぎなた》持たぬ尼ぞ無き

古典文学大系頭注は、三六八番を「いわゆる強《こわ》装束風の流行服飾尽くし」、三六九番を「女

風俗尽くしであろう」とする。このうち、三六九番の方は、岩波文庫本では、

此の頃京にはやるもの
わうたいかみ〳〵ゐせかつら
しほゆき近江女《あふみめ》女冠者
長刀持たぬ尼ぞなき

となっていて、「わうたい」は「龍体」か、「ゐせかつら」は「似非鬘」あるいは「似非神楽」か、「しほゆき」は「塩焼」か、と脚注を施しており、『梁塵秘抄考』も本文は文庫と同じである。これに対して古典文学大系本の頭注は、文庫が「龍体」か、としたところを「柳黛」(まゆずみで描いた眉)とし、「ゐせかつら」は「似而非鬘」、すなわち少ない頭髪をかくす仮髪のかつらと見、「しほゆき」については「潮湯着か」とのべている。塩焼にせよ潮湯着にせよ、もう一つしっくりこない感じがあるが、この種の問題は『秘抄』のテキストには少なくないのだ。「女冠者」は「男子青年の風をまねた女子青年か」とされ、尼の長刀については「不穏険悪な世相を直写」していると解説されている。いずれにしても、この二つの歌は、流行の尖端をゆく男女京風俗を列挙しているものに

はちがいなかろう。

三

私が興味を感じるのは、この種の歌がどんな人々に好まれたのだろうか、という点である。もちろん、京の人々もこういう流行歌に興じたろう。けれども、こういう歌にずっと熱心に耳を傾けた人々が、他にいるはずである。京風俗に憧れ、生涯に一度でいいから花の都へ、と願っていたであろう地方の人々である。

「このごろみやこにはやるもの」、という歌い出しの常套句は、いわば当時のかわら版のスタイルなのだと思われる。こういう歌のレパートリーをどっさりもって、諸国を漂泊して歩きながら、人々の好奇心をかきたて、憧れを満足させていた吟遊詩人たちがいたのである。

志田延義氏が『梁塵秘抄』歌謡、とくに神歌の表現の特質として指摘している「物は尽くし(列挙法)」、「物尽くし」、「道行」といったいちじるしい特徴は、いずれも、歌を通じて見聞をひろめ、知識を増そうとした人々の要求に応じて、自然に生み出されたスタイルにほかなるまい。

何《いづ》れか清水《きよみづ》へ参る道、京《(きやう)》(極《(ごく)》く)だりに五条まで、石橋よ、東《ひむかし》の橋詰《はしづめ》四つ棟《むね》六波羅堂、愛宕寺《おたぎでら》大仏《ほとけ》深井とか、それを打ち過ぎて八坂寺、一段上《のぼ》りて見下ろせば、主典大夫が仁王《にわう》堂、塔の下《もと》天降り末社《すへやしろ》、南を打ち見れば、手水棚《てうづだな》手水《てうづ》とか、お前に参りて恭敬礼拝《くぎやうらいはい》して見下ろせば、この滝は様《やう》かる滝の、興《けう》かる滝の水（三一四番全文）

地図などというもののなかった時代の、文字もろくに知らない人々にとって、この種の歌は、今日では想像もできないほど大切な道しるべであり案内記でありえただろう。それは正確な地形の認識を与えるとともに、都の名所付近の風物について想像をめぐらすための恰好の手がかりを与えてくれるものであった。しかもこれは、最も新しい流行の曲調にのせて歌われる歌謡曲であったのだ。

そういう性質の歌である以上、地名がもつ不思議な魅力、その美的幻影がたえず強調されることになるのも、ごく自然な成行きだった。

三五　近江にをかしき歌枕
老曾《おいそ》　轟《とどろき》　蒲生野《がまうの》　布施《ふせ》の池

安吉《あき》の橋、伊香具野余吾《いかごのよご》の湖《うみ》の
滋賀の浦に、新羅《しらぎ》が建《た》てたりし持仏堂の金《かね》の柱

この種の歌枕列挙形式や道行形式は、人々に知的快感、美的快感ふたつながら同時に与えるものだったから、『秘抄』にその種のものがたくさん残されているのは当然である。

このジャンルは、もともと、歌謡の歴史はじまって以来ずっと愛好されてきたものである。古代にあっては、道行のスタイルは、とりわけ哀傷の歌において秀作を生んだ。葬列が過ぎてゆく土地の名をつぎつぎに呼びあげていきながら、悲痛な哀傷をうたいあげた歌謡が、『日本書紀』武烈記にある。愛人鮪《しび》の臣《おみ》を皇子(後の武烈)に殺された影媛《かげひめ》が、葬列に加わって悲嘆にくれながら歌ったとされている絶唱である。

石《いす》の上《かみ》　布留《ふる》を過ぎて
薦枕《こもまくら》　高橋過ぎ
物多《ものさは》に　大宅《おほやけ》過ぎ
春日《はるひ》　春日《かすが》を過ぎ

妻ごもる　小佐保を過ぎ
玉笥《たまけ》には　飯《いひ》さへ盛り
玉盌《たまもひ》に　水さへ盛り
泣き沾《そぼ》ち行くも　影媛あはれ

地名がすべて枕詞によって飾られ、あたかも貴重品のようにして、ひとつ、またひとつと立ち現れる。後世、地名が歌枕としてしばしば神聖な意味さえ帯びるようになってゆく源が、こういうところにもあったように思われる。土地の名が聖なる意味を帯びてくるのは、そこに霊がとどまると信じられるからであり、死者の霊との結びつきにおいてこそ、土地は単なる土地以上の、「名」という霊的な本質にまで高まったのである。こういう記憶が薄れはてた現代にあってさえ、地名はつねに、固有名詞のうち最も詩的な質感をもって訴えてくる。

こういうわけで、『梁塵秘抄』はもちろんのこと、さまざまな形式の歌謡全体を通じて、道行形式が不断に愛好されているのを見ることができる。中世の「宴曲」の詞章をみても、その中で抜きんでて成功しているのが道行の形式によっている部分であることはいうまでもない。そこには、政治の中心が鎌倉に移ったため、海道往復の必要も人も激増したという現実的要因があったし、また軍記物語に典型的に現れたような、中世文芸の叙事性への要求が、歌謡においてもこういう形で現れたということがあったろう。

一方、天台宗山門派の恵心僧都(『往生要集』で知られるが、その和讃「極楽六時讃」は、日本詩歌史上の一傑作である)に代表される平安期の和讃の盛行は、『梁塵秘抄』の多くの法文歌のうちに歴然とその影響のあとをとどめたのち、鎌倉新仏教の興隆とともに、浄土真宗の親鸞、時宗の一遍などに受けつがれ、彼らのそれぞれ独自な和讃となり、庶民のうたの重要な資源となっていった。そして、たとえば一遍上人の「別願和讃」の極楽の描写——

はやく万事をなげ捨てて　一心に弥陀を憑みつつ
南無阿弥陀仏と息たゆる　是ぞおもひの限なる
此時極楽世界より　弥陀・観音・大勢至《だいせいし》
無数恒沙《ごうしや》の大聖衆《だいしやうじゆ》　行者の前に顕現し
一時に御手を授けつゝ　来迎引接《らいがういんぜふ》たれ給ふ
即ち金蓮台《こんれんだい》にのり　仏の後にしたがひて
須臾《しゆゆ》の間を経る程に　安養浄土に往生す

行者蓮台よりおりて　五体を地になげ頂礼《ちやうらい》し
すなはち菩薩に従ひて　漸く仏所に到らしむ
大宝宮殿に詣でては　仏の説法聴聞し
玉樹楼にのぼりては　遥かに他方界をみる

のごとき、また同じく「百利口語《くご》」の地獄の描写――

六道輪廻《ろくだうりんゑ》の間には　ともなふ人もなかりけり
独《ひとり》むまれて独《ひとり》死す　生死の道こそかなしけれ
或は有頂《うちやう》の雲の上　或は無間《むげん》の獄の下
善悪ふたつの業《ごふ》により　いたらぬ栖《すみか》はなかりけり
然《しかる》に人天善所《にんでんぜんしよ》には　生《しやう》をうること有がたし
常に三途《さんづ》の悪道を　栖《すみか》としてのみ出《いで》やらず
黒縄《こくぢよう》・衆合《しゆうがふ》に骨をやき　刀山・剣樹に肝をさく
餓鬼となりては食にうへ《ゑ》　畜生《ちくしやう》愚《ぐ》癡《ち》の報もうし
かゝる苦悩を受けし身の　しばらく三途《さんづ》をまぬかれて

たま〳〵人身《にんじん》得たる時　　などか生死をいとはざる

のごときは、現世の旅とは別次元の魂の旅をうたいつつ、道行形式が必然的にとられることになる成行きを示している。

日本人の思想のフォルムということを考えるとき、おそらく最も基本をなすもののひとつは、「流れ流れてとどまらざるもの」のイメージを核とした「旅」というフォルムであることは認めざるを得ないことだと思うが、その旅のイメージは、この種の仏教的輪廻の思想を一方の極とし、水駅に舟をあやつる遊女や諸国巡遊の傀儡子のような漂泊民の生活から生れたおびただしい流行歌の中に流れている、行き行きてとどまらぬものの哀歓を他方の極とし、この両極の間に、四季のめぐりに感動する貴族的美意識も、一夜にして焼野と変る戦乱の都を嘆じる隠者の諦観も、世を捨てた解放感につき動かされつつ山野にあくがれ、諸国を経めぐる西行のような男、また、『とはずがたり』作者のような女の無常観も、人目を忍ぶ悲恋の末路をふみしめて、とどめようもなく死にむかって歩む庶民の男女の道行も、渾然とまじり合っているということができそうに思われる。

これこそ、「道行」という表現形式が日本詩歌の中で普遍的重要性をもっている理由であろう。謡曲や浄瑠璃からこの形式の表現方法をとりのぞいたら、それらのものの美感や哀感は根本的に崩れさるだろう。

室町末期の小歌を集めた『閑吟集』には、放下《ほうか》師のうたって歩いた歌がいくつか収められており、それらの多くは道行の形式を用いていて、道行という形式が名所案内的、開放的な歌いぶりにも適していたことがよくわかる。

面白の花の都や、筆で書くとも及ばじ、東には祇園、清水《きよみづ》、落ちくる滝の音羽の嵐に、地主《ぢしゆ》の桜はちり〲、西は法輪・嵯峨の御《おん》寺、廻らば廻れ水車《みづぐるま》の(輪の)、臨川《りせむ》堰《せき》の川波、川柳は水にもまるゝ、ふくら雀は竹にもまるゝ、……(一九番前半)

面白の海道下りや、何と語ると尽きせじ、鴨川・白川打(ち)渡り、思ふ人に粟田口《あはたぐち》とよ、四の宮河原に十禅寺、関山三里を打(ち)過ぎて、人松本に着くとの、見渡せば、勢田の長橋、野寺《のぢ》、篠原や霞むらん、……(二六番前半)

これらが、『秘抄』の「近江にをかしき歌枕」のような歌の後継者といった位置にあることは明らかである。

こういうものを顧みると、今日の人気歌手たち、たとえば北島三郎とか森進一、石川さゆりとか五木ひろしとか前川清といった人々の歌の中で、日本の北から南までの土地の名が絶叫されていることについても、おのずとさまざまなことを考えさせられる。たとえば、彼らのうたう歌には、なぜ「面白の」という面が乏しいのだろう。ひとつには、彼らの歌を作詞する人々の固定観念もあろうが、もっと重要な理由は、今日では流行歌から、地理を教え歌枕を教え名所を教えるといった啓蒙的役割がうばわれてしまったという点にあるのだろう。北原白秋の時代には、まだそれができたといえる。今は、これらの歌手を人気者にした最大の武器であるテレヴィジョンそのものが、日本の歌のそういう伝統を殺しつつある。今では、「知床旅情」のように、テレヴィジョンも容易に侵すことのできないさいはての地を歌うか、それとも「瀬戸の花嫁」のように、花嫁というどうも文句のつけにくい一種の明るさのイメージを利用するかしないと、「面白の」というときの「珍しさ」の雰囲気は出せないところにまできている。

それとおそらく深く関わり合っていることだろうが、「道行」というスタイルは、今日の流行歌の中では、藤圭子の歌う「夢は夜ひらく」とか、ちあきなおみの歌う「喝采」とかの中で、むしろ生かされているのだ。あれらはそれぞれ、歌手自身の自伝を偽装し、一種の成長歌謡(成長小説という意味での)を狙って成功したが、方法的にいえば、道行のスタイルを人生行路という旅に適用したものにほかならない。

たぶん、「面白の」という面が道行形式の歌の中に現れうるとすれば、それはまったく別の生き方をしている歌手の間からしか生れないだろう。フォーク・シンガーとよばれている人々の中から現れるのは最も自然だが、その場合、その歌が永続的な魅力をもちうるかどうかの鍵のひとつは、言葉のひとつひとつとどれほど真面目に付合うかという点にかかっているだろう。当今のフォーク・ソングでは、言葉のひとつひとつがあまりにも無意味無造作無趣味に採用されているために、人の注意を長くひきとめておくことのできないものが多い。

閑話休題。『梁塵秘抄』歌謡のにない手たちのことに話を戻す。

道行とか、また矚目の物あるいは当世流行の物などを列挙する形式が、今様歌謡の主たるにない手たちの生活様式と深い関係にあることは、以上のような一瞥で明らかになったと思う。二句神歌の中の一首、

四七二　近江《あふみ》とて瀬田とて来《きた》れば在りも在らず
　由もなき栗太《くるもと》の
淀とて来《きた》れば山崎の端《はし》へ来んけるは

「近江」に「逢ふ身」、「瀬田」に「せたぐ(急ぐ)」、「端」に「橋」をかけてあり、さらに「栗太《くるもと》」に「狂《くる》(見当外れ)」、「淀」に停滞躊躇の意、「山崎」に「止《や》む」をもかけているかもしれないと、古典文学大系の頭注は指摘している。いずれにしても、凝った造りの恋歌だが、近江も瀬田も淀も、みな水にゆかりの地であって、この歌をうたっているのを男と考えれば、男が水辺を流浪する遊君を追っかけてゆく道行姿がほうふつとしてくる。こういう歌を、追っかけられる側の遊君が、その男の身になってうたっている面白さは格別のものだ。

この歌と並んで、次の一首がある。

四七三 東《あづま》より昨日来《きのふきた》れば妻《め》も持たず
　此の着たる紺の狩襖《かりあを》に女換《むすめか》へ給《た》べ

はじめて憧れの京へやってきた東国の男が、まずはみやこに名高い遊君を抱かねばと、胸高鳴らせて足を運んだのだ。田舎者のおどおどした、それでいて押しのつよい求愛は、都会の遊女にとっては、またひとつのみものにちがいなかったろう。彼女らが一個所にとどまっている時でも、男たちはさまざまな土地からやってきて、彼女らを通過していった。ここにも別の道行があった。

遊女、傀儡子、巫女、これらの遊行芸能者が今様歌謡の伝播に偉大な力を発揮したことについて、小西氏の『梁塵秘抄考』は次のようにのべている。いささか長文の引用になるが許されたい。

今様とは……新様式の旋律を意味するものであり、特に浮華艶麗といつたやうな傾向をもつものである。これに対して、伝承歌謡の旋律はきはめて素朴・単純なのを常とする。この関係は、上原六四郎翁が「俗楽旋律考」において論断された郷土的音階即ち陽旋と、都市的音階即ち陰旋との区別にほぼ当るものである。……古代における伝承歌謡の旋律を再現することは全く望まれないが、伝承歌謡の旋律が素朴であり単純であり爽快であることは古今を通じて渝《かは》らない筈であると思ふ。かかる素朴な郷土的旋律が都市化し艶麗化した所に、今様歌謡の生成があつたのである。かかやうな変化は、要するに伝承歌謡を支へてゐる郷土生活に対して、都市的なものが浸入したとき、始めて起り得ることである。そこで、郷土的なるものが如何にして都市的なものに接触するにいたつたかといふことになる。これは平安時代における交通の発達が直接の要因をなしてゐると思ふのである。……しかしながら、単に都市的なものに接したといふ程度のことで、伝承歌謡がたやすくその郷土性を失ふものではない。伝承は、さきにも述べたごとく、著しい特殊性をもつものであり、たとへそれと同型の伝承が他にあつても、なほ自分達の伝承は全く他に類のないものであると思ひ込まうとする、いはば排他性にさへ富んでゐる。従つて、都市的なものが浸入したとて、むしろそれを排撃こそすれ、進んで同化するといふやうなことはあり得ない。伝承歌謡がその郷土性を失つて都市化し得るためには、何らかの力づよい媒介がなければならない筈である。ここに、私はこの時代における游行の芸能者による媒介を考へたいのである。即ち、傀儡子・遊女・巫女などがそれである。

こうして、小西氏はこの三種の集団のそれぞれを次のように紹介する。まず「傀儡子」。

傀儡子のことは、大江匡房の「傀儡子記」に詳しい記述があり、本朝無題詩の中にも傀儡子を詠じた詩があつて、研究者には周知のものである。常に漂泊流浪の生活を送るものであり、男は諸の遊芸をなし、女は遊君として定めない佳会を事としたものの如くである。これが、我国としては類のない游牧の民である所から、古くは喜田貞吉博士が「民族と歴史」において、その源流についての推定説を立てられ、また近くは高野博士が Die Heimat des Puppenspiels における Richard Pischel の説を引いて、もと西洋の Zigeuner と同一の種族が、北西印度から西域地方を経て、一方は支那に一方は朝鮮に入り、更に我国に渡来したものであらうと論じてゐられる（「国劇史概観」三〇頁）。これらの結論にそのまま同ずることは差控へたいが、傀儡子が日本人としては類のない游牧民式の異風な生活を送つてゐたことは、文献の上からして疑ひ得ないのである。この傀儡子こそ、伝承歌謡を今様歌謡化する上にもつとも有力な媒介であつたと思はれる。……

次に「遊女」がある。小西氏は遊女が今日の常識とはやや意味を異にし、もっぱら水駅（津《しん》駅）にあって小舟をあやつり、「水上の佳会」をもとめたらしく、そのことは六百番歌合における「寄二傀儡子一恋」がすべて陸路の風物によせて詠じているのに対し、「寄二遊女一恋」がもっぱら舟・水・波などに託して詠んでいることからも明らかだとし、「傀儡子がみづから諸国をわたりあるいて伝承歌謡に接してゆくものであつたのに対し、遊女は交通の要衝に居住して伝承歌謡を都市的に媒介するものであつた」と両者の役割の相違を指摘している。

次に「巫女」がある。巫女の芸には、鼓をうち歌う巫女舞があった。そしてうたう歌は、神歌系のものであったとみられる。「秘抄に見る神歌は必ずしも神に奉るといふやうな意味のものではなく、むしろ世俗的な内容が多いのであるが、これは巫女そのものの世俗化によることが大きかつたと思ふのである。巫女が多くは同時に遊女であつたことは、特にいふまでもない。巫女は、神社に属して定住するものもあつたが、その他にアルキ巫女と呼ばれ、国国を游行するものもあつたやうである。」

これらの芸能者が、伝承歌謡の今様歌謡化に有力ななかだちをした。今様歌謡は「本来これらの徒によつてうたはれたものであり、従つて鄙俗味の比較的多いものであつたらうと見られるのである」。

けれども、遊女たちの中には貴人の邸宅に招かれて歌う者もあり、中御門右大臣藤原宗忠の日記『中右記』の天仁元年のくだりに、「又有二歌女一人一、終夜雑芸、人人感歎、歌曲之妙已勝二絃管一、暁更帰レ家」とあるように、歌女の雑芸が管絃にさえまさると書かれるような時代になってきた。小西氏は、本来鄙俗味の多かったであろう今様が優雅になっていった契機として、こういう遊女と貴人の接触ということが考えられるとのべ、声明系の歌謡、すなわち和讃・教化・訓伽陀など、歌詞、旋律とも伝承歌謡とはまったく系統を異にする荘重典雅な歌謡が、にもかかわらず今様歌謡にとりいれられていったのも、こういう事情によるのだろうと論じている。

声明系歌謡を遊宴歌謡化するためには、おのずから旋律を華麗ならしめねばならない。こうして、「今様」としての「法文歌」が成立したのだろうと小西氏は推定し、次のように書いた。

しかし法文歌は本来が宗教歌謡であるから、遊宴歌謡としてはなほ十分に適合しない所があつたのであらう。そこで法文歌の形式を藉りながら、その内容を世俗化し旋律を一層今様的ならしめた今様歌謡が行はれるにいたつた。それが「只の今様」または「常の今様」と呼ばれた、いはゆる狭義今様なのである。これは、今様歌謡(即ち広義今様)の中でも、もつとも今様的なるものと考へられたために、単に「今様」といへばこれを意味することになつたものである。この狭義今様や法文歌などの四句形式の声明系歌謡が非常な勢で盛行した結果、いまだ伝承歌謡の圏を脱し切つてゐなかつた神歌およびその他の今様歌謡にその影響が及び、ここに声明系歌謡化された民謡系・神歌系歌謡が生れた。それが四句神歌などであると思ふ。

「四句神歌」との名にも拘はらず、狭義今様や法文歌よりも四句形式の度が稀薄なことは、四句神歌における四句形式が後に賦与されたものであることを示すものである。

（『梁塵秘抄考』一四七―一五二ページ）

ながながと引用させて頂いたが、それは今様歌謡の主たる作者・伝播者集団のこと、今様歌謡の貴族歌謡化のこと、また声明系・民謡系・神歌系の諸歌謡の交流を通じての新様式成立のことなど、きわめて興味ある問題がここに集約的に語られているためである。

今様の貴族化ということは、おのずと、猿楽・田楽の貴族化の過程が、観阿弥・世阿弥の芸を通じて能様式の完成という頂点にまで達した事実をも連想させる。

右のようなものが、平安朝末期の歌謡の状態であった。そしてここに、傀儡子たちの本拠として知られた美濃の国青墓《あおはか》の傀儡子女四三《しさん》、その直系の弟子目井《めい》、その目井の直系の弟子で五条とよばれた乙前《おとまえ》、その乙前の直系の弟子で、当代の今様名人として押しも押されもせぬ存在となった一人の貴人という系譜が浮かびあがる。その貴人とは、いうまでもなく後白河院である。

後白河院の人物像は複雑である。保元、平治の乱、鹿《しし》ケ谷の陰謀とその発覚処刑、平家の隆盛と没落、木曾義仲の百日天下とその急速な没落、源義経の有為転変、源頼朝の劇的な登場と天下統一、そのいずれの場合にも、後白河院は院の庁に坐して彼らと互角にわたり合い、表から、あるいは裏から、複雑怪奇ともみえる交渉をこれらの武士を相手にやってのけ、乱世の権力者としては珍しいほどの天寿を全うして悠々と死を迎えた。日本国第一の大天狗と頼朝に歯ぎしりさせたことは有名だし、後白河院といえば二枚腰も三枚腰もつかう政界の隠然たる実力者《ボス》というイメージが、まず一般的な人物像であろう。井上靖氏の小説『後白河院』、山崎正和氏の戯曲『野望と夏草』、いずれもそういうイメージを基本に据えた上で、怪物後白河院の人間像を追求しようとしている。

私にとっても、この帝王は複雑な人物だ。ただ、ここに、ほとんど稀有の幸運だといっていいが、院の今様体験の自伝というべき『梁塵秘抄口伝集』巻十が残されていて、この文章を読むと、後白河院という人物のイメージは、かならずしも奇怪な分裂を示してはいない。そのイメージは、何よりもまず偉大なる数奇の人である。風狂人である。その数奇ごころ、風狂心のよってきたる源をつきとめようとすると、彼の人物像はにわかに奇怪なものに変じることは事実だが、私は一方で、この自伝がみごとにひとりの行動家の足跡を語っていること、しかもそれが、心理の薄くらがりをのぞきこもうとする近代人の嗜欲をあざ笑う闊達な文体で書かれていることに、まずもって甚だしく興味をひかれる。だから、『口伝集』巻十を丹念に追ってみることにしたい。その上で、院がわざわざ『梁塵秘抄』を編み、あまつさえ口伝集を残したということの意味を考えてみたい。「うたげ」の演出者が、同時に最も深い、それゆえに創造的な自覚に深く根ざした「孤心」の持主だった事情が、そこから浮かびあがってくるのではないか、というのが、私のここでの目論見である。

今様狂いと古典主義

一

『梁塵秘抄口伝集』巻第十は、後白河院の今様修業の記であり、今様自伝である。冒頭数行は、それ以前の巻（現在は見ることができない）で「神楽・催馬楽・風俗・今様の事の起りより始めて、娑羅林・只の今様・片下《かたおろし》・早歌」など今様四種の謡い方、さらに「初積・大曲《だいごく》・足柄《あしがら》・長歌を初めとして、様様《やうやう》の声変はる様《やう》の歌、田歌《たうた》に至るまで」をしるしてきたいきさつを簡略にのべ、和歌における藤原公任の『新撰髄脳』や源俊頼の『俊頼髄脳』のような歌論書に比肩しうるものを、今様に関しても作ろうと意図して『口伝集』を試みたのであるむねを語る。ついで、みずからの今様修業の話になる。

そのかみ十余歳の時より今に至るまで、今様を好みて怠る事無し。遅々たる春の日は、枝に開《ひら》け庭に散る花を見、鶯の啼き郭公の語らふ声にもその心を得《え》、蕭々《せうせう》たる秋夜、月を翫び、虫の声々にあはれを添へ、夏は暑く冬は寒きを顧みず、四季につけて折を嫌はず、昼は終日《ひねもす》に謡ひ暮らし、夜は終夜《よもすがら》謡ひ明かさぬ夜は無かりき。夜は明くれど戸部《としとみ》(雨戸)を上げずして、日出づるを忘れ、日高くなるを知らず、その声を止まず。大方夜昼を分かず、日を過し月を送りき。

文学的修辞にはまるで心を煩わさず、必要なことのみをずけずけ書いてゆく院の文体は、すでにこの数行で明らかである。

「そのかみ十余歳の時より今に至るまで」とある、その「今」がいつであるかについては諸説がある。『梁塵秘抄考』の小西甚一氏は「治承三年」(法皇数え年で五十三歳)説であり、『日本歌謡圏史』の志田延義氏は、「治承四年」(五十四歳)ないし「文治元年」(五十九歳)の間と推定する。『口伝集』巻十の、右の引用より少し先のところには、「斯くの如く好みて、六十の春秋を過しにき」とあり、いずれにせよ、還暦に近い時期の著述であることはまちがいない。

ところで、治承三年(一一七九)ないし文治元年(一一八五)という時代は、後白河法皇にとって、生涯でもおそらく最も多忙な時代だった。それも少々常軌を逸して多忙な時代だった。並みの人間なら、清盛、義仲、義経、頼朝といった悍馬たちを向うにまわしての四苦八苦、権謀術数ただならぬ時に、流行歌謡の集大成とかその名人上手をめぐるこまかな聞書き、はてはみずからの長い修業の顚末を自伝風に書きしるして後世に残そうなどという余裕は、とてもなさそうに思われる。しかし、『口伝集』巻十を書いている院に、そういう気ぜわしさは見えない。『口伝集』巻十の今様自伝を読みながら、一方で武家の棟梁たちを手玉にとっていた後白河という人物像を思い浮かべると、不思議な空白が一瞬両者のあいだにひらめく。『口伝集』のおよそ飾り気のない文章で語られる今様への熱中ぶりが、かえって何やら偉大なる白痴ぶりとさえ感じられてくるのはたぶんそのためだ。

けれども、ほんとうは、こちらの方にこそ、後白河法皇の実像があるのではなかろうか。少なくとも、ここには本人自身の文章による本人自身の行為の記録がある。そしてこの文章は、近衛帝崩御ののちその継嗣について鳥羽院があれこれ思い悩んだとき、後白河については「イタクサタヾシク御アソビナドアリトテ、即位ノ御器量ニハアラズ〔さかんに噂の種になるほど遊芸にばかり熱中して、とても帝位につける器量ではない〕」として、当初問題にもされなかったという(『愚管抄』巻四)彼の雅仁親王時代の面影を彷彿させるものがある。

後白河が帝位についたのは二十九歳の時である。その即位は、いわば政権争いの渦中に生じた一種の事故のようなものだった。白河院に始まり後鳥羽院にいたる院政時代の歴代天皇の即位年齢をながめるだけでも、その印象は明らかである。

○白河院時代(一〇八六―一一二九まで院政)

73堀河(一〇八六―一一〇七)即位八歳

74鳥羽(一一〇七―一一二三)即位五歳

75崇徳(一一二三―一一四一)即位五歳

○鳥羽院時代(一一二九―一一五六まで院政)

75崇徳(承前)

76近衛(一一四一―一一五五)即位三歳

77後白河(一一五五―一一五八)即位二十九歳

○後白河院時代(一一五八―一一九二まで院政)

78二条(一一五八―一一六五)即位十六歳

79六条(一一六五―一一六八)即位二歳

80高倉(一一六八―一一八〇)即位八歳

81安徳(一一八〇―一一八五)即位三歳

82後鳥羽(一一八五―一一九八)即位五歳

○後鳥羽院時代（一一九八―一二三一まで院政）
83土御門（一一九八―一二一〇）即位四歳
84順徳（一二一〇―一二二一）即位十四歳
85仲恭（一二二一―一二二一）即位四歳

すなわち、後白河天皇だけが、院政下の天皇としては異例の、成人してすでに久しいのちに即位した新帝だった。二条天皇がそれに次いでいるが、二条帝は後白河の第一子だから、父帝の即位年齢の高さに応じて、皇子の即位年齢が高くなっているのは当然である。

後白河は鳥羽院第四子である。母は待賢門院藤原璋子《たまこ》。同腹の兄に、鳥羽院第一子の崇徳天皇があった。しかし、崇徳天皇は鳥羽院の実子ではなく、白河院が璋子と通じて生れた子であったという。のちの保元の乱の遠因のひとつとなった白河、鳥羽時代の後宮の乱脈ぶりについて、角田文衛氏の『日本の後宮』は次のようにのべている。

「鳥羽天皇の後宮について、なによりも先ず特筆せねばならぬのは、中宮・藤原璋子（待賢門院）のことである。璋子は、権大納言・公実《きんざね》（一〇五三―一一〇七）と堀河・鳥羽天皇の乳母従二位・藤原光子（一〇五九―一一二一）を父母として康和三年（一一〇一）に生まれ、幼児の時分に祇園女御に引き取られて養育された。璋子は、女御の傍近くいた関係から白河法皇に鍾愛され、法皇の懐に抱かれながら育った(『今鏡』宇治の川瀬)。

璋子が娘になると、稀にみる麗人に成長した彼女に対して法皇は父性愛だけでは我慢しきれなくなり、無警戒な璋子を男性として帳内に引き込んでしまわれたらしい。幼い頃から法皇に帳内で抱かれて休むことに慣れていた璋子は、法皇の性的行為に対してさほど抵抗する意志をもたなかったことであろう。」

こうして法皇は璋子が十四歳になったとき、関白忠実の息子忠通に彼女を娶らせようとしたが、忠実は生返事を繰返した末、ついにこの「古女《ふるめ》戴き」を避け通す。そこで法皇は、今度は息子の鳥羽天皇のもとに彼女を入内させる。

「こうして璋子(十七歳)は、永久五年(一一一七)十二月十三日に入内し、十七日に女御となった(『殿暦』)。そして強権を握る法皇の命令によって、翌年正月十四日には、中宮に冊立された(『中右記』)。後宮に関しても先例を無視されていた法皇は、権大納言の娘の璋子を后位に押し上げられたのであった。やがて璋子は懐妊し、翌元永二年(一一一九)の五月二十八日、第一皇子の顕仁《あきひと》(崇徳天皇)が生誕した。しかし奇怪なことに、この皇子は白河法皇の胤子であり、夫君たる鳥羽天皇には覚えのない子であった。この間の事情は、別に詳しく考証しておいたが(『王朝の映像』五〇七頁以下)、要するに中宮・璋子は里第たる三条西殿(烏丸小路西三条大路北)において頻繁に法皇と逢瀬を重ねていたのである。(中略)中宮が皇子・顕仁を受胎したのは、元永元年(一一一八)の九月二十四日前後に三条西殿で法皇と褥を共にされた時であった。その頃内裏ではしばらく物忌みが続き、天皇と中宮とが接触する機会はなかったから、いかに未成年の鳥羽天皇(時に十七歳)であっても、中宮の懐妊が自分のせいではないと悟られたことであろう。天皇は、生涯にわたって顕仁親王＝崇徳天皇を「叔父子」と呼び(『古事談』第二)、心を許されることはなかった。支配者たちの淫な情事は私的な問題だけでは事が済まぬのであって、この場合のように乱倫な性的関係は、「保元の乱」にまで繋がって行くのである。

天皇が二十歳に近づいた頃から法皇と中宮の情事の機会は失われた。若い天皇は、御帳台の中では、法皇から教育を受けた中宮に終始リードされたであろうが、天皇は、心の片隅に釈然としないものを秘められながらも、中宮を熱愛され、五人の皇子女が次々に生まれた。しかし雅仁親王(後白河天皇)と統子《むねこ》内親王を除いた三人は、不具か羸弱《るいじゃく》であった。」

鳥羽天皇は「叔父子」の皇子顕仁が五歳になったとき、白河上皇の圧力によってこれに譲位することを強いられた。新上皇はこのときまだ二十歳である。新帝崇徳天皇はその後十八年間帝位にあったが、実権は鳥羽上皇にあった。そして鳥羽院は、自分が白河法皇から受けた仕打ちを、もっと手ひどい形で、多感な歌人帝王崇徳に対してしかえすことになる。崇徳天皇の歌で有名なのは、いうまでもなく、『詞花集』恋の部にあり、小倉百人一首にとられた「瀬を早み岩にせかるる滝川のわれても末にあはむとぞ思ふ」であって、この歌は百人一首の中でも直情的な激しさできわだっている。題詠的な歌でありながら、運命の予感らしきものがある。

さて、その崇徳天皇長承二年(一一三三)八月のある日、権中納言藤原長実が死去した。遺児に美貌の噂の高い得子《なりこ》があった。当時十六歳だったが、鳥羽院は長実の忌が明けると同時に得子に忍びで消息をつかわし、後宮に召した。すでに上皇の待賢門院ならびに高陽院に対する関係は冷えはじめていたが、得子すなわち美福門院の出現でそれは決定的となった。得子ははじめ非公式に入内し、女宮二人を生んだのち、保延五年(一一三九)五月、ついに皇子體仁《なりひと》を生んだ。『今鏡』の「すべらぎの下《げ》」の章「男山」のくだりには、この時の院内外のおまつり騒ぎぶりが詳しく語られている。得子はその年八月女御に任じられる。一方には鳥羽院の殊寵、他方には待賢門院方のそねみ、怨みが彼女をめぐって渦巻く。彼女は、出身は、「いとやむごとなき際《きは》には」なかったにもかかわらず、ついに皇后の位にまでのぼることになる。

ところで、一方の待賢門院は徳大寺家の出であった。徳大寺家の随身の一人に佐藤義《のり》清《きよ》なる武士があり、鳥羽院下北面に仕え、左兵衛尉であった。徳大寺家との関係から、待賢門院をはじめ、その皇子女たる崇徳天皇、仁和寺御室覚性法親王、恂子内親王(上西門院)などからも目をかけられ、待賢門院の女房たちとも親密であった。待賢門院第四子雅仁親王(後白河)との関係を示す具体的な証拠はないようだが、右のような事情からして、親王とも全く無縁だったとはいえなかろう。この佐藤義清は、保延六年十月十五日、二十三歳の身で突然出家した。二年ほどたったころ、出家した彼の訪問を受けた宇治左大臣藤原頼長の『台記』康治元年三月十五日の記事に「以二重代勇士一仕二法皇一、自二俗時一入二心於仏道一、家富年若心無欲、遂以遁世、人歎二美之一也」と書かれているように、裕福な家の若者がことさら出家したというので、彼の遁世は世人の歎美するところだったらしい。鳥羽院に出家を願い出たときの彼の歌に、

　　をしむとて惜しまれぬべき此世かは身を捨てゝこそ身をも助けめ

がある。いうまでもなく、この遁世した武士は西行と名乗ったあの人である。

　西行の出家の動機についてはいろいろな臆測がなされているが、要するによくわからない。「さても西行発心のおこりを尋ぬれば、源は恋故とぞ承る。申すも恐ある上﨟女房を思ひ懸け進せたりけるを、あこぎの浦ぞと云ふ仰を蒙りて思ひ切り、官位は春の夜見はてぬ夢と思ひ成し」云々と書いて、美福門院への失恋をにおわせているのは『源平

盛衰記』巻八だが、ずっと後年、美福門院の崩御の際に彼が詠じた追悼歌一首は、「今日や君おほふ五《いつつ》の雲はれて心の月をみがきいづらん」という、何の個人的感慨をもうかがわせない歌にすぎなかった。

失恋もあったかもしれない。しかし、前年の體仁《なりひと》皇子の誕生以来ますます険悪になってきた待賢門院と美福門院との関係もまた、感じやすい青年の心に何らかの影響を及ぼしたことはたしかであろう。宮廷内の情事にもとづくさまざまの波紋の一つが、西行という歌人の誕生に何らかの影を落していたという推測は、あながち無理な推測でもあるまい。いずれにしても、鳥羽院は生後わずか三カ月の體仁を、崇徳帝の意思を完全に無視して東宮に立てたのである。そして、西行出家の翌年永治元年(一一四一)暮、鳥羽院は崇徳天皇に命じて體仁親王に帝位を譲らせる。このとき崇徳二十三歳、新帝近衛天皇は三歳である。鳥羽院は出家して法皇となり、一院あるいは本院とよばれ、一方崇徳上皇は新院とよばれることになった。翌康治元年(一一四二)正月、待賢門院に仕えていた源盛行、津守島子夫妻は、待賢門院の命によって摂津の広田神社の社前で皇后得子を呪詛したとの罪科により、土佐へ流された。その一カ月後、待賢門院は出家し、世人これを哀傷したという。

『保元物語』冒頭は「後白河の院御即位の事」という章から始まるが、そこには右にのべたような出来事が、次のように簡潔に語られている（岩波文庫本による。古典文学大系本では、『保元物語・平治物語』の付録として掲げられてあるものが、岩波文庫本と同系統の流布本古活字本である）。

保延五年五月十八日、美福門院の御腹に皇子御誕生ありしかば、上皇ことによろこびおぼしめして、いつしか同《おなじき》八月十七日、春宮《とうぐう》に立給《たてたまふ》。永治元年十二月七日、三歳にて御即位あり。よて先帝〔崇徳〕をば新院と申《まをし》、上皇〔鳥羽〕をば一院とぞ申ける。先帝ことなる御恙《おんつゝが》もわたらせ給はぬに、おしおろし給ひけるこそあさましけれ。よて一院、新院父子の御中《なか》心よからずとぞ聞えし。誠に御心ならず〔崇徳は〕御位をさらせ給へり。〔みずからが再び〕返りつかせ給べき御志にや、又〔自分の〕一の宮重仁《しげひと》親王を位につけ奉らんとやおぼしけん、叡慮はかりがたし。

ところで、新帝近衛天皇は容姿秀麗、和歌の筋もよく、父鳥羽法皇、母美福門院の寵愛を一身に集めたが、病身だった。『今鏡』の「虫の音」のくだりによると、「この帝御みめも御心ばへも、いとなつかしくおはしましけるに、末になりて、御目を御覧ぜざりければ〔視力が失われたので〕、かた〴〵〔諸寺社の〕御祈りも、御薬も、しかるべきにや〔前世の因縁なのか〕効《かひ》なくて、末様《すゑざま》には、年の初めの行幸《みゆき》などもせさせ給はずなりにければ、摂政殿〔藤原忠通〕類《たぐひ》なく思ひ奉らせ給ふ〔帝を案じて献身的に尽した〕。帝も、おろかならず思ひかはさせ給ひて〔忠通が帝を思うのと同様に、帝も彼のことを心配されて〕、殿〔忠通〕の、弟〔頼長〕にこめられさせ給ひて〔忠通が弟の頼長に何かと抑えられて〕藤氏の長者なども退かせ給ひたるなどを、幼き御心に歎かせ給ふ」というような状態だった。そして結局、『保元物語』がいうように、

しかるに久寿二年(一一五五)の夏の比《ころ》より、近衛院御悩《ごなう》まし〱しが、七月下旬には早たのみ少き御事にて、すでに清涼殿の庇《ひさし》の間《ま》にうつし奉る。されば御心ぼそくやおぼしめしけん、御製かく、

虫のねのよわるのみかは過ぐる秋を惜む我身ぞまづきえぬべき

終《つひ》に七月廿三日に隠《かくれ》させ給ふ、御歳十七、近衛院《こんゑのゐん》是也。尤《もつとも》惜き御齢《おんよはひ》なり。法皇、女院の御なげき、ことわりにも過《すぎ》たり。

新院〔崇徳上皇〕此時を得て、我身こそ位にかへりつかずとも、〔自分の皇子の〕重仁《しげひと》親王は、一定今度《いちぢやう》は位につかせ給はんと、待うけさせおはしませり。天下の諸人も皆かく存じける処に、思ひの外《ほか》に美福門院の御はからひにて、後白河院《の》、其時は四《の》

宮とて打こめられておはせしを、御位につけ奉り給ひしかば、たかきもいやしきも、思ひの外の事に思ひけり。此四《の》宮も、故待賢門院の御腹にて、新院と御一腹〔同腹〕なれば、女院〔美福門院〕の御為にはともに御継子《おんまゝこ》なれども、美福門院の御心には、重仁親王の位につかせ給はんことを、なほ猜《そね》み奉らせ給て、此宮〔後白河〕を女院もてなしまゐらせ給て、法皇にも内々申させ給ける也。其故は、近衛院世を早う〔夭折〕せさせ給事《たまふこと》は、新院呪詛し奉給《たまふ》となんおぼしめしけり。是によて新院の御うらみ、一入《ひとしほ》まさらせ給も理《ことわ》り也。

ここに、保元の乱〔保元元年七月・一一五六〕、ついで平治の乱〔平治元年十二月・一一五九〕を惹起す発端となる怨みの根がまたひとつふえた。白河院の嗜欲の結果として誕生した崇徳院は、わが父親からは「叔父子」とよばれてうとんぜられ、さらにその父親の恣意によって幼い者のために帝位を譲らされ、ついでおのれの子にかけた悲願もまた、父の寵姫のために突き崩されたのである。呪詛というものの力が現実に信じられていた時代の悲劇がここにあった。近衛帝が病弱で夭折したため、皇子がなかったという事実も、崇徳上皇にとってはひとつの魔のささやきだったといえる。彼を取巻く運命の糸は、反乱という一点に向けて、まるで機械仕掛けのように正確にしぼられていった。同母弟の雅仁親王が即位して後白河天皇になったが、崇徳院は、やはり当時鳥羽法皇ならびに美福門院から遠ざけられて不満を抱いていた藤原一門の実力者頼長(すなわちさきの『今鏡』に出てきた近衛帝お気に入りの関白忠通の弟で『台記』の作者でもある)と結び、まもなく訪れた鳥羽法皇の死(保元元年七月)をきっかけに乱を起した。後白河天皇にとっては、即位早々の大事件である。

保元の乱は、後白河天皇方の勝利に終った。天皇方の主要人物は、藤原氏では忠通、源氏では義朝、平氏では清盛であり、敗れた上皇方は、まず崇徳上皇が讃岐へ配流、藤原氏では忠通の弟頼長が矢にあたって傷死、源氏では義朝の父為義が斬首、弟為朝が大島へ配流、平氏では清盛の叔父忠正が斬死という、まさに骨肉相食む無惨な結末となった。勝者とはいえ、源氏の義朝はみずから父を斬り、幼い弟らをも殺し、為朝は流罪という、苛酷な勝利であった。これはライヴァル平清盛の思う壺にはまったもので、源氏の蒙ったこの痛手が、平氏に先を越される原因となったことはいうまでもないし、ひいては三年後の平治の乱における源平の死闘と義朝の敗死、その遺児頼朝、義経らのその後二十年に及ぶ辛酸と隠忍の雌伏生活も、ここに端を発していたということができる。

平治の乱で覇権をにぎった平家一門の隆盛ぶりについては、今さら言う必要もない。

つまり、白河院に始まって、鳥羽、崇徳、後白河時代にまで及ぶ宮廷内部の権力争いと、新興武士階級内部での相互のつぶし合い、激突と、二つの闘いがこの時代に同時に進行していたのである。そして、遊芸狂いの中年の帝王の出現は、『保元物語』の作者がいみじくものべたように、「たかきもいやしきも、思ひの外の事に」思う出来事にほかならなかった。『愚管抄』によれば、鳥羽院ははじめ、この四の宮を即位の器量にあらずとして全く無視し、故近衛帝の姉暲子内親王を立てて女帝とするか、崇徳上皇の一の宮重仁親王を立てるか、それともこの四の宮の子で、美福門院のもとで養子として育てられていた守仁親王を立てるか、という選択を考えていたのである。重仁を立てる案は美福門院の反対にあってつぶれたが、他の候補者についても、鳥羽院は決めかねて関白忠通に数回にわたり相談をかけている。忠通が院に責めたてられてついに示した案は、意外にも四の宮雅仁親王を帝位に立てるという案だった。けれどもこれは、雅仁の子守仁親王を次の帝位につけることを前提としての、いわばあて馬的な選択だったようである。崇徳系をあくまで排除するために仕組まれた政権たらいまわしの一幕劇だった。

要するに、後白河天皇は、積極的に望まれて帝位についたわけでは決してなかったのだ。あて馬であり、美福門院にかわいがられている自分の子が次期天皇につくまでの間の穴うめ的存在として、舞台中央に立つことになったのである。彼が帝位に在ることわずか二年余で守仁親王(二条天皇)に譲位し、上皇となったのは、したがって予定の筋書どおりだった。

けれども、この遊芸好きの帝王は、院政を開始するや、なかなかどうして食えない政治家であることを立証しはじめた。結果として彼は、すでに中では腐蝕が深く進行している古代的律令国家体制を、にもかかわらず維持しようと最後のあがきを続けている王朝政権の、選ばれた延命使節という役割をはたすことになった。彼は平清盛、木曾義仲、源義経、源頼朝らと次々に虚々実々の交渉をくりかえし、これらの勇者たちを翻弄しさえした。これらの武士たちは、彼ら自身が主役を演じることになる新しい封建国家体制の先駆として時代を動かしはじめていたが、後白河院は院の庁の謀臣たちに支えられて、歴史の歯車の動きにある種の奇妙な渦巻き運動をおこさせる程度のことはやってのけたようにみえる。

もとより院政の主に武力はなかったから、頼りにできるものといえば、帝王が伝統的にもっているシャーマン的権威の威力であり、その権威と結託せねば日本全体の支配権をにぎることができないという弱味をもつ相手方を、自在に手玉にとる外交的手腕だけだった。この手腕に関していえば、法皇がとった主な方法は、敵である武士階級内部に利害の相違と分裂を見出し、それを利用して同士打ちをさせる、つまり夷を以て夷を制する古典的な方法にほかならなかった。義仲を清盛ならびに平家一門にぶっつけ、頼朝・義経を義仲にぶっつけ、ついには義経と頼朝を戦わせようとする。頼朝はこの狡猾さに憤って、日本国一の大天狗と言ったのである。その時その時に利用できそうな相手に宣旨を乱発し、彼らをおどらそうとしたことは、彼がいかにこの以夷制夷の方法に腐心したかを物語っている。

結局、武士勢力で勝ち残ったのは頼朝だが、後白河在世中には、二人の間で結着はつかなかった。古代王朝的国家体制の支配者としての帝王が、政治権力として決定的な敗北を喫するのは、後白河院没後三十年を経て起った後鳥羽院の承久の乱(一二二一)においてである。

その意味でも後白河院の位置はきわめて興味ぶかいといわねばならない。もとより彼の政治的手腕には、院政を補佐する貴族たちの力があずかって大きかっただろうが、とにもかくにも彼は、政治権力の頂点に立って、体制全体の帰趨に直接かかわる決定をみずからの手で下すことができた最後の古代的帝王だったといえるだろう。

「イタクサタヾシク御アソビナドアリトテ、即位ノ御器量ニハアラズ」という鳥羽院の判断は、その意味ではどうやら狂っていたようである。同様に、後白河の即位を「思ひの外の事」と思った世人一般も誤っていたようである。予想外のあて馬としてたまたま選ばれた二十九歳の遊び好きの皇子は、幼年で帝位につき、多くは夭折してゆく名ばかりの帝王たちとはちがって、むしろ遊びにふけることのできる精力家ぶりを、院政の場でも発揮したらしい。これは、歴史がときどき演じてみせる、皮肉な味のするヒーロー登場譚のひとつであった。

二

『口伝集』に戻ろう。

後白河院が今様を習ったやり方はどうだったか。前章冒頭で引用した部分に続くところには、大意をとっていえばこんなことが書かれている。

《大方は夜昼の区別なしに日を過し月を送った。その間、人をたくさん集めて、舞い遊びながら謡う時もあった。四五人、七八人、男女入りまじって、今様ばかり謡う時もあった。側近の者を順番に当番にあてて相手させ、私自身は夜昼の区別なしに出突っぱりで謡った時もある。あるいはまた、独りだけで雑芸《ぞうげい》集をひろげ、四季の今様・法文・早歌の類まで、そこに出ているレパートリーを謡い尽すようなこともあった。声を破《わ》った事も三回ある。うち二度は修行の法にしたがって謡い合い、声が出るまで謡いつづけて癒してしまった。あまり声を張りあげて鍛錬したものだから、のどが腫れ、湯水が通るだけでも耐えられぬくらいになったが、それでも押しきって謡いつづけた。時には七日、八日、五十日、あるいは百日ぶっ通しの歌などをやり、ついには千日の歌までも謡い通したものだ。昼は謡わぬ時もあったが、夜は謡い明かさぬ夜とて無かった。今様仲間の名手源資賢《すけかた》や藤原季兼などに謡わせて聞くこともあり、あるいはまた鏡山(近江)の出の「あこ丸」が主殿寮《とのもりづかさ》に出仕していたので、これも常に呼んでは謡わせ、また神崎の遊女「かね」が女院の方へよく出仕するので、その折にはこちらにもやってこさせて謡わせたが、「そう始終借りていかれては困ります。時々は女院の方でお聞きになったってよろしいではございませんか」と苦情が出て、結局一晩おきに貸そうということになったので、「かね」が女院の方へ出向く夜は、こちらから人をつけて、明け方彼女が自分の局へ帰るときそのままこちらへ呼び、またはじめから当方へやってくることになっている夜は、まだ明るいうちから取りこめて謡わせ、私が「かね」に合せて謡うこともあった。明け方に返してやってからも、私がなお謡いつづけているので、むかい側にある「かね」の局では私の歌に鼓を合せ、夜が明けてからもなお鼓の音が絶えない有様に、人々は「いったいいつお休みになるのだろう」と呆れたものだ。こんな具合に好んで、六十の春秋を過してきた。》

のっけから呆れるほどの今様狂いの様子が坦々と語られている。後白河院の文体の特徴の一つは、はじめにも書いたように、文学的修辞に心をくだくていのものではなく、書き残しておきたいことを、忘れぬうちに早く書きとめておいて、先へ先へと進もうとするところにある。つまり行動家の文章であって、それを端的に示しているのは、回想の助動詞「き」の実に無造作な連発であろう。

その間《あひだ》、人数多《あまた》集めて、舞ひ遊びて謡ふ時もありき。……又我独り雑芸集をひろげて、四季の今様・法文・早歌に至るまで、書きたる次第を謡ひ尽くす折もありき。声を破《わ》る事三箇度なり。二度は法の如く謡ひ交はして、声の出づるまで謡ひ出《い》だしたりき。あまり責めしかば、喉《のど》腫れて、湯《ゆ》水通ひしも術《ずち》無かりしかど、構へて謡ひ出《い》だしにき。或いは七、八、五十日もしは百日の歌など始めて後、千日の歌も謡ひ通してき。昼は謡はぬ時もありしかど、夜は歌を謡ひ明かさぬ夜は無かりき。……斯くの如く好みて、六十の春秋を過しにき。

「けり」がまるで使用されていないことが目につく。「き」のきびきびした運びは、まことにこの口伝集の文体をよく象徴しているように思われる。文学的修辞に心をくだくことではなく、書きとめておきたい事実への注意力の集中によって、一種さわやかなスピード感のある「き」のくりかえしのリズムが生れている。たとえばヘミングウェイのような小説家が、文体への二十世紀的な関心の持ち方から、ことさら強調的に行使した「単純さ」の文体とはまた違って、ここには、すたすた歩いていく人間の、ごく自然な足どりにも似た単純な文体がある。

《久安元年八月廿二日、母の待賢門院がおかくれになったため、あたかも火を打ち消して闇夜に面とむかい合った心地がして昏《く》れ塞《ふた》がっていたが、崩御後五十日の日数が過ぎた。その当時、兄の崇徳院は新院とよばれていたが、院がいっしょに住んだらよかろうと仰せられたので、その御所に同居していたのだが、崩御後日も浅いし、また兄の院があまりまぢかに居られるので本来なら慎むべきところだったのだけれども、とにかく今様に打ちこんでしまっていたので、その後も同じように夜ごと夜ごと夢中になって謡った。》

近衛天皇の久安元年（一一四五）という年に、待賢門院は四十五歳でなくなったが、この時雅仁親王(後白河)は十八歳である。門院の喪に服しながら、五十日もたつと、はや我慢しきれなくなり、煙たい長兄の御所に同居の身でありながら、夜ごとに声を張りあげて今様を謡っているのである。

母待賢門院の崩御後の彼のこうした行動と、ずっと後年、自分の今様の正師だった傀儡女《くぐつめ》乙前《おとまえ》(五条ともよばれた)が嘉応元年(一一六九)八十四歳で死んだときの深い歎き、鄭重な供養のかずかずとを較べてみると、そこには誰の目にもいちじるしい相違が感じられる。十八歳の遊び盛りの無分別ももちろんあっただろうし、一方、乙前の死のときは院自身四十歳を過ぎ、生死についての考えも深まっていたということもあるだろうが、それにしても、すでに今様の魅力にすっかりとりつかれていた姿が、待賢門院の死に関するあっさりした記述の裏にありありと浮かびあがるのだ。

こうして、「いち・めほそ・九郎・蔵人禅師・千手・二郎」といった女たち(遊女や傀儡女)、中納言藤原家成のかわいがっていた「さゝなみ」、また「初声《はつこゑ》」といった、当時京に名ある名手たちの歌はすべて聞き尽す。「斯《か》くの如き上達部・殿上人は言はず(言うに及ばず)、京の男女・所々の端者《はしたもの》・雑仕・江口神崎の遊女《あそび》・国々の傀儡子《くぐつ》・上手は言はず、今様を謡ふ者の聞き及び我《われ》が付けて謡はぬ者は少なくやあらむ」という有様であった。「さはのあこまろ」という、美濃青墓《あおはか》出身の傀儡女がレパートリーの広さで評判だというので、京に上ってきた彼女を呼び寄せて、足柄二三首、伊地古、旧川《ふるかわ》・旧古柳《ふるこやなぎ》などを習ったが、ちょうどそのとき近衛帝が崩御したので、そのままになったと『口伝集』は続けている。

近衛帝の崩御という事実は、すでに見た通り、後白河自身にとっても生涯の一大事件だったはずである。ところが、待賢門院崩御のところでも見たのと同様な記述の素ッ気なさが、この場合にも見られるのだ。「留《とゞ》め置きて……少々習ひし程に、近衛院崩《う》せさせ給しかば、何《なに》となくて止《や》みにき。」

この記述にすぐ引続いているのは、「その後《のち》、鳥羽院崩《かく》れさせ給て、物騒がしき事ありて、あさましき事出《い》で来て、今様沙汰も無かりしに、保元二年の年、乙前《おとまへ》が歌を年来《としごろ》いかで聞かむと思《おもひ》しものがたりをし出《い》でたりしに、信西入道これを聞きて、「尋ね候はむ。それが子、我が許《もと》に候」とて云々」という文章である。

鳥羽院崩御ののちに起きた崇徳上皇の保元の乱、それに続く、三百年来はじめて復活した死刑の、それも大量の死刑の実行、その阿鼻叫喚の記憶は、「物騒がしき事ありて、あさましき事出で来て」という言葉で片付けられている。いかに今様修業をめぐる自伝的記述であるにしても、このあたりを読んでいると、一種異様な無感動《アパシー》の印象が湧き上ってくるのは避けられない。私がはじめに院の今様ぐるいを、一種偉大な白痴ぶりとさえ感じられると書いた理由のひとつは、こういう点にあった。

しかし、この自伝を書いているのは、死を数年後にひかえた晩年の後白河である。中年から老年期にかけて、彼はすでにあまりに多くの修羅場をくぐり抜けてきた。清盛との交渉では、鳥羽殿や新都福原できびしい幽閉監禁の目にあわされているし、義仲のクーデタ(寿永二年)では、御所法住寺殿に押し寄せて火を放った義仲の軍勢によって、逃げる御輿に散々矢を射かけられてもいる。そういう経験を経てきた人間が、三十歳当時のことを思い返したとき、「あさましき事」のかずかずがあった、という以上の言葉は必要でなかったのかもしれない。後白河院は、あとでも見るように神仏への信心が深かった人だが、右のような書きぶりのうちには、独特の諦念の表現もあったのかもしれない。

さて、保元二年の乙前との出会いは、後白河院の今様修業にとってきわめて重要な出来事となった。小西氏の『梁塵秘抄考』巻末に「今様相承次第」の一章があり、今様の師資関係を示す系図(前田侯爵家蔵)が転載されている。

「宮姫(天暦皇女)――(実子)小三――(実子)なびき――(実子)四三――弟子めい――弟子乙前(後ニハ五条トイフ)――後白河院」

という系譜が今様伝系の正統としてそこに表示され、「四三《しさん》」の弟子としてはさらに、

「おとゞ」、「五」、「万歳」、「さきくさ」があげられ、「おとゞ」および「五」、とくに後者には「和歌」、「さはのあこ丸」、「大大進《おおだいしん》」、「小大進《こだいしん》」などの実子や弟子があって、そこからさらに多くの弟子たちの系列(上達部や殿上人も多くまじる)が続いているさまが、この系図で一目瞭然である。

つまり、乙前は後白河院にとっての正師であり、今様伝授の正統を院に皆伝した女性にほかならなかった。古典文学大系本頭注によると、彼女は保元二年に院に召されたときすでに七十二歳の老女であった。彼女はそれ以後、嘉応元年に八十四歳で死ぬまで、十余年にわたって院に今様を教えたのである。

はじめて院が彼女を呼び寄せたとき、乙前はもう引退していて、「さやうの事もせで久しくなりて、皆忘れ候にたり。その上に、〔年をとってしまって〕その様《さま》いと〳〵見苦しく候」と固辞したのだが院は許さず、とうとう御所に伺候する。その日、彼女は問われるままに今様について習い知ったことをさまざま語る。夜が明けるまで、院はみずからも謡い、乙前の謡うのを聞き、その場で師弟の契りを結んだ。その後、院は彼女をその住んでいた五条から呼びよせ、御所のうちに彼女の部屋まで用意して専心今様を習う。今まで自分の知っていた謡い方も、乙前の流儀に改める。

このあたりはまことに興味ぶかい。そこには、「あるべき最も正しい謡い方」を追求しようとする一種古典主義的な情熱と、他の多くの名手たちをさしおいて、すでに引退していた乙前を師に選んで鄭重に三顧の礼をとることに決めた直観的眼力の働きがあった。そして院が『口伝集』でひそかに歎いているのは、自分が持ち得たこういう情熱、こういう眼力を、自分のあとに続くべき連中の誰一人持ち合せていないということであって、そこにこの風狂者の言い知れぬ孤独感があったようにみえる。それこそまた、彼をして『梁塵秘抄』の編纂や『口伝集』の執筆に向かわせた動機でもあっただろう。

後白河院にはまた、その命によって作らせた『年中行事絵巻』六十巻の編纂という仕事もあった。この絵巻の原本は焼失してしまったので、現存する絵巻としては知恩院蔵の『法然上人絵伝』四十八巻が最大のものだが、絵巻六十巻というのは、まず驚くべき大作といっていい。こういう編纂事業をみても、また『梁塵秘抄』の編纂をみても、後白河院にはたしかに「記録」の価値の自覚、古典主義的情熱、そしてある種の文化的使命感があった。彼がそれを明らかに意識していたか否かは問わず、結果としては、勅撰和歌集の編纂などよりもずっと野心的で新鮮な仕事をやってのけたということができるだろう。

ところで、名手同士のあいだにはつねに激しい競争意識があるものだが、『口伝集』に語られている乙前と「あこまろ」(あこ丸)の関係にもそれがある。後白河院の周辺を知る上でも興味ぶかいので、しばらくそれについて見てみることにする。

やはり保元二年の九月、院の御所法住寺殿で仏に花を捧げる催しののち、例によって今様仲間が夜っぴて謡いあかした。翌朝雑談の際、ひとりがこんなことを言った。

「さはのあこまろが今様の謡い方について論議しながらこんなことを言っておりましたよ。「五条殿〔乙前〕は、年こそ老い暮れてはいますが、声も若く、まことにみごとな謡い手です。でもあの人も、大古体の『足柄』の謡い方は知らないでしょう。あの人は目井の娘分としてしばらく美濃にいたのは事実ですが、若いうちに京に移りましたから、まあ清経様の謡い方程度は習っておいでてしょうが、目井は実の子に教えるようにはあの人に教えたりしていないはずですよ」とね。」

乙前にとっては、目井につながる正統の謡い手としての面子にかかわる中傷である。彼女は「あこまろがそんなことを言いましたか。よいついでだから、申しあげましょう」と猛然と反駁する。

「監物《けんもつ》の清経が尾張へ下った折、美濃国に立寄ったのです。そのころ私は十二三でしたが、師匠の目井について清経の宿に出かけたところ、清経は私の歌をきいて、「すばらしい声だ。どんなことがあろうと、末は必ず大成するにちがいない」と言い、まもなく目井も一緒に京へ連れてきてくれたのです。目井ともども同じ家に住んでかわいがってもらったのですが、清経は目井にむかって「年来お前の世話をしている代りに、この乙前に歌を教えてやってくれ」と言いましたため、目井は私に皆伝する誓いをたてて、すべて教えてくれたのです。あこまろなどに、このことの真偽について口出しする資格などありましょうか。あの人がそんなことを言うのなら、私も申しあげましょう。あこまろの母は、「大大進《おおだいしん》」の姉で、「和歌」という名の人でした。その和歌があるとき私の親分の目井にこう言ったそうです。「四三《しさん》〔目井の師〕がはやくに亡くなってしまって、大曲の歌を教わることができなかったけれど、土佐守盛実《もりざね》が甲斐へ一緒に連れておいでになった者から習うことができました。」そんなわけですから、和歌という人は、案に相違して、四三の謡いぶりを伝えている人じゃない、といった噂もあるわけです。それより、小大進《こだいしん》〔この歌い手と石清水八幡別当の紀光清との間に生れたのが、前章でふれた女流歌人小侍従である〕を呼んで歌を謡わせてみたらいかがでしょう。あの人は〔あこまろなどとは違って〕なかなか大したものだと思いますよ。」

こうして小大進をはじめ、さはのあこまろ、延寿《えんず》、たれかは、あこまろの娘などを集めて、法住寺殿で今様大会が開かれた。後白河院も謡う。謡い合せてみると、小大進の謡う足柄は、院のとそっくりで、つまり乙前の謡いぶりとも一致しているが、あこまろは違っていた。座には成親卿、資賢卿、親信卿、業房、季時、法師蓮浄、能盛、広時、康頼、親盛などが居合せ、院の謡いぶりと寸分ちがわぬといって小大進をほめそやす。

広時が、「院の御歌を聞くこともない田舎から上京した者が、これほどにも同じ節まわしで謡えるとは、ものの道理というもの、何と感動的なことでしょうか」と言って涙を流せば、人々はおかしがって笑いながら、やはり皆涙を流した。あこまろは腹を立てて、小大進の背中をどんどんと強く打ち、「さあ、結構なお歌をもっと謡いなさったらいいでしょう」と皮肉を言う。皆、いやなことをすると、うとましく思った。

院はまず小大進とあこまろの謡いぶりをためし、みずからも謡って、小大進からしきりに賞讃される。その小大進の態度が奥床しいといって、季時がまたほめそやす。小大進は大いに面目をほどこし、一方あこまろは少し評判をおとした。「あまりに知らぬ歌をも知りげにする間《あひだ》、中々《なか》化顕《ばけあら》はれにけるか」と『口伝集』は書いている。

乙前が自分の正統性を立証するエピソード、言いかえれば、乙前から皆伝を受けた後白河院自身の正統性を語るエピソードは、次のように続く。

《その後、ある人〔院自身を指す〕が乙前にこういう質問をした。「お前の歌は、大曲の謡い方は大部分他の連中と変らないのに、ただひとつ、旧川《ふるかわ》の謡い方だけが全く他人のと似ていないのはなぜなのか。他の謡い手でお前と同じ節まわしで謡う者は一人もいないが。」

乙前がいうには、

「師匠の目井がむかし申しましたことに、「いつのころだったか、人々が集って今様のさまざまな謡い方の談議をし、大曲をつぎつぎに謡い合って話題にしたとき、私が旧川《ふるかわ》の謡い方を披露したところ、敦家、敦兼などをはじめ多くの人々が聞いて、〈旧川は風《ふ》俗《ぞく》の節まわしで謡うのが普通なのに、これはまた珍しい。みごとなものだ〉といって、二三回私に謡わせ、〈このスタイルは並みのものじゃない。秘蔵して、ふだんは謡わないようにするがいい〉と口々に言うものだから、この節まわしはその後人前でやらないことにしたのだよ」という話でした。その後、修理大夫顕季が、美濃の墨俣《すのまた》や青墓から遊君たちを多勢呼び集め、連日その邸に詰めさせるというやり方で、さまざまのスタイルの歌を謡わせたことがありましたが、その折、目井は秘蔵の旧川を出したのです。一緒についていた私〔乙前〕が師匠の歌にすぐに付けて謡うと、同席していた清経が、「みごとな節まわしではないか。普通に謡われる風俗のような節まわしとはまるでちがう。ほかの人にはとても付けられまい」と言ったのですが、実際、私以外のだれ一人、これに付けることはできませんでした。大大進《おおだいしん》もこの節まわしは知らなかったので、付けて謡うことができずにしまいました。その後、目井と私がいる所に大大進がやってきて、「旧川のああいう謡い方があるなんてこと、私には隠し立てして教えてくれなかったんだね」と怨み言をいうので、目井は困って苦しまぎれに、「あれは旧川《ふるかわ》のひとつで藻刈《もか》り船という曲の謡い方なんだよ。あんたは知らなかったのかい」とごまかしてしまったことでした。目井は四三《しさん》よりも長生きしましたが、目井に教わりながらそのことを隠している連中のことを怒って、「この連中は皆私に謡い方をたずねていたくせに、一人前になってからは、私に習ったことはないなどと言っているのさ」と腹を立てていましたっけ。目井は四三の弟子でしたが、自分からはあまり伝授したがらなかったので、親しい連中も、どうも気にくわないなどと言っていましたが、中でこの大大進《おおだいしん》だけは、何かと目井に親しくとりいって、どんなことも分けへだてなく教えてくれと言っていましたので、目井は今様の歌についても、私〔乙前〕と大大進と、どちらも甲乙なく教えるようにしていたのですが、この時ばかりは大大進に怨まれて、苦しまぎれに藻刈り船などとごまかしたのでした。」

こんな話を乙前がしてくれたのだが、それも何となく忘れていたところが、東山の法住寺御所で五月の花のころ、仏に花を捧げるというので、江口・神崎の遊君、青墓、墨俣《すのまた》の遊君たちが集ってきて、例のように今様談議があり、いろいろな歌についての議論もあれば、少々は実際に謡い合いもした折、私〔後白河〕は小大進にこんなことをたずねてみた。「お前の謡い方は、乙前の謡い方とどれもみな同じなのに、ひとつだけ、旧川がちがうね。あれはどういうわけかな。」小大進が答えて「そんなはずはございません。どこがちがうのでしょう。教えていただきたいものです。」そこで私が謡って聞かすと、小大進は「ああ、その節まわしなら藻刈り船というのだと、大大進《おおだいしん》が教えてくれました」と言う。以前乙前から聞いていた話と思い合せて、何とも面白く思ったものだった。その日、墨俣《すのまた》の式部は、虫鳥の歌をうまく謡って、以前よりぐっと人気を高めたのに、まもなく京で死んだので、人の世の儚さに、哀れを催したことだった。》

こういうエピソードには、日本の芸能の伝承のされ方、また正統性の主張をめぐる虚々実々のやりとりの一端がうかがわれてまことに興味ぶかい。後白河院が、旧川《ふるかわ》の節まわしをめぐる目井と大大進の藻刈り船のエピソードを知りながら、わざと小大進をためして、一人ほくそ笑んで面白がっているところなど、芸能伝承をめぐる苛烈な勝負の一端を期せずして示しているともいえる。

ただ、後白河という人は、遊君の名人たちと同じ立場で争う気はなかった。そこにはおのずと帝王としてのゆとりの意識が働いていたし、それゆえ、彼がたとえば「あこまろ」について書くときも、大大進や小大進について書くときも、主観的な好悪の感情の表現はほとんど見られない。乙前についてはもちろん別だが、その乙前についても、決して身びいきな見方で接してはいない。彼は、つまりはこれら個々の名人たちの個性的な謡いぶりの彼方に、それぞれの曲の最も正統的、超個性的な形を求めていたのだということになるのだろう。それゆえにこそ、彼は地下《じげ》の民の謡い手たちと同じ立場で争うことはしなかったものの、彼らにまさるとも劣らぬ鍛錬、修業をみずからに課し、ほとんど信仰的情熱に等しいものによって、その修業を支えることができたのであろう。

三

しかし、右に見たような今様修業のエピソードには、もう少し別の側面もあった。保元二年、法住寺での小大進、さはのあこまろ、延寿その他の今様大会の際、藤原成親卿、法師蓮浄、平判官康頼、あるいはまた源資賢卿ら院の寵臣が多勢同席していたことがしるされていた。うち前三者は、二十年後の治承元年(一一七七)に起きた有名な鹿《しし》ケ谷の平家打倒共同謀議の主謀者たちであり、また資賢は、治承三年(一一七九)清盛が摂津福原から数千騎の兵をひきいて入京し、後白河院周辺にあって反平家の策動を煽っていた謀臣らを一掃するとともに、後白河院政を一時中止させるクーデタを起したとき、信濃に流された男である(ただし翌々年、清盛の死によって再び後白河の手に権力が戻るや、京に呼び戻され、院の前で今様を謡い「信濃にあんなる木曾路川」という句を、折に合せて「信濃にありし木曾路川」と謡いかえてその機転をほめられた)。
つまり、後白河周辺の寵臣グループは、今様修業にいそしんだだけではなく、反平家行動における謀議の中核をもなしていたのであって、後白河院はそういう動きに超然としていたどころか、みずから彼らをけしかけるようなこともあったことは、『平家物語』のよく知られた鹿ケ谷謀議の一節を見ても容易に想像できる。

東山の麓鹿ケ谷といふ所は、後は三井寺に続いて、ゆゝしき城郭にてぞありける。俊寛僧都の山荘あり。かれに常は寄りあひ〳〵、平家滅さむずる謀をぞ回《めぐら》しける。或時法皇も御幸なる。故少納言入道信西が子息、浄憲法印御供仕る。その夜の酒宴に、此由を浄憲法印に仰《おほせ》あはせられければ、「あなあさましや、人あまた承候ぬ。唯今漏《もれ》きこえて天下の大事に及び候ひなんず。」と大に噪《さは》ぎ申ければ、新大納言(成親)気色かはりて、さと立たれけるが、御前に候ける瓶子《へいじ》を、狩衣の袖にかけて引きたふされけるを、法皇「あれはいかに。」と仰せければ、大納言立かへりて、「平氏たふれ候ひぬ。」とぞ申されける。法皇ゑつぼに入らせおはしまして、「物ども参て猿楽《さるがう》つかまつれ。」と仰ければ、平判官康頼参りて、「あゝ余りにへいじの多く候に、もて酔て候。」と申す。俊寛僧都「さてそれをばいかゞ仕らむずる。」と申されければ、西光法師「頸《くび》を取るにはしかじ。」とて、瓶子の首を取てぞ入にける。浄憲法印余りのあさましさに、つやつや物も申されず。返す〳〵も恐しかりしことどもなり。

平家打倒謀議などというにはあまりにも他愛ない連中の戦争ごっこにすぎなかったが、そういう仲間に加わって、「平氏（＝瓶子）たふれ候ひぬ」のごとき駄洒落に、ただちに「物ども参て猿楽つかまつれ」などと応じている後白河という人物は、骨の髄まで遊び好きの、ふてぶてしい軟体動物というべきかもしれない。成親という公卿は、今様謡いとして一流のところまで行っていた人で、先にふれた今様の伝授系図では、「四三」の弟子「おとゞ」から「袈裟」「えむず」「中御門大納言成親卿」という系譜にその名があげられており、「後ニハ後白河院御弟子也」と補註がついているが、鹿ケ谷事件の主謀者になったのは、清盛のために近衛大将への野心を挫かれた私怨によるところが大きかったらしいし、所詮当時の無力な不平貴族の一人という以上には出なかった。臆病だし、神経質である。けれども、後白河院という人物には、そういうところが感じられない。妙に野放図で、ほとんど鈍感とさえみえるところがあるのは、右の駄洒落の応酬ひとつとってもうかがえる。他の連中は「平氏」のことで頭がいっぱいなのに、この人だけは

「猿楽」のことを考えているという風に物語作者は描いている。もちろんこのエピソードには、『平家物語』の作者による潤色があるかもしれない。けれど、その場合にも、後白河法皇という人物が、そのような人物として時人に思い描かれていたという事実は明らかだし、何よりの証拠に、『口伝集』の今様自伝は、そういう人物としての彼の自画像をみごとに示しているのである。

四

院の側近の今様連の中では、清経という人物が面白い。『口伝集』には、清経以外の連中についても寸評がそれぞれしるされているが、後白河院にとって最も興味があり、語り甲斐のあったのは清経である。

先の大大進《おおだいしん》の藻刈り船のエピソードに続いているのは、この清経をめぐるエピソードである。

《清経は、目井をくどき落して美濃青墓から京に連れてきて、長い間同棲していた。目井の歌のすばらしさに惚れこんでいたから、情人としては気がなくなってしまってからも、ずっと一緒に暮していた。女としての目井には飽き飽きしていて、近くへ寄るのもうんざりするほどだったが、歌のすばらしさに、遠ざかりきれずにいたけれども、寝るのは何ともたまらないので、空寝《そらね》をして後を向いて寝るのだった。背中に目井のまばたきした睫毛が当るだけでもぞっとするほどになったけれど、それをじっとこらえて、目井が故郷青墓へ往くときは一緒に行き、また迎えに行って一緒に帰りなどして、のちに目井が老いこんでからも、食いぶちをあてがって、尼にして彼女が死ぬまで世話をした。「近代《このごろ》の男ときたら、いったん熱がさめてしまえば、美濃はおろか、同じ京のうちだって足を運んではくれますまいにね」と、乙前はこの話をしながら私に言ったものだ。

この乙前だが、早くから隠退してしまったものだから、彼女が目井から受けついだ謡い方を伝授された弟子とて無かった。

「中納言家成卿〔これは成親の父である〕が、ご自分のかわいがっていたさゝなみに歌を教えてやってくれといわれるので、そちらへ行って足柄・黒鳥子《くろとりこ》・いちこ・旧川《ふるかわ》・旧古《ふるこ》柳《やなぎ》・田歌などを教えてあげましたが、何しろ車を待たせておいてのあわただしい練習で、たくさんの歌をいっぺんに習うのですから、違っているところもありましたが、強いて徹底的に教えようとも思わず、ことさら直すこともなく、また曲をすべて教えることもしませんでしたので、伝授したというわけにはいきませんでした。」

そう乙前は言った。それを頭においてさゝなみの歌を聴いてみると、たしかに目井・乙前の流儀とは、こまかい節まわしや特徴が似ていないし、違っているところも多かった。

「このさゝなみは、船三郎の子で、船三郎の流儀を習って謡っていましたから、節まわしや特徴もその系統で、目井や私の方とは似ていなかったのでしょう。たいていの歌は謡いました。まあ、こういうわけで、私には弟子といってありません。そういえば師匠の目井もこんな話をしていましたっけ。「忉利《とうり》とか初声《はつこえ》など、みな私の弟子だと人は言っているが、あれはまちがいなんだよ。あの連中は清経が教えたのさ。清経が事もあろうに私にむかって、〈これはという秘伝の歌を、忉利と初声に早く教えてやってくれ〉と言ったことがあって、〈それはまあやめにしておきましょう〉と私が言ったのを、みなが誤解して、私が忉利や初声に教えているように思ってしまったのさ」

清経は忉利や初声に対して実にきびしい教え方で、明け暮れ責めたてては謡わせました。夜になると、忉利はもう眠くてたまらないとぼやきながら、外へ出て水で眼を洗い、睫毛を抜いて眠気を払おうとまでしていましたが、それでもなお眠たがっていました。夜ごと徹夜で謡い、夜が明けてもなお蔀《しとみ》〔雨戸〕も上げず謡いつづけるので、一緒に暮していた私〔乙前〕が、「尋常のことじゃないのですね。夜が明ければ蔀は上げ、暮れたら下ろすというのが当り前ではありませんか。蔀もあげずにいるなんて、陰気っぽいし、それにやかましいし、ときにはこんなことのない日もあったっていいでしょうに。うっとうしくって」

など言うと、清経は、

「どうしてそんなに歌をいやがるのかね。お前らも、若いうちは今のままでも通用しようが、年とって目にとめてくれる人も無くなった場合どうする。歌謡というものはいつの世にも続くものだから、歌をお好きな貴人はいつの時代にもいらっしゃるだろうし、そういうお方が、ご自分で謡ってみて、節まわしなどおぼつかない場合には、だれそれならきっと知っているにちがいないと尋ねてくださる方も出てくるだろう。そんなとき、歌をマスターしていてこそ、運をつかむということもできるのだよ」

と言いましたが、まったくいいことを言ってくれたと思います」と、乙前は私に歌を教えてくれた折に話していた。》

ここには、清経という今様狂いの官人のかなり輪郭鮮やかな肖像画がある。彼が美濃青墓の傀儡女に対して示したギャラントリーは、そのままで一篇の短篇小説の種子になり得そうな観があるし、忉利《とうり》、初声《はつこえ》という二人の新人を育てるための猛訓練ぶりも、当時の実情を活写していて面白い。なおまた、彼が情人目井と一緒に美濃から連れてきて育てていた若い乙前に対して教えた、いささか功利的な観点からする今様修業必要論は、当時の芸能人にとって、「歌好ませ給《たまふ》上﨟」の存在がいかに重要不可欠であったかを物語っている。

芸能がそれ自体として価値を認められ、いわば自立することができるためには、逆説的だが、有力な庇護者を見つけ、その保護を得ることができねばならなかった。むしろ、こう言うべきかもしれない、有力な庇護者を見出し得てはじめて、一芸の保有者は、その芸において自立し得たことが証明されたのだと。少なくとも、監物《けんもつ》清経が語った芸人心得の中には、そういう認識が含まれていたことは疑いない。

神事に結びついていた芸能が、神事を離れて遊芸化してゆく過程には、たとえば神社に仕える巫女が同時に遊女でもあるような一種過渡的な時代があり、そこからさらに芸そのものの自律的価値の発生、その伝承と権威づけといった段階へ進んだものだろうが、そうなってゆく過程で、それに呼応して育っていったのは、いうまでもなく、芸能そのものの自律的価値を認め、それを味い、評価し、優劣を判定し、すぐれていると認める芸能人に対して積極的な援助をし、しかも、みずからもその芸について玄人はだしの体験的理解をもっている、そういう観客・聴衆の一群であった。

後白河法皇という人は、そういう意味での超一流の観客・聴衆であったわけだ。彼は乙前から今様秘事を皆伝され、伝承系図にも「天暦皇女宮姫」(天暦の帝とは平安中期の村上天皇である)からの由緒正しい系譜をふむとされる小三・なびき・四三・目井・乙前の直系につながる弟子として記載されており、その意味では、押しも押されもしない専門家だが、しかし彼は同時に、並ぶもののないパトロンであり、最もすぐれた観客・聴衆であり、かつまた、すでにして兆しはじめていた芸能の危機を鋭くかぎつけ、その本来あるべき姿を洗い出す必要を感じて『梁塵秘抄』を編み、『口伝集』を書くことのできた批評家であった。彼がかぎつけていた芸能の危機とは、端的に言って、今様の次代をつぐべき弟子が育たない、という切実な問題の形で鋭く自覚されていたのだが、それについては次の章でのべる。

五

乙前八十四と云し春、病をしてありしかど、未だ強々《つよ》しかりしに併《あは》せて、別《べち》の事〔格別病が重そうな様子〕も無かりしかば、さりとも〔よもや〕と思ひし程に、程無く大事〔重態〕になりにたる由告げたりしに、近く家を造りて置きたりしかば〔住まわせていたので〕、近々《ちか》に忍びて行きてみれば、女《むすめ》にかき起こされて対《むか》ひて居たり。弱げに見えしかば、結縁《けちゑん》のために〔成仏得道の縁を結ばせるため〕法花経一巻誦《よ》みて聞かせて後、「歌や聞かむと思ふ」と〔私が〕言ひしかば、喜びて急ぎ頷《うなづ》く。

三　像法転《ざうぼふてん》じては、薬師の誓ひぞ頼もしき、一度《たび》御《み》名《な》を聞く人は、万《よろづ》の病も無しとぞいふ〔『梁塵秘抄』巻第二「法文歌」のうちの「仏歌」二十四首の一つ。「像法転じては」は、像法の世になっては、の意〕

二三反《べん》ばかり謡ひて聞かせしを、経よりも賞《め》で入りて、「これを承り候《さぶらひ》て、命も生き候ぬらん」と、手を擦《す》りて泣く泣く喜びし有様、あはれに覚えて帰りにき。其の後《のち》、仁和寺理趣三昧〔理趣経を一心に読誦する勤行式〕に参りて候し程に、二月十九日に早く歿《かく》れにし由を聞きしかば、惜しむべき齢《よはひ》には無けれど、年来《ごろ》見馴れしに、哀れさ限り無く、世の儚さ、後《をく》れ先立《さきだ》つ此の世の有様、今に始めぬ事なれど、思ひ続けられて、多く歌習ひたる師なりしかば、やがて聞きしより始めて〔乙前の訃報を聞いた日からすぐに始めて〕、朝《あした》には懺法《せんぼふ》を誦《よ》みて六根〔眼・耳・鼻・舌・身・意の罪障〕を懺悔《さむげ》し、夕には阿弥陀経を誦みて西方の九品《くほん》往生を祈る事、五十日勤め祈りき。一

> 年が間《あひだ》、千部の法花経誦み畢《お》はりて、次の年二月十九日〔つまり乙前一周忌〕、やがて中上げて後に法花経一部を誦みて後、歌をこそ経よりも賞《め》でしかと思ひて、あれに〔乙前に〕習ひたりし今様、主《むね》とある謡ひて後、暁方《あかつきがた》に、足柄十首・黒鳥子・伊地古・旧河《ふるかは》など謡ひて、果てに長歌を謡ひて、〔彼女の〕後世のために弔《とぶら》ひき。

これは、生母待賢門院の崩御をめぐる一節について書いたとき、すでに触れておいた個所である。

乙前は八十四歳でなお非常に丈夫そうだったのに、ふとした病から急にはかなくなったわけだが、法皇はその枕元で、結縁のために法華経をまず誦《よ》んできかせ、つづいて今様を謡う。その歌が、薬師如来の有難さを讃えたものだったことは、この場合とくに意味ぶかい。いうまでもなく、薬師様は十二の大誓願を発して衆生の病苦を救い、無明の病いを治療して下さる如来とされる。日光・月光両菩薩を脇侍とし、十二の大願にちなむ十二神将に護られたその尊像は、多くの薬の壺を左手に捧げ持つ姿につくられている。『梁塵秘抄』巻第二の仏歌二十四首の中には、右の「像法転じては」〔通算三二番〕のほかにも、

> 三　薬師の十二の大願は

衆病悉除《しゆびやうしちぢよ》ぞ頼もしき
一経其耳《ご に》はさて措きつ
皆令《かいりやう》満足勝れたり
〔薬師の十二の誓願のうち、第七の誓願に、ひとたびわが名号を耳にしただけで、衆病ことごとく去るようにしようという誓いがあり、また第十二の誓願に、わが名号を専念受持するなら、いかなる貧しい者にも衣服財宝その他、思いのままに与えられるようにしようという誓いがある。この誓願をふまえている歌〕

など、「薬師医王」の「瑠璃浄土」をたたえた歌が計四首集められている。こういうわけで、死の床にある者のためにこれを枕頭で謡うということは、まことにその場にふさわしかったわけである。

しかし、乙前が「手を擦《す》りて泣く泣く喜びし」理由はもうひとつあった。この『口伝』のさらに後の方、今様のもつ不思議な力を語っている個所に、乙前の師匠目井が、自分の情人で庇護者である例の清経が重病にかかり、いまはのきわになったとき、この「像法転じては」の歌を謡って「たちどころに病を止め」た話が書かれている。いうまでもなくこの話は、乙前があるとき後白河院に語ったものであって、彼女にとっては少なからぬ意味を持つエピソードであった。法皇が、彼女のそういう思い出をともなっている霊験あらたかな歌を枕元で謡ってくれたから、彼女は泣いて喜んだのである。乙前がこれを「経〔法華経〕よりも賞《め》で入」ったのはそういう次第で、だからこそ法皇も彼女の一周忌に、「歌をこそ経よりも賞《め》でしかと思ひて」夜を徹して今様の供養をしたのである。

平安貴族は比叡山の天台宗に最も深く接していた。したがって、天台の根本経典である法華経が、彼らの最も親しんだ経典であった。しかし、いうまでもなくその他の経典も数多く誦まれ、講じられた。薬師経のごときは、除病安楽、息災離苦、荘具豊満といったその十二大願が、総じてきわめて現世利益的なものだったから、とくに日本では大いに尊ばれた。今にいたるまで、薬師信仰の広範なこと、周知の通りである。遊女や傀儡女《くぐつめ》のような頼りない生き方をしている者たちにとって、薬師様はとりわけ有難い仏だっただろう。もとより経文をいちいち理解し、読誦したはずもない彼女らにとっては、有難い経文の縮約版ともいうべき今様法文歌は、実情からしても、経よりずっと有難いものであったにちがいない。そういう縮約版のひとつとして、薬師をたたえる次のような歌もあったのである。

三　薬師医王の浄土をば
　瑠璃の浄土と名づけたり
　十二の船を重ね得て
　我等衆生を渡《わた》いたまへ

さて、乙前一周忌の供養を心をこめて法皇がつとめたとき、法皇の寵妃丹波局《たんばのつぼね》（もと遊女である）は、たまたま里に下っていた。彼女は法皇が乙前の一周忌を営んだことを少しも知らなかったのだが、まさにその夜不思議な夢を見た。彼女はその夢のことを二、三日して法皇に伝えた。それはこういう夢だった。

《一周忌のことなど知らずに里に在った丹波が、その夜見た夢の有様はというに、法住寺の広間で私〔後白河〕が今様を謡っていると、五条尼《あま》〔乙前〕が、白い薄衣《うすぎぬ》で足をつつんで伺候し、障子の内に入り、差しむかいになり、院の御歌を聴きにまいりましたと言い、大いに私の歌をほめ、自分でも注意して付けて謡ったりしながら、「足柄の曲など、いつもお聴きしていたのとはまるで違っています。何ともすばらしい節まわしでございます」とほめたたえ、ついで長歌《ながうた》〔『秘抄』巻第一に十首収める。長歌とあるが、実際は短歌体で、「そよ、君が代は千世《ちよ》に一度《ひとたび》ゐる塵の白雲か丶る山となるまで」とか「そよ、掬《むす》ぶ手の雫《しづく》に濁る山の井の飽かでも人に別れぬるかな（紀貫之）」のような古歌をそのまま謡ったもの）を聴いて、「こちらのほうはどうかしら、と危ぶんでおりましたのに、何とすばらしい。これをお聴きしましたので、わが身もすっかりすがすがしく、嬉しく存じます」と言ったそうである。二三日して丹波がやってきて、この夢を話してくれた。それでは、乙前の霊は私の歌をそんなに喜んで聴いてくれたのか、実はあの夜は、足柄から長歌にいたるまで、夜を徹して謡い、乙前に供養したのだよ、と語って、女房たちとともに感じ入ったことだった。それで、その後も、乙前の命日には必ず今様を謡ってその後世を弔っている。》

霊夢ともいうべきこの種の夢の話は、『口伝』のさらに先の方でもいくつか出てきて、夢が当時の人々に対してもっていた大きな意味について教えてくれる。そのことについては、今様がほとんど信仰と同義になっていたことを示すいくつかのエピソードとともに、さらにくわしく見ていきたいが、この章ではなお、乙前の死をめぐる院の次の重要な述懐を付加えておかねばならない。

此の乙前に、十余年が間《あひだ》に習ひ取りてき。その昔此《かみ》れ彼れを聴き取りて謡ひ集めたりし歌どもをも、一筋を通さむために、皆此の様《やう》に違《たが》ひたるをば習ひ直して、遺《のこ》る事なく写瓶《しやびやう》〔一つの瓶の中味を別の瓶に全部移しかえること。つまり、奥義皆伝〕し畢はりにき。年来斯《ごろか》ばかり嗜み習ひたる事を、誰れにても伝へて、其の流れなども〔あれは後白河の流だなどとも〕後《のち》には言はればやと思へども、習ふ輩《ともがら》あれど、これを継《つ》ぎ続《つ》ぐべき弟子の無きこそ、遺恨の事にてあれ。殿上人下﨟に至るまで、相具《あひぐ》して謡ふ輩は多かれど、これを同じ心に〔自分と同じ気持で〕習ふ者は、一人《ひとり》無し。

おおかたは坦々と語られてきた今様修業をめぐる自伝は、ここでとつぜん、明らかに感情の昂りに突きうごかされている様相を呈する。後白河院という、煮ても焼いても食えない感じの人物の、「孤心」がふいにあらわになる。それは疑いもなく、乙前というかけがえのない師を喪ったころのことを想い起しながら、彼の中に湧きあがった孤独感が、率直に筆を通って紙上に流れ出たことを示している。

彼の今様修業の原理はきわめてはっきりしている。「一筋を通さむために、皆此の様《やう》に違《たが》ひたるをば習ひ直して」というのがそれである。乙前が伝えている謡い方こそ、正統のものである、「一筋」のものである、と見きわめたとき、彼はただちにその場で彼女の弟子となり、それまでに「此れ彼れを聴き取りて謡ひ集めたりし歌ども」を投げ捨て、すべてを習い直したのである。

この情熱がどこから出ていたのか、言うことはできない。しかし、彼が生半可《なまはんか》を嫌ったこと、もっとも正統的なものに直到するために、既に得ていたさまざまな知識や技術をすべてゼロに戻すことをいとわなかったことだけはたしかであって、ここには、最もラディカルな意味での古典主義的態度の実行者がいたといえるだろう。

そういう人物だから、自分と「同じ心」ですべてを習い尽そうとする弟子が一人も無いことに対する絶望感は深かったはずである。そこに、芸能の危機という意識が当然生れもした。古典主義というものは、その土壌として「うたげ」的な世界を必要とするが、純正かつラディカルな古典主義的心情が強い光を放って燃えあがるのは、そういう「うたげ」的世界の内部に早くも崩壊のきざしが現れてきたときにほかならないようである。後白河院の「孤心」のあらわれ方は、そういう事実を雄弁に物語る一つの具体的な例であろう。今ふと思い出すもう一つの例にふれておけば、江戸時代はじめに『わらんべ草』を書こうとしたときの狂言師大蔵虎明の内にも、同じような衝動が渦巻いていたように思われる。

しかし、後白河院には、なお、信仰の問題があった。『口伝集』巻十の自伝は、まだここまでで前半にすぎない。

狂言綺語と信仰

一

前章で、今様の名人目井の芸に傾倒するあまり、京に伴ってきて同棲し、最後までその世話をした監物《けんもつ》清経のことにふれた。同衾していて、背中に目井のまばたきする睫毛が当るだけでもぞっとするほど、老いた目井の肉体にいとわしさを感じるようになってからも、その歌への敬意のために、つねにまめまめしく彼女に尽したというこの人物は、まことに王朝末期のギャラントリーの手本のような人物であった。しかし、この人物がいったいどんな経歴の男だったのか、私には皆目見当もつかず、それが少なからず心残りだった。古典文学大系の『梁塵秘抄』頭注(志田延義氏)も、「監物」という職に関しては「中務《なかつかさ》省に属し出納の監察やかぎの請進などをつかさどった職」と解説しているが、「清経」については説明していない。

ところが、さきごろ私はある席でお会いした目崎徳衛氏から、まことに耳寄りな教示を得た。監物清経というのはどんな人物だったのでしょうか、わからないのが残念で、とたずねると、近ごろ西行について書くためいろいろ調べているというこの俳人歴史学者は、清経という人は西行の母方の祖父だったようですね、そのことは数年前に山木幸一氏が「西行歌風の形成――その歌謡的契機」(『国語国文研究』二七号)で論じておられるし、つい最近も『古代文化』に角田文衛氏がやはりお書きになっていて、実は私もびっくりしたんですよ、といわれたのだ。

角田氏の「監物清経」(平安京閑話(6))は、古代学協会発行『古代文化』の一九七四年六月号にある。

清経が目井を庇護し、今様の秘伝を受け、また乙前を養成し、かうして日本芸能史に寄与した功績は、高く評価される。それは後白河法皇が『梁塵秘抄口伝集』(巻第十)において、夙に指摘されてゐる清経の偉大な功績なのである。

それにしても一体、監物・清経とはどう言ふ人物であつたのであらうか。遺憾ながらこの清経と言ふ人物に関する限り、ある一面だけが著しく照明され、他の面は殆どすべてが無明の中に置かれてゐると言つた実情である。『中右記』の寛治七年(一〇九三)十月十八日条には、この日、小除目があり、源清経が監物に任じられた旨が記されてゐる。これによつて、清経の姓は源《みなもと》であり、寛治七年十月、監物に任じられたことが知られるが、これは彼に関する殆ど唯一の確実な史料である。

源清経についてもう一つ注意されるのは『尊卑分脈』(第二編藤成孫)に見る次の記載である。

従五下 左衛尉 使
季清 母
――康清 使 左衛門尉 母
　　├仲清 内舎人 摂政随身 母 監物源清経女
　　└義清 鳥羽院 下北面 左兵衛尉 母 同仲清

右によると、源清経は、藤原義清《のりきよ》、即ち、西行法師の外祖父であつたのである。

西行を産んだ源清経の娘がどのやうな女性であつたかは伝へられてゐない。それはともかく西行が芸道にひたむきな清経を祖父にもつてゐたことは、注目に値する

であらう。但し、西行の母は、清経の妾・目井ではなく、彼の正妻などを母として

ゐたと推量される。

角田氏の文章の要点を抜き出せば、右のようなことである。氏は「小論によつて芸能の士・清経が歌人・西行の外祖父であることを明らかにし得たのは、向後の西行研究になにほどか寄与するものがあるであらう」としめくくられているが、実際、あの西行にこのような祖父があったという事実が明らかにされたことは、清経という人物についていささかでも知る者にとっては、少なからぬ興味と興奮を感じさせる出来事ではなかろうか。

二

さて、前に紹介した『口伝集』巻十の続きを見てゆきたい。

習ふ輩《ともがら》あれど、これを継《つ》ぎ続《つ》ぐべき弟子の無きこそ、遺恨の事にてあれ。殿上人下﨟に至るまで、相具《あひぐ》して謡ふ輩《ともがら》は多かれど、これを同じ心に〔自分と同じ気持で〕習

ふ者は、一人《ひとり》無し。

これが後白河院の孤独な述懐であったことはすでに見た通りである。『口伝集』巻十は、続いてこれら「相具して謡ふ輩」の寸評に移る。

信忠。長年にわたって後白河院の弟子であり、千日の歌の練習にも加わったことがある男で、おおよそマスターした歌はたくさんあったが、大切な足柄の曲をさはのあこまろに習ったので、それなら大曲《だいごく》の様《やう》(足柄など、重い曲)はあこまろに習ったがいいと、以後は教えなかった。

仲頼。これは千日の歌も謡い通したほどの人物で、後白河院よりも歌では先輩にあたる上、院と同系統の謡い方だったから、とくに歌を教えることは無かったが、多年いっしょに謡ってきた仲間であり、声量は無いが、一まわり高い調子へ甲高く声を張るようなときでも、決して聞き苦しくはなかった。歌詞がはっきりしない欠点はあるが、練習をつめば、ゆくゆくはその欠点もきっとなおるだろう。

貞清。もとからの上手で、さゝなみの流れをひいていた。いつも寄り集っては共に謡ったので、少しは聞き覚えで院の謡い方をとりいれて謡うこともあった。

広言《ひろこと》、康頼。ある時期、頻繁に院とともに謡った連中である。彼らは以前から今様を謡っており、知っている歌も多かったが、肝心なところでかんばしからぬ違った節を謡ったりするので、いっしょに謡ってやると、気がついて直すこともあった。院は彼らに歌を教えてやったこともあるので、大よその謡いぶりは院の謡い方に属していたから、人々はみな、広言、康頼は正真正銘院の弟子と思っていたけれど、実は違っている点も多かった。二人とも、節は院に似せていたけれども、実際は以前習いおぼえた謡いぶりのままで、それを改めずにいるため、違っていることが多かった。広言は声も悪くないし、謡いあやまちもせず、節はいちいち煩《うるさ》く似せるやり方で、敏感にこちらの謡いぶりを聴きとることもできて、とにかく上手な謡い手といってよかった。しかし、きれいに、きれいに謡おうとするあまり、声をうまくおさえて節を正しくこなしていこうとする点では欠けていた。

院は広言らについてこんなことを言ったのち、広言がきれいに謡おうとするあまり基本をおろそかにする点について、こう批評する。

余り興《けふ》あらむと、このごろ節の尾頭《しりかしら》はねたるをけふ〔興か——頭注〕好み謡ふぞ、未だ至らぬと覚ゆる。節は煩《うるせ》く似せたるも、其の振により違《たが》ふ也。いと我に習はぬ歌をも、我が様〳〵といひて、表《おもて》に心に任せて謡ふぞ、亡《な》からむ後《あと》に我が名や折らむずらんと覚ゆる。

つまり、自分が正当な弟子と認めていない人間が、後白河院の流儀と称して大っぴらに謡っているのを見て、わが死後の名折れを憂えているのである。その点はもう一人の対象、康頼についても同様で、彼についてはこんなことを言っている。

《康頼は、声に関しては美声である。細くきれいな上、人前でもけおされず、息が強い。声をのどに落し据えて低音で渋く謡っても、陰気に陥らないのが彼の特長である。のみこみも早い。娑羅林、早歌《はや》などの曲をわきまえて謡うという点では、まことに心得た上手といってよいが、ただ、歌の程度にくらべて野心の方が一段と大きく、まだ充分マスターしていないような歌をも早合点で熟知しているように思いこみ、充分整えることもせずに謡うので、謡いあやまちが多い。娑羅林を謡う場合でも、やはり充分整えることなしにやるので、彼が達している上手さの段階にくらべれば恥ずかしくまた幼稚な面をさらけだすことも時々あるのが、彼の難点である。じっくり覚えこまず、上っ調子で物を習うからだ。》

右の文の最後の一節、原文は「嗜《たしな》まず上走《うはゝし》りて物を習ふ故なり」というのである。後白河の文章は、決して名文という種類のものではない。また、今仮に現代語に直してみた部分を見てもわかるように、その文章には奇妙な揺れがあって、相手を賞めているかと思えば、いつのまにやらくさしている、といった調子で、理窟だけを追ってゆくと、当方が面くらってしまいかねないところがある。けれども、賞めているかと思えばくさしている、といった文章の有する不思議な具体性というものがあって、さしずめ後白河院の文章は、そういうものの一典型ではないか、ということを私は言いたいのである。この具体性は、結局のところ書き手が対象を見ているその見方の具体性から来ている。彼は批評の対象である某々の、美点と同時に欠点を、欠点と同時に美点を、無私の態度で見抜いていて、それを、すでに指摘したような、行動家特有のすたすた歩いてゆく文体で書きしるしているのである。

論理的整合性を文章に持たせようという配慮はほとんどないようにみえる。言うべきことは充分あって、彼はそれらをひたすら言い尽せばよいのだ。それが、一見矛盾しているようで、しかし具体的実感にみちた文章となって現れているのである。

こういう人が書いているから、たとえば今引いた「嗜まず上走りて物を習ふ故なり」というような短い批評が、実に痛烈な響きをもって迫ってくるのである。

こういうわけで、後白河院は以下、清重、親盛、為行、為保、能盛、業房、知康、実教、雅賢、定能、中納言兼雅といった連中の今様修業の態度とか、歌の素質とか、到達した高さとかについて、寸評を加えてゆく。彼の批評の重要な基準になっているのは、これらの連中の謡いぶりがどれだけ院自身の謡いぶりを忠実に学びとっているか、という点であった。それは一人の権力者が人々のお追従を無邪気に喜んでいるようなものとは違う。むしろ、自分が習い伝えてきた貴重なものを、未来へむかって持続させねばならぬと願う意志のあらわれだと感じられる。しかし、それを使命感というような言葉に翻訳してしまうと、これまた少々固苦しすぎ、真実からはずれるように思う。ありようは、後白河という人がしんそこ今様が好きであり、信仰に近い執心をこれに抱いていて、そういう人間であれば当然のこと、わが亡き後にも今様のこの面白さ、この、あえて言うが、霊験を、伝えてゆく弟子を渇望した、ということであろう。このとき、彼の孤心と、彼の連衆を渇望する心とは、ほとんど区別できないものだった。

《五月の花のころ、江口・神崎の遊君や美濃の傀儡女《くぐつめ》が〔私の離宮である法住寺殿に〕集って、仏に花を参らせたことがあった。例によって今様談議に花が咲いた。その折の参加者の一人に延寿《えんず》がいた。彼女は日ごろ、「〔恋せは」という足柄の曲をまだものにしていません。御所〔後白河院〕に教えていただきたいのですが、ようお願い申しあげることができません。あちこちで、どうしたとたずねられます」と言っているという噂はきいていたが、聞かないふりをしていたところ、この日、一座の藤原季時入道を通して教えてくれるよう申し出てきた。

「どうしてお前に教えねばならないのか。逆ではないか〔延寿は四三の弟子おとゞの弟子だから、四三からは孫弟子、一方後白河は、四三―目井―乙前―後白河院という伝系で、四三からは曾孫《ひこ》弟子にあたるため、こう言ったのである〕。お前に教えるとなれば、私としては名誉なことだが、しかし世間体が悪いよ。「恋せは」なら、さはのあこまろが知っているようだ。あれに習うがよい」〔後白河はこう言っているが、さはのあこまろが謡う「恋せは」は、自分の謡いぶりとは違っているのを知っていながらこう言うのだ。簡単には秘伝は教えないのである。〕

延寿がまた言うには、

「どのようにしてでも御所から教えていただいてこそ、今生の喜びと申すことができましょう。大大進《おおだいしん》も小大進《こだいしん》も「恋せは」は知りませんのに、あこまろは一体誰から習ったのか、おぼつかなく存じます〔あこまろは大大進の姪にあたる〕。私の周囲の者どももそう申しておりますし、とにかくぜひとも」

そこで仕方なく、

「ではあとで教えよう。こうして大勢集っているところでは、人に聴かれてしまうからな。ひとりでいるときに、教えることにしよう」

そう言うのに、延寿はここにこのまま居残って習いたいと言う。そこで乙前に、

「えらく熱心に言うが、どうしたものだろう」

と相談すると、

「それほど言うのでしたら、教えてやってくださいまし。そんなに夢中で望むのでしたら、きっとそれだけの覚悟があるのでしょう」

乙前がそう言うので、夜ごと、二、三夜ばかりで教えてやった。私の謡いぶりにうまく合わないところもあり、困ったものだと思いつつも、じかに直してやるわけにもいかず、結局自ら会得して謡えるようになるまで、くりかえし謡ってやって教えこんだ。そののち、退出するというので急いで仕度しているのを呼び戻して、謡わせてみると、よく会得している。

「でかしたぞ」

そう賞めてやると、延寿は、
四大声聞《しやうもん》如何《いか》ばかり、喜び身よりも余るらむ、我らは来世の仏ぞと、確かに聞《き》き

つる今日なれば。

〔『梁塵秘抄』六五番の法文歌。法華経二十八品《ぼん》のうち、授記品《じゅきぼん》をふまえた歌で、延寿は「恋せは」を誤りなく伝受していると証明された喜びを、この歌に託してのべたもの。〕

と謡ったので、私も感に堪えず、唐《から》織りの綾《あや》の模様を染付けた二つ衣《ぎぬ》を褒美として与えた。延寿がとっさにこの歌を謡った機転は、まことに時宜にかなって興深く感じられた。

こんな具合で、男あり女あり、私に歌を習う者は少なくなかったが、それぞれ自分の好みにかたよっていて、始めから終りまで通して習う者はなく、継ぐ者もない。多年好んでやってきた事だが、自分の持っているものを確かに伝えた弟子が一人もないということは、口惜《くちお》しいことである。》

これが、自分の弟子たちについての後白河院の最終的結論であったといってよい。この寂寥の自覚こそ、『梁塵秘抄』の編纂という事業に加えて『口伝集』をも残そうと決心した院の気持の最も奥底にひそむ、書く理由だったのではなかろうか。

そういう寂寥を自覚しているからこそ、延寿が執拗に「恋せは」の伝授を願い出たとき、彼はすぐにはそれに応ずる気にならなかったのである。しかし、相手がお座なりでないことを知ったのちは、二晩でも三晩でも、根気よく付合って教えつづける。その場合、口やかましく直したりせず、くりかえし謡ってみせるだけだったということは、後白河自身の今様修業のやり方をもおのずと暗示して、きわめて興味ぶかい。

さらに注目すべきは、延寿が院に賞められたときのエピソードである。彼女は、後世において汝らは必ず仏になるぞと告げる釈尊の説法を聞いた仏弟子の歓喜を謡った今様歌謡を、とっさに謡って、感謝と歓びの気持をあらわした。それに対して院は「感に堪へずして」二つ衣《ぎぬ》を褒美にとらせる。それは「折節《おりふし》につけては興《けう》かりて覚えき」だったからである。

「折《おり》に合ふ」ということを後白河院がきわめて重んじたことは、『口伝集』巻十の何カ所かの記述に明らかである。たとえば、これはもう少し先の方にある部分だが、仁安四年二月二十八日ごろ、大雪の降った日に、院は出家するにあたってのお暇《いとま》申しのため賀茂神社に参拝した。

先づ下《しも》の社《やしろ》に参りてみるに、面白き事限り無し。お前の梅《むめ》の木に雪降りかゝりて、いづれを梅《むめ》と分き難く、朱《あけ》の玉垣まで皆白栲《しろたへ》に見え渡りて、比無《たぐひ》く覚《おぼ》ゆ。次第の事〔予定された儀式のはこび〕・御神楽《みかぐら》果てて、その後、法花経一部・千手経一巻を転読〔経文の初中終の要所を読誦して全体を読むのに代える。真読の対〕し奉り、終はりて後に、成親卿平調《ひやうでう》に笛を鳴らす。催馬楽《さいばら》を資賢《すけかた》卿出《い》だす。青柳《あをやぎ》・更衣《ころもがへ》・いかにせん〔いずれも催馬楽の律の曲〕なり。その後、我《われ》今様を出だす。

　春の初めの梅《むめ》の花、歓《よろこ》び開けて実なるとか、

資賢、第三句を出だして曰く、

　みたらし川の薄《うす》氷、心とけたる只今かな。

と謡ふ。折に合ひてめでたかりき。敦家《あついえ》、内裏《だいり》にて此の句を「前の流《ながれ》のみかは水〔禁中の庭を流れる溝の水〕」と謡ひけるも、斯《か》くやありけんと、我感じ送りにき〔深く感じ入った〕。

「春の初めの梅の花」という今様は、『梁塵秘抄』の現存テキスト中にはない。古典文学大系本の「拾遺篇」によれば、この今様は、

五六七　春の初めの梅の花、喜び開けて実なるとか、お前の池なる薄氷、心解けたる只今かな

というのが本来の形である。その第三句を資賢が「みたらし川の薄氷」と謡い変えたのは、賀茂に詣でている折から、賀茂神社の内を流れる御手洗《みたらし》川の名を早速歌に呼びこん

だわけで、この今様が本来もっていた祝いの気分は、眼前のせせらぎの名を謡いこむことで急に現在只今の具象性をそなえるにいたったのであり、後白河院はそれを「折に合ひてめでたかりき」とたたえたのである。かつて敦家少将——これも今様や朗詠の名手としてきこえた左少将で、吉野の金峰山《きんぷせん》で頓死したが、それはあまりにも美声だったため、神に召し留められたのだということになっている——が内裏でこれを謡ったとき、やはり第三句を「前の流のみかは水」と変えて謡い、喝采を博したことが思い合される、と院は言うのである。

「お前の池なる薄氷」を「前の流のみかは水」、あるいは「みたらし川の薄氷」と変えたところで、大した変りはないではないか、というのは、文字づらの解だけにとらわれた現代人の一方的批評にすぎない。今様歌謡を神前あるいは禁裏で謡うとき、謡い手はそれを聖なるものに奉納しているのであり、たとえ古歌であろうとも、それをたった今作られた、この場に即したものとして奉納することこそ、賀の心を尽すしわざにほかならなかったのである。だから、歌の文句を変更することには、重要な意義があった。そこには、歌を土地の霊に捧げた古代的心性の生き生きした伝統があったのだ。後白河院が「折に合ふ」ものをことさら愛し賞讃した理由はそこにあった。「芸能」の本質に根ざした行為が、ここにはあったのである。

この問題をもっと押しひろげていけば、私たちは、「本歌取り」ということが日本の和歌をはじめとする文芸一般、芸能一般においてきわめて重要である理由について、ある大切な示唆を得ることができるだろう。

同時に、「挨拶」とか「即興」ということが、きわめて本質的なものである理由についても、おのずと納得するところがあるだろう。

実際、「挨拶」といい、「即興」というそれは、後白河院の言葉に直せば、「折に合ひてめでたき」言葉を相手に贈ることのほかにはなかったのである。『後鳥羽院御口伝』の中で後鳥羽院が藤原定家を否定的に評して言っている言葉も思い合される。すなわち、「総じてかの卿が歌存知の趣、いささかも事により折によるといふことなし」。

さらに、『去来抄』の有名な一節をここで引いておくことも、たぶん折に合ったことではないかと思う。

行春を近江の人とおしみけり　　はせを

先師曰、尚白が難に、近江は丹波にも、行春ハ行歳にも有べしといへり。汝いかゞ聞侍るや。去来曰、尚白が難あたらず。湖水朦朧として春をおしむに便有べし。殊に今日の上に侍るト申、先師曰、しかり、古人も此国に春を愛する事、おさ〳〵

都におとらざる物を。去来曰、此一言心に徹す。行歳近江にゐ給はゞ、いかでか此感ましまさん。行春丹波にゐまさば本より此情うかぶまじ。風光の人を感動せしむる事、真成哉ト申。先師曰、汝ハ去来共に風雅をかたるべきもの也と、殊更に悦給ひけり。

行く春は行く歳(冬)でもよかろうし、近江は丹波でもよかろう、とこの句を難じた尚白の考え方は、うっかり読めば今様の句を変更して謡う態度と似ているように見えるかもしれないが、実際には正反対であって、芭蕉にとっては、「近江」の「春」だったからこそ、それの逝くのを「近江の人」とともに惜しむことが、まさに「折に合ふ」ことだったのである。湖水朦朧として春を惜しむにふさわしい近江をたたえつつ、同時に、近江の春を殊にもたたえてきた古人に心を通わせることにおいて、芭蕉の「折」は、この時、この場所という座標上の定点を得たのである。それは、賀茂神社においては、「お前の池なる薄氷」ではなく「みたらし川の薄氷」であってこそ、歌の姿もぴたりときまるとした後白河院の考え方と、決してかけ離れたものではなかった。

私はさきに、ついに一人の真の弟子をも得られなかった後白河院の寂寥ということを言った。その寂寥が、『口伝集』巻十のごとき自伝を執筆する理由でもあっただろう、とのべた。けれども、こういう「折に合ひてめでたき」ものに出会うことの歓びをも院は知っていたのである。折に合ったものに出会う歓びとは、つまりは眼に見えるもの、眼に見えないものと自分との間が、何らかの絆によって結ばれるのを感じる歓びにほかならない。そして、そういうことに歓びを感じる人間とは、日ごろ孤独と寂寥の中にいるおのれを自覚している人間にほかなるまい。「うたげ」の歓びを最もよく知るものは、「孤心」の自覚的保持者にほかならぬということである。

けれども、後白河院が、結局のところ弟子たちの間で孤独であるという本質的な事態には、変りはない。

まるでそういう事態からの超越の衝動に突きあげられたかのように、『口伝集』巻十は、「確かに伝へたる弟子の無き、口惜《くちお》しきことなり」という嘆きのあと、突如として新しい主題をめぐって展開しはじめる。すなわち今様を通じての信仰という主題である。あえて言えば、院は周囲の人間たちとの間でついに作りあげることのできなかった完璧な「うたげ」の世界を、神との間に形づくろうとする。いったい、『口伝集』巻十の書き方は、思い出すまま気ままに書き流しているように見えるし、事実、全体の構成をはじめにじっくり構想して書いたとはとても考えられないのだが、そうであればなおさらのこと、周囲の人間たちについての記述が孤独な呟きで終ったあとで、信仰と今様に関する一連の話が突然始まるところには、筆者自身さえ意識していない重要な願望のあらわれがあったとは言えないだろうか。

三

我、永暦元年十月十七日より精進《しやうじむ》を始めて、法印覚讃を先達にして、二十三日進発しき。

前後三十三回という多くの回数にのぼった後白河院の熊野詣は、このような形で始まった。時に三十四歳、六十六年の生涯の、まさに半ばから始まり、平均して一年に一回以上も、熊野への御幸がくりかえされたのだった。熊野三山の一巡参詣、いわゆる熊野詣は、古くは延喜七年(九〇七)十月の宇多法皇の御抖擻《とそう》行脚、寛和二年(九八六)から三歳にわたる花山法皇の那智参籠があり、ついで院政期に入ると、寛治四年(一〇九〇)白河上皇の第一回社参に始まる前後十二回の熊野詣以来、鎌倉中期にいたるまでのあいだに、総計百四十回近い宮廷関係者の社参がおこなわれた。その中での三十三回という後白河院の社参は、もちろん回数の上でも群を抜いている。

宮廷人の熊野詣の最盛時は、白河・鳥羽・崇徳・後白河・後鳥羽・後嵯峨・亀山の七上皇時代、つまり院政の発端から鎌倉中期までの約二百年間で、その内上皇・法皇の社参回数は次の通りである（那智叢書第十巻・今井啓一『熊野信仰のあれこれ』による）。

白河上皇　十二度（うち鳥羽上皇・待賢門院同列四度）。

鳥羽上皇　二十三度（うち白河上皇・待賢門院同列四度、待賢門院のみ同列六度、美福門院同列四度、崇徳上皇同列一度）。

崇徳上皇　一度（鳥羽上皇と同列）。

後白河上皇　三十三度（うち建春門院同列三度）。

後鳥羽上皇　二十九度（うち七条院同列二度、修明《すめい》門院同列二度）。

後嵯峨上皇　二度（うち大宮院同列一度）。

亀山上皇　一度。

また女院の参詣も多く、鳥羽中宮待賢門院（藤原璋子）、鳥羽女御美福門院（藤原得子）、後白河女御建春門院（平滋子）、二条准母八条院（璋子内親王）、高倉後宮七条院（藤原殖子）、安徳・後鳥羽准母殷富門院（亮子内親王）、後鳥羽後宮修明門院（藤原重子）、後鳥羽後宮承明門院（源在子）、土御門中宮陰明門院（藤原麗子）、後嵯峨中宮大宮院（藤原姞子）、後深草中宮東二条院（藤原公子）、後深草後宮玄輝門院（藤原愔子）が、一回ないし

十回近く、御幸に加わり、あるいは単独参詣している。上皇の熊野参詣の最後は亀山上皇の弘安四年(一二八一)の御幸、女院のそれは玄輝門院の嘉元元年(一三〇三)春の参詣であった。弘安四年といえば、その年の夏には蒙古の大艦隊の二度目の襲来があった年であり、また秋には南都興福寺の僧徒らが春日神社の神木をささげて京都に強訴し、一年余りのあいだ居すわって、公の行事・法事の多くを停止させた年である。そして巷には疫病がはびこっていた。物情騒然たる時代であり、物見遊山をも兼ねた熊野御幸のような旅が許される時代ではなくなっていたのである。

加えて、後鳥羽院の承久の乱に、熊野衆徒が京方に加わって鎌倉幕府と戦い、勝った幕府方から白眼視され監視されるようになったことも、宮廷人の熊野詣に対して抑制的にはたらいただろう。

今井博士は『熊野信仰のあれこれ』の中で、「上皇、女院がたがかくも頻回の熊野御幸をなされた所以」について、次のような理由を指摘している。

先ず考えられることは、平安王朝時代は一般に「物詣《ものもうで》」の盛んな時代であったことであろう。しかし他の「物詣」に比べると熊野詣は至って道心堅固、熾烈な御信仰に発し決して単なる遊山気分の物詣ではなかったことは注意すべきである。第二は藤氏全盛期は尊貴方の御外出も兎角、抑圧された。曾つて花山法皇の如きも長保元(九九九)年、伊勢路から熊野詣を志ざされたけれども御堂関白道長によって阻止され給うたことがあった。ところが後三条天皇以後、流石藤氏の勢威もようやく傾き、院政期ともなると何の御憚りもなく御幸も果されるようになり、しかも皇室御領からの収入は経済的御懸念なく御外出を容易にしたであろう。第三に特に長寿延命に御霊験著しと説かれた熊野詣は尊貴方の魅力となったであろう。(中略)第四に第十五代別当長快は白河院の時、一山を治むること三十八年、その神徳宣揚の手腕は歿すべからず(彼は中将藤原実方の子)、その子第十六代長範・第十七代長兼・第十八代湛快・長範の子第十九代行範・第二十代範智と継ぎ、湛快の子第二十一代湛増に至る間、恰も熊野御幸最盛期、歴代熊野別当に俊秀のつづいたことも注目してよかろう。(中略)とにかく熊野側が中央の勢威にはつねに細心の注意を払い、もって熊野三山の神徳宣揚を計ったことは十分注目すべきであろう。

今井博士はさらに、後鳥羽院が承久三年五月の北条義時追討の院宣を下す前、九年間にわたって毎年一度は熊野御幸をおこなった点について、「従来の延命長寿の祈請以外、熊野衆徒の兵力を懐柔される御叡慮もあったと拝察してよかろう。顧るに院政期以来、南都北嶺の横暴は目にあまるものがあった。ここに第三勢力として隠然たるものは南紀の一角に源平時代すでにその実力を発揮した熊野衆徒の存在であり、これを無視すべきではなかったであろう」と説いている。実際、承久の乱に際しての熊野勢の動きを見れば、後鳥羽院のそのような働きかけを推測しうる根拠は充分にありそうである。

熊野信仰の発生は、遠く原始時代にまでさかのぼるようで、私などには何度説明されても茫洋として曖昧なものが残るのを如何ともしがたい。最も複雑で霊妙不可思議なのは、熊野が神仏習合の一大混成体であることで、しかもその点にこそ、熊野が修験道の霊地として絶対的な尊崇をあつめることになった主要な理由もあった。

本宮と速玉（新宮）の両社は、太古に於ける出雲系民族の紀州方面移動に伴って、出雲に於ける熊野系の祖先神を移したものであって、原始的な氏族神としてその発生を見るに至ったものとせられており、那智は滝に対する原始的な自然信仰に基づいて発展し、その後の習合思想の隆盛に伴って特殊の発展を遂げたものの如く、自然、神仏習合という一般的な傾向をもった社会情勢に左右される中世的信仰の世界を背景として、その大きな発展をとげつつ今日に及んだ。

本宮の別名は習合以後は、「諸仏証誠の誠言」からとって証誠殿とも呼ばれ、新宮を速玉宮または中御前、那智を結宮または西御前などとも称するが、この三山の主神を特に三所権現と言い、三山には夫々あわせ祀られている。またこの三所の摂社である若宮、禅師宮、聖宮、児宮、子守宮を五所権現と呼び、一万眷属十万金剛童子、勧請十五所、飛行夜叉、米持金剛童子の末社を四所権現と称し、以上の本社末社あわせた十二所権現を以て熊野信仰の対象として来た。

（景山春樹『熊野曼荼羅の研究』）

出雲が先か、熊野が先かという出雲・紀伊熊野先後論があり、熊野の方が先だとする説もあって、伝承以前の太古のことは興味ある闇の彼方の話題を提供している。

しかし、当面、私にとって興味があるのは、熊野信仰が平安朝清和天皇のころから隆盛になり、すでに見たように、宇多上皇の時代以後、確実に宮廷社会に食いこんだという事実である。

二五六　熊野へ参るには、
紀路と伊勢路のどれ近し、どれ遠し、
広大慈悲の道なれば、

紀路も伊勢路も遠からず

二五八 熊野へ参らむと思へども、
徒歩《かち》より参れば道遠し、すぐれて山峻《きび》し、
馬《むま》にて参れば苦行ならず、
空より参らむ、羽賜《た》べ若《にやく》王子

二五九 熊野の権現は、
名草《ぐさ》の浜にこそ降りたまへ、
若の浦にしましませば、
年はゆけども若《にやく》王子

『梁塵秘抄』四句神歌にあるこれらの歌を見てもわかるように、人々にとって、熊野詣は並大ていの旅ではなかった。その苦しさこそ、熊野の神聖さ、神秘性を一層高めたわけだが、そういう苦しい旅のはてに、人々が見出すはずだったのは、単なる家津御子《けつみこの》神《かみ》すなわち素戔嗚尊《すさのおのみこと》(熊野本宮の祭神)、熊野速玉神《はやたまのかみ》(速玉神社すなわち新宮の祭神)あるいは熊野夫須美神《ふすみのかみ》（那智神社の祭神）の聖地だけではなかった。神仏習合思想、その本地垂迹《すいじゃく》説によると、本宮の祭神の本地仏は阿弥陀如来であり、新宮は薬師如来、那智は千手観音菩薩であるとされる。つまり、阿弥陀様が「権《かり》」に垂迹の神に化身を「現《げん》」じたのが、本宮の祭神ということだが、その結果、人々が熊野の本宮に対して思いえがいたのは、スサノヲノミコトのイメージではありえず、何よりもまず阿弥陀如来の浄土であっただろう。

こういう形での熊野信仰が平安期、とくに宇多上皇時代以後急激に高まったという事実は、見のがすことのできない意味をもっているように思われる。なぜなら、神仏混淆というまことに日本的な信仰形態の定着という事実と、一方、律令時代から摂関時代への移行、遣唐使の廃止、平仮名の発明と普及、『古今和歌集』勅撰事業の推進と完成などにみられる、日本文化の大陸に対する相対的な独立の達成という事実とが、まさにこの時期に軌を一にして生じているからである。

私はあるいはまるで見当ちがいなことを言っているのかもしれないけれど、熊野信仰の隆盛という現象は、こういう時代をある意味で最もよく象徴する出来事だったと感じるのだ。数世紀にわたってせっせと学んできた仏教思想の摂取が一段落し、貴族階級はとくにその美意識において仏教思想を肉体化した。別の言い方をすれば、仏教思想を美意識に偏した形で肉体化した。それが仏教の日本的摂取のいちじるしい特徴だったといえるだろうし、そこまできてはじめて、氏族神・祖先神崇拝のきわめて感性的な信仰である神道とのあいだに、混淆が成りたつ可能性も生じたのだろう。垂迹思想というものは、そういう意味で、まさしく平安時代に定着しなければならなかった。

そして熊野三社は、その由来の古さからしても、都からの距たりという点でも、道のけわしさからしても、また山、海、あるいは滝といった神秘的、霊的刺戟性に富んだ自然環境からしても、この神仏混淆の時代、日本文化のいわば一種の復興時代における、最も魅力的な霊域として、急激に勢力をのばすだけの資格をそなえていたのである。

そういう意味で、寛平時代という平安初期における日本文化復興期を自らみちびいた宇多上皇が、熊野御幸の端緒をひらいたという事実に、私は決して偶然とはいえないものを感じるのである。

そしてまた、御幸の回数の最も多かった二人の上皇が、後白河院(三十三回)と後鳥羽院(二十九回)という芸能・文芸における傑出した二人の帝王だったということにも、私は少なからず興味をおぼえるのである。

京洛の三熊野社、すなわちいま京都市東山区今熊野の梛《なぎ》の森(市電「今熊野」)の新熊野《いまくまの》神社は熊野本宮を、左京区聖護院山王町（市電「熊野神社前」）の旧郷社熊野神社は熊野新宮を、同区若王子町（市電「岡崎東天王町」の東四町）の若王子《にゃくおうじ》神社は熊野那智神社をそれぞれ平安末、後白河上皇が御崇敬のあまり京洛のその地へ勧請し給うたものと伝えている。しかし百錬抄永暦元（一一六〇）年十月十六日条によると、上皇の御願によって、今熊野を移し奉られたことのみをしるしている。聖護院の熊野神社はさらに古く白河法皇に扈従して御信任厚く、熊野初代検校となった増誉によって白河法皇の頃に勧請されたのではなかろうか。（今井啓一氏前掲書）

自分が勧請したのでない神社についてまで、勧請したとされていること、少なくともそういう伝承が長い年月の間にかたまってしまったという事実の中にこそ、後白河院の熊野信仰というものの、いわば虚像の真実があったといえるかもしれない。

四

ところで、都から熊野への御幸は、一般にどういう形でおこなわれたのか。いわゆる物詣とはおのずからちがって、そこには厳しい精進に始まるおよそ一カ月間の信心の旅があった。道筋にある村々の社は熊野権現の御子神、すなわち王子社とよばれ(九十九王子と総称するが、実数は若干少ない。九十九というのは、多数という意味だ)、一行は道々それら王子社に幣帛を捧げて祈願し、ところどころで里神楽、相撲などを奉納し、また和歌会を催し、誦経、参籠などを重ねていった。

御幸はまず熊野御精進とよばれる行事から始まる。陰陽師が精進始と進発の日時を卜占して勘申する。院あるいは女院は、鳥羽殿の精進所に入り、数日間の精進潔斎をおこなったのち、鳥羽の草津から屋形船で御幸に出発する。大淀川を摂津大坂の窪津まで下り、ここから陸路和泉を南下して紀伊に入る。藤代、塩屋、白浜、田辺と海岸沿いを歩き、そこから山中へわけ入るように中辺路《なかへち》の嶮岨の山越えをして本宮にたどりつく。参拝ののち、陸路南下するか、または熊野川を船で下り、新宮に上陸して速玉大社に詣で、さらに海岸を「浜の宮」(今の那智駅のすぐ北側)に行き、那智川沿いに上って那智山に達し、那智大社に詣でたのち、裏山の鎮守山から、大雲取《くもとり》、小雲取の山道をたどって本宮に戻り、帰路につく。往復の行程はおよそ百七十里、日数にして三週間から一カ月を必要とした。ほかにも、田辺からさらに紀伊半島南岸沿いに那智、新宮へ行く大辺路《おおへち》や、伊勢路、高野街道、十津川街道、北山街道があったが、いずれをとっても道中は嶮岨で困難、「空より参らむ、羽賜《た》べ若王子《にゃく》」という歌はそのまま多くの人々の実感だっただろう。

御幸の道中の姿は、法皇の場合、白布浄衣、同じく頭布、絹小袈裟に杖を持ち、上皇の場合は白生絹《すずし》浄衣、同じく頭布、絹小袈裟に杖を持つといった社参装束だったらしい（『本朝世紀』・康治二年熊野御幸記における鳥羽法皇・崇徳上皇の場合）。これはまさに熊野修験者と同様の装束にほかならない。

大津市坂本の西教寺には古い熊野曼荼羅が伝来する。それは画面全体を神殿風に描き、熊野十二所権現の本地仏を社殿奥に三段に並べて描きこみ、中景の社殿外陣左右に愛染明王、大威徳明王を据え、両者の中央に三脚のすらりとした洲浜型の黒塗の卓をおいて、その上に花をいけた花瓶一対と香炉をのせたところを描いているが、前景、つまり社殿の前庭には、美しい川砂利が敷きつめられ、そこに敷物をしいてやや画面左向きにこちらを向いて坐る一人の修験者が描かれている。その装束は白布の浄衣に袈裟、黒い頭布である。熊野十二所権現を背に負って、一人社前に参籠しているこの人物が、普通の人物でないことはいうまでもない。景山博士は前掲論文で、この西教寺本熊野曼荼羅の図柄が、速玉大社の本地である薬師如来を中央に据え、速玉宮の末社である神蔵・阿須賀両神社の本地である愛染明王・大威徳明王を画面に加えている点からみて、この曼荼羅は速玉系と考えるべきだとし、『梁塵秘抄』口伝集における後白河院の速玉宮参籠の記事と照らし合せてみるに、この社参の人物は後白河院その人であろうと推定している。興味をそそられる推定である。

すでに言ったように後白河院は三十三回、後鳥羽院は二十九回の熊野御幸をおこなっていて、これだけおびただしい回数を繰返し得たということは、旅がさして困難なものではなかった証拠のようにも思われるが、たとえば藤原定家が後鳥羽上皇に扈従したときの日記を見れば、やはりこの旅はなまやさしいものではなかったことがわかる。熊野詣の記録として注目すべきものに、私的に参詣した中御門右大臣藤原宗忠の日記『中右記』の天仁二年(一一〇九)十一月のくだりもあり、これは「宗忠一行の私的旅行で、彼一流の自然観など豊かにしるしている」ものだという(今井氏)が、私は知らない。定家の御幸扈従は建仁元年(一二〇一)十月のことで、当時彼は四十歳、左近衛権少将だった。この旅のことは『明月記』同月のくだりにくわしい。

一日、熊野御幸御精進屋被始之、略之、

三日、日吉御幸、

と始まって、五日に進発している。

よく知られているように、『明月記』は甚だ読みづらい。私のような無学者は最初から絶望していて、早くよみくだし文が出来てくれないかとそれだけを期待している有様だが、定家の漢文の独特なことに加えて、たとえば登場するおびただしい人物たちの考証だけでも、素人には想像も及ばない困難があるようだ。これも目崎氏から教えられたことだが、王朝公卿・殿上人の日記類を読む場合、ある時期にある官位で登場する人物が、何年かたって別の官位の名で再登場するような点に注意しないと、同一人物を別々の人物と読みちがえてしまい、さもなければ読みこみ得たはずの人間的なドラマを見落してしまうことがあるという。さもあらん、と思って聞いたことだった。

ここに幸いなことに、定家の熊野紀行が荻野三七彦博士によってよみくだし文に直されたものがある（那智叢書第六巻『熊野御幸記』）。従来、『明月記』のうち該当個所だけを後人が抄録したものが、『群書類従』紀行部に収められており、「熊野道之間愚記」・「熊野御幸道記」その他いくつかの通称でよばれていたが、荻野博士は群書類従本ではなく三井家蔵の定家自筆本と称される複製本によって、よみくだし文に改められた。国書刊行会本『明月記』と照らし合せてみると、ほんの少しテキストに相違のあるところもあるが、おおむねは一致している。これによって見ると、定家は五日進発の日のかなり詳しい記事の中で、しきりに御幸の御供にえらばれたことに感激している。

猶々この供奉は世々の善縁也、奉公の中の宿運の然らしむるもの、感涙禁じ難し。御供の人は内府〔内大臣源通親〕・春宮権大夫〔藤原宗頼〕・宗行は私の共にあり供奉にはあらず・右衛門督〔藤原信清〕・宋相中将公経〔西園寺公経《きんつね》〕・三位仲経・大弐〔大宰大弐藤原範光〕・三位中将通光〔源通光〕、殿上人、保家〔右中将藤原保家〕・予〔定家〕・隆清〔右衛門督藤原隆清〕・定通〔春宮権亮源定通〕・忠経〔正二位春宮大夫藤原忠経〕・有雅〔右少将源有雅〕・通方〔因幡守源通方〕、上北面〔院御所北面にあって院を警護した武士団のうち、四位・五位の者〕は大略皆悉くなり、下北面〔同じく六位の武士〕また精撰して此中にあり。

定家はこう書いたあと、「面目は身に過ぎ、かへりて恐れ多し、人定めて吹毛の心あるか」と付加えている。吹毛とは、毛を吹いてまで人のあらさがしをすることだ。熊野詣の人選に入ったことに対する定家の感激のさまもさることながら、かえりみてたちまち人々の思惑を気にしてしまうところがいかにもおもしろい。

難波の住吉社では「始めて当社を奉拝して、感悦の思ひ、極りなし」と書く。多くの場合、定家は払暁に起き出ては御幸に先駆し、行くさきざきでしかるべき段取りを整えることに忙しい。そして、「御経供養終りて里神楽。相撲三番あり、勝負終りて御所に入御、即ち和歌を披講す」といった記事がしばしばあらわれる。定家にとってはこの和歌の披講や御歌会のたび重なる催しが、扈従者としてきわめて重大な任務であった。また、「この王子においてことに乱舞の沙汰あり」とか「御奉幣、里神楽おはりて乱舞、拍子は相府〔公経〕に及ぶ。次にまた白拍子加はり五房・友重を以て二人舞、次に相撲三番、終りて競ひ出で騎馬にて先づ厩戸《うまやど》王子に参り、即ち宿所に馳せ入る」といった記事があって、道中の王子社における奉幣・奉納の有様がうかがえるのも興味がある。定家はまだ張切っている。

　しかし、旅の途中から様子が変ってくる。田辺の手前、切部王子に宿泊したときの日記(十一日)は、「此宿所に於いて、塩コリ〔垢離〕カク、海を眺望す、甚雨にあらずば、興あるべき所なり、病気不快、寒風は枕を吹く」と書く。田辺宿(十二日)では、「御所は美麗にして、河に臨み、深淵あり、田辺河と云々。去夜寒風枕を吹き咳病忽ちに発し、心神甚だ悩む、此宿所又以て荒々し、又塩コリ昨今の間一度これあるべきの由、先達《せんだつ》これを命ず、ただし今日猶此事を遂ぐ」と書く。十四日には、「昨日の渡河に足いささか損す、よってひとへに輿に乗る」「夜中に湯河宿所に着く、路の間崔カイ夜行は甚だ恐れあり、寒風なす方なし、非時の水コリ」。体の異常をいたわりつつ、十五日には本宮の入口である発心門につき、尼の南無房宅に入る。「此道の間、常に筆硯を具せず、また思ふところありて、他人は大略王子ごといまだ一事も書せず《に書き署す》、此門の柱に始めて一首を書き付く、門の巽の角の柱なり《関所也》」として、次の詩ならびに歌がしるされる。

慧日光前懺罪根　大悲道上発心門
南山月下結縁力　西刹雲中吊旅魂

いりかたきみのり《御法》のかと《門》はけふすきぬ
いまよりむつ《六道》の道にかへすな

「西刹雲中に旅魂を吊す」という詩の結句には凄味がある。

十六日、本宮到着。「山川千里を過ぎて、遂に宝前に奉拝す、感涙禁じかたし」と書いている。上皇の御所への入御、ついで出御、本殿の証誠殿をはじめとして、両所権現、若宮殿、一万眷属十万金剛童子などに奉幣の儀式が厳粛におこなわれ、御経供養御所に入御。ここでは公卿は西側、殿上人は東側に控え、読経、布施の供養がおこなわれる。「此間に舞・相撲《御加持引物》等云々、其儀は見ず、咳病殊更に発してなす方なく、心神なきが如く、ほとんど前途を遂げ難し。腹病・えん痛〔というのはどういう状態なのだろうか。国書刊行会本『明月記』では、ヤマイダレの中に肖、ヤマイダレの中に曷の二字がこれに該当する文字だが、前者は音セウ、意味は頭痛、後者は音カツ、意味は傷熱とか病のことだと諸橋大漢和にある。ついでにいえば、漢字にはヤマイダレを冠せた病気に関する文字が何とたくさんあることだろう」等競ひ合さる。」それでも定家は、「病を扶けてまた御所に参る。数刻、寒風に病身なす方なし」、さらに深更にも召入れられ、和歌を披講して退出する。「読上了りて退出、心中亡きが如く、更になす方なし。」もはや悲鳴に近い。

十七日、夜来の雨はまだ残り、寒風吹きすさぶ。御幸の一行に加えて、客僧、山伏らがつどい、ふたたび厳かな参拝の行事がおこなわれる。定家はなぜかこの時に着るべき装束を身につけておらず、「日ごろの御会の装束」であった。「甚だ見苦し」と自らしるしている。つづけて、「此間御前に参り、心閑かに礼して奉る。祈る所は、ただ生死を出離し、臨終の正念なり」と彼は書いているが、この一節には、熊野詣の人々が嶮岨を冒して山深くやってくる真情が溢れているように感じられる。

十八日、船で新宮に下り、奉拝。諸種の供養の行事。

十九日には那智へおもむく。「山海の眺望は興なきにあらず」だったが、滝殿を拝しても「嶮岨の遠路は暁より不食にて無力、極めて術なし」であり、諸種の供養行事ののち、深更、御所に参上して「例の和歌」の会に加わった際も、「窮窟病気の間、毎事夢の如し」だった。

二十日には、注ぐように降る冷雨をついて本宮へむかうが、「天明風雨の間、路せまく笠を取るに及ばず蓑笠《甚雨蓑笠》・輿の中は海の如く、林宗《〔葬〕》の如し〔この個所、『明月記』では「天明風雨之間、路窄不能取笠著簑、輿中如海如埜」(ただし国書刊行会本)とある〕、終日嶮岨を超す、心中は夢の如し、いまだかくの如きの事に遭はず。雲トリ紫金峰は手を立つるが如し(中略)ただ水中に入るが如し、此あたりにおいて、たまたま雨やみ了る。前後不覚、戌《いぬ》の時ばかり〔午後八時ごろ〕、本宮に着す、寝につく。此路の嶮難は大行路に過ぐ、くまなく記すあたはず。」

定家の熊野への旅は、このようにして、最も重要な場所で惨憺たる有様となってしまったのである。

蒲柳の質であり、多くの痼疾を持っていた定家の場合だけをもって他を律することはもちろんできないが、少なくとも熊野詣が物見遊山あるいは京周辺の物詣と同じ次元で語りうるものでないことだけは、明らかだろう。上皇や女院の場合には、いうまでもなく安全のため万全の準備がととのえられていたにちがいないが、この場合でも、海の荒い潮風や、山中の冷風雨など、自然の条件は平等だったのだから、三十回前後もここに通った後白河院や後鳥羽院の体力たるや、相当に頑健なものだったといわねばなるまい。

後白河院の崩寿は六十六歳、後鳥羽院は六十歳。その他、白河院七十七歳、鳥羽院五十四歳、崇徳院四十六歳、後嵯峨院五十三歳、亀山院五十七歳と、熊野詣に熱心だった法皇、上皇たちは、いずれも当時としては長命であった。これに対して、熊野御幸のなかった天皇たちは、堀河二十九歳、近衛十七歳、二条二十三歳、六条十三歳、高倉二十一歳、安徳八歳、土御門三十七歳、順徳四十六歳、仲恭十七歳、後堀河二十三歳、四条十二歳、後深草六十二歳と、後深草院を除けばおおむね短命であった。今井氏はこういう事実をあげて、「まこと「日本第一大霊験所根本熊野三所権現」の霊耀いやちこと信ぜられたのもうなずかれよう」と言っているが、それと同時に、たぶん長寿を保ちうるだけの体力を持った上皇たちだけが、この一カ月近い旅を何度もくりかえし、それを楽しむこともできたのだろうと想像される。

五

例によって遠回りをしたが、ここでふたたび、永暦元年十月の後白河院最初の熊野御幸にもどることにしよう。

後白河院は、もちろんその御幸のすべてについて回想しているわけではない。それならいったい限られた数の御幸を語りながら、院は何を伝えようとしているのか。実はここには、熊野御幸の思い出のほか、賀茂神社や厳島神社への御幸の追憶も語られているのだが、それらを通じての主題は、旅そのものにはなかった。真の主題は、今様歌謡という「狂言綺語」が、いかに神仏を揺り動かす力を持っているか、言いかえれば、いかに今様の法楽のおかげで、神仏の「示現」をこうむることがたびたびであったか、ということにほかならない。

すなわち、後白河院が『口伝集』にみずからの今様自伝を書き遺そうと思いたった真の動機は、今様のはてしない修練のうちに得られる「神感」「示現」の至高の境地、つまり、神とおのれとのあいだの、文字通り「法楽」の境地、その霊的な「うたげ」の世界を、せめてものことに文章の形で残しておきたいと願うところにあったのだ。

熊野詣の人々は、主として現世安穏、後生善処、延命長寿、諸願成就の霊験を祈請した。それらは平安朝の昔から現在に至るまで、熊野信仰の根本に横たわる願望であった。しかし、後白河院という異様なほどにとり憑かれた今様狂いの帝王の場合、熊野の神仏との感応を通じてかいまみようとしていたのは、もちろん世俗的なもろもろの願望の成就などではなく、ひたすらある種の神秘的な霊の超越境、「示現」の世界であっただろう。それは、一方において、自分の弟子たちの誰彼とついに分ち合うことのできなかった境地であり、その孤独感が執筆のひとつの動機になっていたであろうことも、すでに言った通りである。

さて、院は永暦元年(一一六〇)十月十七日に精進を始め、法印覚讃を先達として二十三日進発した。二十五日、厩戸《うまやど》王子にいたったとき、左衛門尉藤原為保がこんなことを申し出た。

「先達の僧が申しますには、王子の社の神が夢におたちになり「このたび法皇がおいでくださったのは嬉しいが、得意の歌謡を謡ってくださらないのがまことに残念だ」と申されたそうでございます」

それまでにも、一行の中にはこんな議論があった。

「元来、道々の王子社では、法楽などを奉納することに決っている。法皇様お得意の今様など、当然お謡いになってしかるべきなのに」

「いや、下級の身分の供もたくさんいるのに、今様などお謡いになっては、少々露骨過ぎはしないか」

しかし後白河は為保が申し出てきたこの夢の話を聞いてからは、ためらうことなく神前で謡おうと決心する。厩戸を夜遅くに出発し、次の長岡王子に達した。一行の中には、今の太政大臣平清盛、その当時はまだ大宰大弐(大宰府次官)だった清盛が供奉していた。

たまたま彼がやってきたので、この夢のことを話してやると、清盛は、

「そんな夢を見たと申すのでしたら、きっと本当なのでしょう。とやかく議論するまでもないことです」

と言う。しかし院は、

「身分の低い者たちがこんなにたくさんいるのでは、どうだろうか」

と思ってためらっているうちに、ふと寝入ってしまった。ところがそこに、きちんと正装に身をかためた前駆の者どもに守られて唐車《からぐるま》に乗った、どうやら御幸の貴人らしい人物が現れ、王子社の御前にその車を駐めた。院はこれは私の今様を聞くためにやってきたのかと思って、はっと目をさましたところ、今様をある人が謡いだした。その歌は、

二五九　熊野の権現は、名草《なぐさ》の浜にこそ降《お》り給《たま》へ、わかの浦にしましませば、年はゆけども若王子《にやく》

というのだった。

院は目がさめてからこの話を供奉の中の今様の名手大納言源資賢《すけかた》に語ったが、例の先達の夢とも思い合せるに、これこそ「現兆」にちがいない、まのあたりのお告げのしるしであると、人々は言い合った。

こうして、十一月二十五日、本宮に捧幣し、経供養、御神楽などさだめの儀式も終ったのち、「礼殿《らい》にて、我音頭《われ》にて、古柳《こやなぎ》より始めて今様・物の様《やう》まで数を尽くす間《はざま》に、様《やう》々の箏《こと》・琵琶・舞・猿楽《さるがう》〔即興的なおどけた演芸〕を尽《つ》くす。初度事也《しよどのこと》」。これが第一回の院の熊野詣だった。

「夢」がいかに重要な意味をもっていたかが、今さらのように、思われる。すでに前章でふれたことだが、師の乙前の一周忌に、院が供養のため夜を徹して今様、足柄、黒鳥子、伊地古、旧河、長歌などを謡い明かしたとき、折から里に下っていた愛人丹波局は、それとはまったく知らずに、乙前の霊が院の歌を聴いてその上達ぶりに舌をまいている夢を見た。その夢は、後白河にまさしく「現兆」として受取られたから、以後乙前の忌日には必ず同じように徹夜で謡って師の霊と交通しようとしたのである(この乙前一周忌の出来事は、『口伝集』では前の方に出ているが、実際は院の第一回熊野詣よりも十年後のことであった)。

次の熊野詣のときも、院はまたまた新宮で不思議な神感の奇瑞に出会う。この新宮参籠は、さきに言及した景山論文が、西教寺本熊野曼荼羅に描かれている人物を後白河院と推定するにあたってその一根拠としたところである。

応保二年〔一一六二〕正月二十一日より精進を始めて、同二十七日発《た》つ。二月九日、本宮捧幣をす。三御山《みつの》〔本宮・新宮・那智〕に三日づゝ籠りて、その間《あひだ》、千手経千巻を転読〔経文の初中終の要所を読誦して全体を読むのに代える。真読の対〕し奉りき。同月十二日、新宮に参りて捧幣す。その次第、常の如し。夜更《ふ》けて復上《またのぼ》りて、宮巡りの後、礼《らい》殿〔拝殿〕にして通夜千手経を誦《よ》み奉る。暫しは人ありしかど、片隅に眠《ねぶ》りなどして、前には人も見えず。通家〔前出の資賢の子、左近少将〕ぞ経巻くとて〔経巻の読誦しおえた分を次々に巻き納める役を仰せつかっていたのだが、睡魔のため〕眠りゐたる。様様《やう》の捧幣など鎮まりて、夜中ばかり過《すぎ》ぬらむかしと覚えしに、宝殿〔神殿〕の方《かた》を見やれば、僅かの火の光に、御正体〔御神体〕の鏡、所々輝きて見ゆ。あはれに心澄みて、涙も止《とゞ》まらず。泣く泣く誦み居たる程に、資賢、通夜〔の勤行〕し果てて、暁方に礼殿へ参りたり。「今様あらばや。只今〔謡ったら格別に〕面白かりなんかし」と勧むれば、固まりて〔固くなって坐って〕居たり。術《ずち》無くて、みづから出《い》だす。

万《よろづ》の仏の願よりも、千手の誓ひぞ頼もしき、枯れたる草木も忽《たちま》ちに、花咲き実なると説いたまふ。

押し返し〳〵度《たび》々謡ふ。資賢・通家、付けて謡ふ。心澄ましてありし故《け》にや、常よりもめでたく面白かりき。〔このとき〕覚讃法印、宮巡り果てて、御前なる松木《まつのき》の下《もと》に通夜してゐたりけるに、その松の木の上に、「心解けたる只今かな」と謡ふ声のしければ、夢現ともなく斯《か》く聞き、あさみて〔おどろいて〕、礼殿に参りて〔その話を〕急ぎ語る。一心に心澄ましつるには、斯かる事もあるにや。夜明くるまでには謡ひ明かしてき。これ第二度なり。

松の木の上で「心解けたる只今かな」と謡う何ものかの声がしたというのである。いうまでもなく、この何ものかは、熊野の神霊と考えるべきものだろう。三人が押し返し謡ったこの今様は、『梁塵秘抄』巻二の仏歌のひとつで、「千手の誓ひ」とあるように、千手観音のたてた衆生済度の誓願をたたえた歌である。速玉大社の本地は薬師如来で、千手観音は那智の本地だが、いずれにせよ熊野三山の神仏をたたえる心で謡われたものにちがいない。

なぜ、この歌を嘉納した神感の歌が「心解けたる只今かな」という文句だったかというと、これまた今様歌謡に関係があって、その出所は「春の初めの梅《むめ》の花、歓《よろこ》び開けて実なるとか、お前の池なる薄氷、心解けたる只今かな」という、すでにこの文章でも引用したあの歌にあった。千手をたたえる歌に「花咲き実なると説いたまふ」とあるのに対して、神の心は「歓び開けて実なるとか」と応じ、そのほころびた歓びを、「心解けたる只今かな」という文句に託して謡ったのである。「折に合ひてめでた」い唱和の奇瑞というべきだった。

こういう話は、私たちにとっては信じがたいところがある。眉に唾して聞かねばならぬと私たちは考える。けれども、後白河院のこの『口伝集』が語っている神感の奇瑞、示現のかずかずには、一貫してきわめて特徴的な点があるのだ。それはこれらの示現のうち、後白河自身にのみ見え、あるいは聴こえたものはひとつもないという事実である。それどころか、例の丹波局の夢も含めて、今見た二つのエピソード、さらにはこれから触れるつもりのいくつかのエピソードを通じ、後白河院はみずからの今様が神の、あるいは死者の霊を揺り動かしたことについて、自分自身では何ひとつ自覚しないと言っていいのである。すべて、証拠は第三者から与えられている。院自身は、「心澄ましてありし故《け》にや、常よりもめでたく面白かりき」「一心に心澄ましつるには、斯かる事もあるにや」と書くだけである。

私は、こういう話題が道徳臭を帯びて受けとられることを最も嫌悪する。対象を可能なかぎり正確に見ること、そこにしか私の関心はない。そうあらずもがなの念を押した上で書くのだが、この今様狂いの帝王が到達した思想は、要をとっていえば、一心に心を澄まして謡え、自らは何ひとつ神仏に求めるな、ひたすら心を澄ましておのれの信心の行為である歌にうちこめ、さすれば、神も仏も感応するであろう。その感応は、当然ながら、自分自身にではなく、他人の耳目にあらわれるであろう、という具合に要約できるだろう。

もちろん、後白河自身は、そんな風には語っていない。けれども、彼がいわばきわめて無造作に、構想というほどの構想もなく、思い出すままに書きつづっているようにみえるエピソードのかずかずを見てゆくうちに、私はいやおうなしに、この人の文章における自己主張の乏しさにひそむ大きな意味について考えずにはいられなくなったのだ。実際、すでにたびたび言ったように、『口伝集』のおよそ飾り気のない文章で語られる後白河院の今様への熱中には、偉大なる白痴ぶりとさえ感じられるところがある。その印象が生れる理由の一端は、この人の文章の、それ自体異様な感じさえある独特の坦々とした運び、自己主張の乏しさという点にある。

けれども、そんな結果を生みだしているものが、「一心に心澄まし」て謡うことにすべてを集中する彼の生き方にほかならないとするなら、自己主張の乏しさそのものが、実は途方もなく大きな自己実現の努力の、ひとつの陰画にほかならなかったことがわかるだろう。

ふたたび言う、私はこういう話題が道徳臭を帯びて受けとられることを最も嫌悪する。

「私」を殺して「公」に奉仕するたぐいの教訓噺とこれとは、全く異質であって、なぜなら後白河という人は、他人に対しての自己主張は乏しかった代りに、自己の好むところを実現するために、一代を今様狂いとして貫きとおすほどの、傍若無人な自我を保っていた人だからである。彼はその願望のあまりの強さゆえに、周囲に「同じ心に習ふ者」がひとりもない孤独を嘆じなければならなかったのだ。心を澄まして一心に謡えば、神が感じて応えてくれるということも、彼にとっては、有頂天になるべき性質の偶発事ではなかっただろう。「一心に心澄ましつるには、斯かる事もあるにや」という相変らずの坦々たる書き方の中には、ふしぎな静けさがあって、その奥をのぞきこんでみれば、彼だけが知っていた孤独の黒い影が揺曳しているかもしれない。

さて、つづいて語られるのは、十二回目の熊野詣のエピソードである。後白河上皇はこの参詣の半年後に落飾、法皇となる。

　仁安四年〔一一六九〕正月九日より精進を始めて、同十四日進発、二十六日捧幣也。今度第十二度に当たりて、出家の暇《いとま》を申《まうし》に参る。毎度に王子の今様・礼《らい》殿の遊び〔神楽などの奉納〕、度々《たび》ありき。此の姿〔俗体〕にては今度ばかりにてこそあらむずれば、我独り両所〔両所権現。速玉と那智の権現。ここでは、本宮に祀られている両所を指す。

熊野では本宮・新宮・那智ともに、十二所権現を祀るが、本宮では向って一番左に西御前とよばれる結宮《むすびのみや》〔那智〕と、中御前とよばれる速玉宮〔新宮〕の両所権現が併祀され、その右隣に本宮の主殿たる証誠殿があり、さらに右へ、若宮以下の九所権現が並んでいる〕の御前《おまへ》にて長床《ながとこ》〔板敷の上に一段高く畳敷きにしつらえた〕に寝《ね》ぬ。斎燈《さいとう》〔神前の燈明〕の火の光あらで、衝立《つゐたて》・障子を少し隔てて、誰れともなきやうにて、傍《そば》々に成親・親信・業房・能盛、前の方《かた》に康頼・親盛・資行、寝合ひたり。此方《こなた》は暗くて、斎燈の火に、御正体の鏡十二所〔十二所権現それぞれの御神体の鏡〕各《おのおの》光を輝《かゝや》きて、応化の姿〔神仏が迷える衆生を救うためにいろいろ姿をかえて出現する応現変化〕映るらんと見ゆ。此れ彼れの捧幣の声、様《やう》々に聞こゆ。法楽のもの〔神仏への手向けにするわざ〕の心経若《も》し千手・法花経〔般若心経あるいは千手経・法華経〕、心々に変はるにつけて尊し。その紛れに、〔自分は〕長《なが》歌より始めて、古柳《こやなぎ》「下がり藤」を謡ふ。次に、十二所の心の〔十二所権現に関係ある〕今様、その後《のち》、娑羅林・常の〔只の〕今様・片下《かたおろし》・早歌、節あるを尽くす。神歌《かみうた》など果てて、大曲《だいごく》の様《やう》になりて、足柄・黒鳥子・旧河《ふるかは》果てて、いちこを謡ふ。暁方《あかつきがた》に、皆《みな》人鎮まりて人音《おと》せで、心澄まして此のいちこを殊に謡ひし程に、両所西の御前《おまへ》〔結宮〕の方《かた》に、えもいはぬ麝香《ざかう》の香《か》す。成親、「こは如何なる事ぞ。これは嗅《か》ぐや」と親信に言ふ。皆その座の人怪しみをなす程に、又宝殿〔神殿〕鳴りて聞こゆ。又成親驚き、「これは如何に」と申《まうす》。我《われ》「余所《よそ》にての仮覆《かりおほ》ひしたるに、鶏《にはとり》の寝たるが音《おと》にこそ」〔「余所……したるに」の個所、意味不明。テキストは日本古典文学大系本によっているが、最初の部分、他の本では「ようにん」と原文を判読している。「鶏の」以下は、「ねぼけて羽ばたいた音なのだろうの意か」と大系本頭注にあり〕と言ふ。暫しありて、芳《かうば》しさ充ち匂へり。さて御簾《みす》を掲げて人の入らむやうに御簾動《はたら》きて〔まるで人が入ってゆくかのように神殿の御簾がうごいて〕、懸《か》かりたる御正体の鏡ども鳴り合ひて、皆揺るぎて久し。その時、驚きて去りぬ。寅《とら》の時〔午前四時ごろ〕なるべし。

この場合にも、奇瑞は、成親その他一同によって目撃されている。その時の状況は、「暁方に、皆人鎮まりて人音せで」ある時刻に、後白河がさまざまの今様の曲を大方謡いおえて、最後に伊地古を「心澄まして……殊に謡ひし程に」、芳香がただよい、神殿が鳴ったというのである。不心得な人間が、皆の寝しずまったすきに、麝香をたいたのではないか、などと下種のかんぐりをしてみても仕方がない。神殿が鳴り、十二所権現のそれぞれの鏡が鳴り合うところまで演出することは不可能であろう。

日本の古い時代の書物を読んでいて不思議に思うことのひとつは、建物が自然に鳴りだす話がよく出てくることである。私は以前『三代実録』をのぞいていて、大小の地震のことが丹念に記録されているのに興味をそそられたことがあるが、地震の記事にまじって、建物がおのずから鳴ったという記事がときどき出てくるのにも惹かれた。たとえばこんな具合である（引用は武田祐吉・佐藤謙三訳『日本三代実録』による）。

元慶三年（八七九）三月十六日丙午《へいご》。「豊前《ぶぜん》国八幡大菩薩宮の前殿の東の一、神功皇后の御前の甕《みか》、故無く破裂して九十片となり、破裂せし時、その鳴ること犢《こうし》の細き声の如くなりき。また肥後国菊池郡《きくちのこほり》の城院の兵庫《ひやうご》の戸おのづから鳴りき。」

元慶四年（八八〇）二月二十八日壬子《じんし》。「地震《なゐふ》りき。是より先、隠岐国言《まを》しけらく、「兵庫振動し、三日を経て後、庫中の鼓おのづから鳴りき」と。陰陽寮占ひて曰《まを》しけらく、「遠方の兵賊、北方より起らむ」と。」

同年六月二十三日乙巳《いつし》。「右兵庫寮中央の兵庫おのづから鳴りき。」

こうした記事が点々と正史に録されているが、鳴る建物が多く兵器庫であるのはなぜなのだろう。たまたま引いた元慶年間とは、いったいいつごろの時代かといえば、四年五月二十八日辛巳《しんし》という日に、五十六歳で在原業平が卒《しゅつ》している。そういった時代である。「業平は体貌閑麗にして、放縦拘《はうしようかかは》らず。略《ほぼ》才学無くして善《よ》く倭歌《わか》を作る」という有名な一節は、この『三代実録』にあるものだ。

事のついでに、仁和三年（八八七）秋、連日の大地震の記事にまじって出ている妖しげな記事を引いておこう。八月十七日の項である。

十七日戊午《ぼうご》、今夜亥《い》の時、或る人告げけらく、「行人云ふ、「武徳殿の東縁の松原の西に美婦人三人有り、東に向きて歩行す。男有り、松樹の下に在り、容色端麗なり。出で来りて一婦人と手を携へて相語る。婦人精感して共に樹下に依り、数剋の間音語聞えず。驚き怪みて見れば、その婦人の手足折れ落ちて地に在り、その身首《しんしゅ》無し」と。右兵衛、右衛門の陣に宿侍せる者、此の語を聞きて往きて見るに、その屍有ること無く、所在の人たちまち消え失せき」と。時人以為《おも》へらく、「鬼物形を変へて此の屠殺を行ふ」と。また明日転経の事を修《ず》すべし。仍《よ》りて諸寺の衆僧請はれ、来りて朝堂院の東西の廊に宿りき。夜中覚えず騒動の声を聞き僧侶競ひて房外に出づ。須臾《しゅゆ》にして事静まる。各その由を問ふに、何に由りて房を出でしかを知らず。彼此《かれこれ》相あやしみて云ひけらく、「これ自然にして然るなり」と。是の月宮中及び京師に此の如き不根の妖語人口に在る有りて、三十六種、委しく載すること能はず。

今様にいえばオカルトばやりというわけである。右の記事の日から十日後に、光孝天皇崩御。やがて宇多天皇が即位する。もちろん宮中の死体なき殺人事件と天皇崩御とのあいだに関係があるわけはなかろう。天変地異をはじめびくびくするようなことが続くと、人は浮足だってオカルティストまがいになるものであること、当節も九世紀もあまり変らない。

後白河院の経験した神鏡の鳴り合いや芳香の充満を、このての「不根の妖語」や妖変と同日に談じることはできないだろう。そこでは、院が心を澄まして今様を謡い尽したとき、奇瑞という現象があった。両者のあいだに必然的な連関があるかどうかを疑うことはできるが、奇瑞そのものを否定すべき根拠はない。

右のエピソードに続くのは、すでにその一部分を引いて「折に合ふ」ことについての後白河院の考え方を見ることにした例の賀茂詣の記事である。すなわち右のエピソードからは一カ月あとの仁安四年二月二十八日ころの話である。

私があそこで引いたのは、この日のエピソードの前半であって、後半では、「みたらし川の薄氷」の句で院をいたく感じ入らせた資賢が、

五六八　松の木蔭に立ち寄れば、
千歳《ちとせ》の翠《みどり》ぞ身に染《し》める、

梅《むめ》が枝挿頭《えかざし》に挿《さ》しつれば、
春の雪こそ降りかかれ

と、これまたこの場の折に合った今様を出し、これが三十回ばかり繰返して謡われた。こういう例を見てもわかるのだが、日本の歌謡は、一座が賞讃した場合には、同じ歌を一同で何回も何回も繰返し謡ったのである。それは和歌の場合も朗詠の場合も同様だった。そういう習慣があったから、『口伝集』巻十のはじめの方に語られていた何十日、何百日ぶっ通しの練習も、飽きもせずおこなわれ得たのであろう。

資賢はさらに、

四四七 ちはやぶる神
神におはしますものならば、
あはれと思《おぼ》しめせ、
神も昔は人ぞかし

という歌を出す。後白河院御出家の暇申しという当日の「折」に、これまたまことにかなった歌を出したのである。「神も昔は人ぞかし」という一句にその思いがこめられている。ついでにいえば、この一句、ヨーロッパ的な神を考えるなら、ぎょっとするようなことを言っているわけだが、もちろんこれは「仏も昔は人ぞかし」というのと大差ないのであって、神仏混淆という日本的信仰の独特さがここにもあらわれているにすぎまい。

こうして、以下、足柄・あまのとうさい・関神《せきのかみ》・滝水《たきのみづ》・黒鳥子・伊地古・旧河など、例のごとくに次々に謡われる。「此の歌ども、折からにや、常よりも面白きこと限り無し」。この時集っていたのは、権中納言成親、源宰相資賢、三位中将兼雅、少将通家（資賢の子）、右馬頭親信などいつもの今様仲間の公卿・殿上人だが、この中に中将宗盛の名もまじっていて興味がある。いうまでもなく清盛の次男だ。のちの平家最後の総大将、壇ノ浦で生き恥をさらし、平家物語ではぼろくそに扱われた人物だが、生き恥をさらす動機のひとつになった子供への愛執など、その人間的な弱さにかえって注意をひかれるものがある男である。さて、これらの人々が今様を謡いはじめると、東の宝殿の扉が開く音がした。参り集っていた男女が、「御幸の時には音の響きなどのするものなのか」などと思っているうちに、宝殿の内側から琵琶の音が起り、これは院の今様に神が伴奏なさるのかと、聞きつけた人は怪しんで思った。このことを、その後、賀茂神社の関係者たちが評判にしていたと資賢が院に語った。しかし、後白河はこのあとに、「熊野のやうに我等は聞かず」つまり熊野での時のようには、私はその不思議な琵琶の音を聞かなかった、と付加えている。

続くエピソードは、院の寵愛きわめて深かった建春門院(平滋子)とともに、安芸の厳島におもむいたときの話である。建春門院は高倉天皇の生母で、短命だったが、輝くばかりの美しさと心の優しさ、えもいわれぬ明るい魅力をそなえた王朝末期の名花だった。藤原俊成の娘で女院につかえた通称中納言の『健寿御前《けんじゅごぜん》日記』は年少の同性の目を通して、この女院の美しさ、優しさ、聡明さに対する憧れと讃嘆を心ゆくまで書きつづっていて、井上靖氏も小説『後白河院』の一章で、この日記を存分に活用しているが、後白河院自身の彼女に対する愛情もきわめて深く、熊野詣にも前後三回同伴したほどだ。たびたびの引用になるが、角田文衛氏の『日本の後宮』は次のようにのべている。

建春門院の花の生涯は短くあったけれども、この女院ほど幸運にめぐまれ、愛情に包まれた后妃は少かった。また女院は充分それに値するほど美しく、優雅で、しかも気品に富んだ女性であった。したがって後白河法皇の女院に対する愛情は前後に比類を見ぬほどであって、熊野、日吉神社への参詣や有馬温泉への遊楽などの御幸には、しばしば女院を伴われた。歴代の皇妃のうちでこれほど夫君(上皇または天皇)と旅行された方はないのである。その最も著しい例は、承安四年(一一七四)三月の厳島御幸である。

この年の三月十六日の暁、両院は、公卿や殿上人の供奉のもとに都を出立し、福原から迎えに参上した清盛の先導によって彼の福原の別荘に逗留され、十九日、厳島に向われ、神社に参拝ののち帰途につき、途中、備前国に暫く駕を駐め、四月九日、都に還幸された。まことにそれは歴史上、例をみない両院揃っての御幸であって(詳しくは『玉葉』、『吉記』、『百錬抄』等、参照)、藤原経房《つねふさ》(当時、女院判官代、兼権右中弁)(一一四三―一二〇〇)なども、「已ニ無シ二先規一。希代ノ事歟カ」と驚嘆している。

角田博士の文に「歴史上、例をみない両院揃っての御幸」とあるのは、厳島への御幸では例のないこと、という意味なのか、熊野詣まで含めていわれているのか、無学者にはよくわからないところだが、いずれにせよ、後白河院が建春門院に抱いていた情愛が特別に深いものだったことは明らかである。この厳島御幸のことは、院自身の文章に語らせねばならない。ここばかりは珍しく自然描写が加わって、文体にも心躍りが感じられる。

安芸の厳島へ、建春門院に相具《あひぐ》して参る事ありき〔「建春門院に相具して」と、女院を主体にした書き方になっているところは注目していいだろう〕。三月《やよひ》の十六日、京を出でて、同じ月二十六日、参り着《つ》けり。宝殿の様《さま》、廻廊長く続きたるに、潮《しほ》さしては廻廊の下まで水湛《た》へ、入り海の対《むか》へに浪白く立ちて流れたる。対《むか》への山を見れば、木々皆青み渡りて緑なり。山に畳める岩石の石水際《みづぎは》に黒くして峙《そばだ》てたり。白き浪時々うちかくる、めでたき事限り無し。思ひしよりも面白く見ゆ。その国の内侍〔厳島の巫女〕二人、黒《くろ》・釈迦〔美人で名高かった二人である〕なり。唐装束《からさうぞく》をし、髪をあげて舞をせり。五常楽《ごしやうらく》・狛鉾《こまぼこ》を舞ふ。伎楽《ぎがく》の菩薩の袖振りけむも斯《か》くやありけんと覚えて、めでたかりき。

ここまでが前半である。舞も終り、一同が座をたとうとするとき、神意として告げることがよく当るという評判の老いた巫女が人につれられてやってくる。後白河院に対座して、こう神意を伝える。「我〔神〕に申すことは必ず叶うであろう。後世《ごせ》のことを我に申すことこそ、わが意にかなうであろう。今様を謡って聴かせよ。」

しかし、この神の仰せは「余り晴《はれ》にして、しかも昼中」である。後白河は「出《い》だすべき様《やう》も無くて」いると、なおもくりかえし神は所望する。仕方なく、例の資賢を呼びだし、自分の代りに謡うよう命じるが、資賢は固くなっているばかりである。その間にも神は謡うよう求めるので、やむなく自ら次の歌を謡う。

八五　四大声聞《しやうもん》如《い》何《か》ばかり、
　喜び身よりも余るらむ、
　我らは後世《ごせ》の仏ぞと、
　確かに聞きつる今日《けふ》なれば

こう謡い、「これに付けて謡え」と言ったが、資賢の姿ははやなく、だれもこれに付けることができずに、二回繰返しただけで終ってしまった。心に後世《ごせ》の事のみを念じ、神に求められた通り、後世を念ずる歌を謡ったので、「信《しむ》〔または「心《しむ》」〕発《をこ》りて、涙抑《おさ》へ難かりき」と後白河は書いている。そして、太政入道清盛が言うには、この厳島の御神は後世を念ずる言葉を特に喜ばれるということだったので、そうでなくても現世の事など申しあげるつもりはないのだし、ひたすら後世を申す歌を謡ったのだ、と付加えている。

今様を謡って神感に遭うエピソードは、このあとにもう一つ続くのだが、煩をいとい、引くのは控えよう。大よそのところを言えば、治承二年(一一七八)九月、院は男山の石清水八幡宮に十日間参籠して千部経を誦んだ。数日の読経が果ててから、例のように今様を夜っぴて神前で謡った。夜中に、勧学院(藤原氏の子弟の学校)の台所につかえる女が中門のところにやってきて、そこに控えていた親盛に強引に面会を願い出て、自分の見た夢を告げた。白馬と斑《ぶち》の馬とに乗った愛らしい二人の若宮が、院のお謡いになる今様に耳を傾けておいででした、というのである。次の夜、院の一行は八幡宮の若宮に参って今様を夜っぴて謡い、乱舞、猿楽、白拍子の舞など、ありとあらゆる芸能を出して奉納した、という。

こうして、前後六つのエピソードが語り了えられ、『口伝集』巻十は今様の聖なる功徳を強調する結論に入る。

六

《神社に参詣して今様を謡い、神の示現をこうむることが、こうしてしばしばあった。一々このことを考えてみるに、自分は声量も足らず、美声でもないので、本来なら神感のあるべきはずもない。ただ、多年嗜み習ってきた劫《こう》のおかげであろうか。あるいはまた、ひたすら信をこめて謡った信力のおかげであろうか。

私は、おおよそ今様に打ちこんで四十余年の劫を積んできた。これほど劫の入《い》った者、年期の入った者は、まずは少ないことだろう。これほどにも打ちこんでいるとはいえ、私の声は強く立たず、欠点があり、その憾《うら》みは深いが、力の及ぶところではない。〔しかし〕この劫のおかげで、あさましいほど欠点だらけの声ではあっても、たとえばあまりに愉《たの》しく、めでたく、とても追いつくことはできそうにない声に出会っても、あるいはまた、とてもこちらが及びそうにない甲高い女の声に出会っても、さまざまに調子を高くして張り合ってみて、どうしても声が及ばず付いていけなくなる、というようなことはなかった。甲高くかゝり〔めりの反対で、音が高くあがる〕を働かせたときも、また下《さ》がっていかにも扱いにくい調子であっても、謡いにくいと思うことが無いというのは、まさしく多年劫を積んだおかげだと思われる。》

ここまでは、いわば結論その一というべき部分で、修練につぐ修練、それ以外には何もない、という思想が簡潔に語られている。自分の声についての自己批評は、『口伝集』の他の部分にうかがわれる後白河の物の見方から察するに、おそらくきわめて正確な判断だろうと思われる。実際、この坦々として客観的な文章には、ふしぎな魅力があり、信頼感をよび起す性質があるのだ。

《この今様が今日あるゆえんは、決して単純なことではない。神社・仏寺に参詣して、心を尽して一心に謡うなら、神仏の示現をこうむるし、望むことでかなわないことはないのである。官職の望みは達せられ、寿命は延び、病もたちどころに、なおらないということはないのである。〔往年の朗詠・今様の名手〕敦家左少将は、あまりにめでたい美声であったため、神感によって御嶽《みたけ》〔金峰山〕に召しとどめられて神の御眷属となり〔敦家は金峰山で頓死したが、これはその芸能に感じた神によって、永久にそこに召しとどめられたのだとする伝承である〕、傀儡《くぐつ》女の目井は、愛人の監物清経が重態に陥ったとき、「像法転《ぞうぼふてん》じては、薬師の誓ひぞ」〔既出、『梁塵秘抄』三番〕と謡ってたちどころに彼の病をなおし、近くは左衛門督藤原通季も、熱病を病んでそれをこじらせてしまったとき、「ゆめゆめ如何にも譏《そし》るなよ」〔『秘抄』一六〇番〕と、二回繰返して謡うと、汗が流れて病気は癒えた。頭に悪性の腫れものができ、もう打つ手もなく、医師も見棄ててしまった者が、太秦《うづまさ》〔広隆寺〕に参籠して今様を一心不乱に謡ったところ、たちまち腫れものがつぶれて病は癒えたし、また目が見えなくなった者がやはり社に籠って今様を謡うこと百余日、ついに目があいて出てきたという例もある。これだけではない、神崎の遊女「とねくろ」は、たまたま戦さにまきこまれて切られたとき、臨終に「今は西方極楽の」〔『秘抄』二三五番〕という今様を謡ってみごとに往生をとげ、同じく高砂の遊女「四郎君」も、「聖徳太子」の歌〔『秘抄』四三番〕を謡って往生の素懐をとげた。〔今様はこのように功徳のあるものだが、私は〕この今様を嗜み習いつづけて、今はあまりにも愛着秘蔵の心が深い。さだめしこれは、六道輪廻の業ともなるか。》

　以上は結論その二といってよい部分である。珍しく、ここでは今様の世俗的効用にまで筆が及んでいる。啓蒙家的情熱の発露というべきか。こうして、いよいよ最も重要な結論に筆は進む。

　　我が身五十余年を過し、夢の如し幻《まぼろし》の如し。既に半ばは過《すぎ》にたり。今は万《よろづ》を抛《な》げ棄てて、往生極楽を望まむと思ふ。

まるで、胸のうちを一息に吐き出したような文体である。

だが、今様に明け暮れてきた身は、はたして狂言綺語をもてあそび、仏法に背を向けた迷妄の徒ではなかったと言えるのか。後白河院はしかしこう書く。

仮令《たとひ》又今様を謡ふとも、などか蓮台の迎へに与《あづ》からざらむ。其の故は、遊女《あそび》の類《たぐひ》、舟に乗りて波の上に泛《う》かび〔遊女は水駅《みずうまや》で客をとった〕、流れに棹《さを》をさし、着物を飾り、色を好みて、人の愛念を好み、歌を謡ひても、よく聞かれんと思ふにより、外《ほか》に他念無くて、罪に沈みて、菩提の岸に到らむ事を知らず。それだに〔そんな罪深い遊女でさえ〕一念の心発《おこ》しつれば往生しにけり。まして我等はとこそ覚ゆれ。〔なぜなら〕法文の歌、聖教《しやうげう》の文に離れたる事無し。

遊女でさえ、一念発心すれば極楽往生する。まして自分はと信じる。なぜなら、法華経の教えを中心とする今様の法文歌は、釈尊の教法にそむくところがないからだ、というのである（ここの原文、「法文の歌、聖教の文に離れたる事無し」は、自分自身が、法文の歌にも聖教の文にもそむいたことがない、という風にもとれるところだが、続く一節を考え合せて、右のように解しておく）。

法花経八巻が軸《ぢく》々、光を放ち放ち、二十八品《ぼん》〔法華経二十八品〕の一々の文字、金《こん》色《じき》の仏にまします。世《せ》俗文字《ぞくもんじ》の業《ごう》、翻《ひるがへ》して讃仏乗《さんぶつじやう》の因《いん》、などか転法輪にならざらむ。

この「世俗文字の業」以下は重要なところだが、これについて語るには、ある詩句を引用しなければならぬ。白楽天である。

願はくは今生《こんじやう》世俗の文字《もんじ》の業《ごう》、狂言綺語《きやうげんきぎよ》の誤りをもつて
翻《かへ》して当来世々《たうらいせせ》讃仏乗の因《いん》　転法輪の縁とせむ

この言葉は、『和漢朗詠集』巻下にとられて当時きわめて有名だったものである。出典は白楽天文集「香山寺白氏洛中集記」である。

なぜ有名な言葉だったのか。それを知るには、この詩句の意味するところを見ればよい。すなわち白楽天は言う。自分は今生で世俗の文学にふけり、たわけた妄言、飾りたてた美辞麗句によって人を魅するというまちがいをおかした。しかし、このような罪を自覚することによって、それをひるがえし、来世において仏法を讃歎する契機、法輪を回転して正しきに向かわせる説法の機縁にしたいと切願する……

つまり、この詩句は、現世において狂言綺語をもてあそんできたおのれ自身に対する

批判と懺悔なのだが、同時にそれは、狂言綺語をもって讃仏乗の因にしようとする一種弁証法的な決意をも語っていた。だが、これは日本において、たちまちにして、狂言綺語は讃仏乗の因であるとする思想に転化する。少なくとも、『和漢朗詠集』を愛し、この詩句を好んで朗詠した文人や僧たちは、この詩句のなかに文学と信仰との本質的な背反性を語る白楽天ではなく、文学と信仰を調和させようとする白楽天を見出そうとし、事実見出した。後白河院と同時代の歌人についていえば、藤原俊成にも同じような考え方があった。俊成は承安二年(一一七二)十月十七日の「広田社歌合」の際の判詞で、

　ちはやぶる神に手向くる言の葉は来む世の道のしるべともなれ

の自作について、「たゞけふの言の葉の手向けによりて、かへして当来世々の転法輪の縁とせむばかりを思ひ給へ侍る」とのべている。こういう形でこの詩句がしばしば愛誦されたことは、『栄花物語』、謡曲その他からも知られるところだし、芸能としての「狂言」も、ここからその名を得たのだとされている。そしてまた、狂言綺語を仏自身が大いに好み迎えるという思想もここから生じた。そのきわめて興味ある一例が、『とはずがたり』の巻四にはある。

実は『梁塵秘抄』の雑法文歌の中にも次の歌があった。

二三　狂言綺語《きぎょ》の誤ちは、
　　仏を讃むる種として、
　　麁《あら》き言葉も如何なるも、
　　第一義《だいちぎ》とかにぞ帰るなる

狂言綺語の誤ちが仏を讃歎する機縁となる、という思想が、白楽天の詩句から全く逸脱してしまっているかといえば、そうともいえない。にもかかわらず、やはり質の変化が生じたことは否定できまい。簡単に言えば、否定的要素が欠け落ちてしまって単純な肯定という面が露わになったのである。

後白河院の考え方もまた、そういう理解の上にたっている。

結局のところ、白楽天のたった二行の詩句が問題なのではなかった。古代から日本人の中に脈うっていた肯定志向、調和志向的なものの見方、態度の伝統が、白楽天の詩句に出会ってますます明確になったという点こそが、大切なことだったのである。

実をいえば、私が後白河院という今様狂いの帝王に興味を感じた理由の主な一つは、この点にあった。この人は、信仰心にきわめて篤い。そしてこの人は、遊芸に身を責めた。信仰者後白河と風狂人後白河と。両者をつないで一人の生身の後白河院として統一しているものは、いったい何だったのか。

結局のところ、思想的な面でいえば、狂言綺語と讃仏乗の一致を信じつづけること、そこに後白河院の今様狂いの思想的根拠があったのだ。

そういう根拠がある以上、今様修業に熱中することは、賞讃すべきことでこそあれ、忌むべき筋合のものでは全くなかったのである。

こうして、信仰心が篤ければ篤いほど、ますます狂言綺語の世界に深く陶酔してゆくという独特の精神構造が見えてくる。

私はこれを後白河院という特殊な個人だけのものだとは毛頭考えない。たとえば日本の「芸能」の世界は、究極においてすべて、後白河院がめざしたのと同じところをめざすものではなかったろうか。

そしてまた、日本における「信仰」と「文学」の問題は、「狂言綺語」の価値を体質的・先験的に肯定してかかるわれわれの古い古い民族的習性によって、つねに曖昧に、なしくずしにされる歴史をかさねてきたのではなかろうか。

「思想」と「文学」の問題もまた同じであろう。

そういう意味で、私は後白河院という人の中に、日本の芸能や文芸や思想の、いわば鏡に映った姿とでもいいうるものを感じるのである。長々と院の今様自伝にかかずらってきた理由は、そこにあった。

実際、「神社に参りて今様謡ひて示現を被《かぶ》る事、度《たび》々になる。……唯年来《としごろ》嗜み習ひたりし劫《こう》の致すところか。又殊に信を致して謡へる信力の故か」と書く後白河の思想は、「ちからをもいれずして、あめつちをうごかし、めに見えぬおに神をもあはれとおもはせ」ることのできる和歌の力をたたえた紀貫之の思想の、由緒正しい後継者だと言っていいのであって、その意味でも、『口伝集』巻十は重要な位置にあるのである。

けれども、院は和歌の世界と今様の世界との相違を鋭く感じとっていた。『口伝集』執筆の痛切な動機が、この自伝の末尾にいたって次のように明らかにされている。

大方《おほかた》、詩を作り和歌を詠み手を書く〔書道〕輩《ともがら》は、書き留めつれば、末の世までも朽つる事無し。声技《こゑわざ》の悲しきことは、我が身崩《かく》れぬる後、留まる事の無きなり。其の故に、亡《な》からむ後《あと》に人見よとて、未《いま》だ世に無き今様の口伝を作り置くところなり。

ここには、ことごとくの、文字によらない芸能の士の恨みと孤独が代弁されていると言ってよい。

後白河院は、もちろん和歌もつくっている。『新古今和歌集』には、院の歌が四首とられていて、そのひとつは、

　　題不知

をしめども散りはてぬれば桜花いまは梢をながむばかりぞ

もう一首あげれば、死に近いころの歌で、

　　御なやみおもくならせたまひて、雪のあしたに

露の命消えなましかばかくばかりふるしら雪をながめましやは

前の歌には、惜春の情があふれているが、「いまは梢を」という一句の現れ方に、新鮮な具体性があって、いい歌だと感じられる。後の歌は、命がなくなっていたらこのように美しい雪を見ることはできなかっただろう、ということで、雪の豪奢な美しさをたたえているのだ。死にのぞんでも、後白河院は、大雪の景色に心を放つことのできるあくがれを保っていたらしい。

あとがき

本書の内容をなす各章は、今度新たに書いた「序にかえて――「うたげと孤心」まで」を除いてすべて、季刊文芸誌『すばる』に連載したものである（一九七三年六月より一九七四年九月まで、六回）。

なぜ「うたげと孤心」という題目のもとにこのような文章を書いてきたのかについては、「序にかえて」で説いたからここでは繰返さない。この主題は、本書に収めた各章で扱っている対象以外にも広範に適用されうるものだろうと私は考えている。他の時代の他の詩歌人にまで論を及ぼし、結果として、日本における各時代の詩歌創造高揚期に関する一連の試論を形造り得たら面白かろうと思っている。『すばる』での連載は、朝日新聞の「文芸時評」を一九七五―七六年の二年間担当しなければならなくなったことや、『岡倉天心』（朝日新聞社刊）の書下ろしなどの私事のためもあって、前記六回の連載で一区切りつけた形になったが、近くまた稿をあらため、『すばる』に続篇を掲げさせてもらおうと思っている。本書をここで一冊にまとめることにしたのも、そういう心積りがあってのことである。

もとよりこれは学問的な研究書ではないが、多くの先人の著述に学恩を蒙っている。書中でその名をあげた著書や著者以外にも、私は多くの教示をさまざまな本から得たと思っている。それらすべての恩恵に対して深く感謝したい。また『すばる』連載中や今回の本書の刊行に際して尽力してくださった集英社の関係者諸氏に、お礼申しあげたい。

著　者

一九七七年歳晩

この本が私を書いていた
——同時代ライブラリー版に寄せて

物を書くことに半生を費してきてしまったため、時々は過去に書いた本と現在の自分との距離を測ってみるような気分に誘われることがある。たとえば第一詩集というものには、常に特別な位置を占めている本、と否応なしに思わせるものがあるが、それは「あのような詩はもう書くことができない」という実に不思議な眩しいものに出遭った時の感覚をも一緒にともなっている。二十歳前後に作った詩は、その青臭さも未熟さも気負いも含めて、きれいさっぱり完結している。今の私にとってはみごとに他者であるとしか言いようのないもので、一種の風景として楽しんで見ることとさえ出来るような、遠さと親しさの混合した遠近法の中にある。

そういうものを一方に置いて見るととりわけはっきりしてくるのは、散文で書いた本の、時間の中での持続性である。

詩は何といっても時間的限定を脱しているところがある。いつの時代に書いた作品でも、詩は時間の枠組の外へ自在に脱け出してしまう要素をもっている。つまり、私自身からある時出てきたものであっても、一旦文字として本の中に定着してしまえば、私とは無関係であるような顔をして自由に出歩いてもいる。形式というものの超時間性が、いわゆる自由詩の形で書いたものの中にさえ、脈々として生きていることがよくわかる。

ついでに言えば、たまたま十年以上前から書き続けてきた新聞コラム『折々のうた』の場合も、字数百八十字という形式上の制約というか、逆に安定感というかが、書き手である当の私自身からすると、散文よりは詩に近いものとして感じられているようで、初期に書いたものも最近書いたものも、新しさとか古さとかの時間的経過をほとんど感じないで読むことができるものになっている。

そういう意味では、散文作品は画然と違うところがあるらしい。そのことを痛感させられるものとして、この『うたげと孤心』がある。

私はある時期、無我夢中というように近い状態で、この本のもとになった季刊誌『すばる』(現在の月刊『すばる』の前身)の連載を六回にわたって書いた(一九七三年六月―一九七四年九月)。一体自分が何を書きつつあるのかも、半ば夢うつつの状態でしか意識していなかったように回想される。自分にとってはずっと若いころから頭の中でもやもやと絶えず醗酵しては崩れ、波立っては収まりしていたさまざまの想念に、何らかの形を与える必要に、創作的立場から、否応なしに迫られはじめていたことはたしかだったが、その他のことは大方は行き当たりばったり、綱渡りの実感だけが自分の支えといってもよかった。

そして今、十七、八年前のころに毎回四百字詰で五十枚から七十枚ほどの原稿を夢中で書いては当時の『すばる』編集者新福正武さんに渡していたころにはほとんど予想していなかったような形で、私が思い知らされていることがある。それは、私がこの本を書いたことは事実であるにしても、その後二十年近い期間の私の生活を振返ってみると、実はこの本が私を書いていたのだった、という疑いようのない実感に迫られるということである。

その点で、詩集と散文の本とはやはり画然と異なるところがあると認めなければならないことを痛感する。

今言ったことは、具体的にはどういうことかということを説明しなければならないが、それを逐一たどることはこの場では到底できそうもない。そのごく一部について回想的に書いてみることにする。

一九六〇年代の末から安東次男氏の手引きのもとに丸谷才一氏などと始めた歌仙（連

句)制作体験が、結局のところ私を〈うたげと孤心〉という主題に導いてくれた重要な糸口だった。私はまもなくそれを、定型の五七五・七七の連鎖形式以外の形、すなわち自由詩形でも行うようになり、私もその一員である同人詩誌『櫂』の仲間とともに、一九七一年以後長期にわたってその実作を試みた。私たちはそれを連句ならぬ「連詩」と名づけることにし、その成果の一つは『櫂・連詩』(思潮社、一九七九年)という本にまとめられたが、連詩の制作自体はそれで終ったわけではなかった。そして私自身について言えば、歌仙および連詩実作の経験は、まさに『うたげと孤心』執筆の時期を前後から挟みこんでいる、最も大切な実践の場での観念形成の日々といったものになったのだった。

歌仙や連詩で、何人もの、個性も違えば書法も違うすぐれた連衆と、まさに鼻つき合わせて詩作の場を共有し、協力し、その上で互いの個性の鮮かな相違を随所で思い知らされ、刺激され、焦慮し、哄笑する経験を重ねたことは、すべてが〈うたげと孤心〉という主題の熟成を私の内部で準備してくれたのだった。すぐれた連衆の存在が無かったなら、私はこの本をこのような形で書くことは、あるいは無かったかもしれない。運命的に幸運だったと思うのはそのためである。

つまりこの本は、実作の体験から胚胎したものだった。さらにそこには、青年期から私をたえず離れなかったある二極分裂的思考方法に対する一種の反撃といった要因も加わっていた。それは、簡単に言ってしまえば、閉鎖性、排他性を本質的にもつ同質社会の幻想に強くひたり、巨大な車座を組んでいるともいえるこの日本において、自分の中に頑強に根づいている孤心というものをどのようにしたら枯渇させることなく生きのびさせてゆけるか、という課題に対する、長い年月をかけての実践的解答というようなものであった。

同質社会のあり方とは、話を別の次元に移せば、同心の者たちの「うたげ」の光景と同じだと言ってよかろう。そこでは人々は心を合わせてお互いの健康と繁栄を謳歌する。人々は車座を組んで、お互いの顔を見合いながら志気を昂揚させ、鼓舞し合う。しかし彼らは、車座の輪の外側にはほとんど関心を払わない。純真に心を合わせることは、異見をもつ者、孤心を磨く者に対する排除と一対である場合が多い。

私は一九四五年八月十五日に中学三年生として日本の敗戦を経験した世代に属するが、少年は少年ながらにあの当時感じたある覚醒の経験が、このような問題を意識させた大きな要因だったと思っている。つまり、戦中の軍国主義合唱のうたげが、あっというまに戦後の民主主義合唱のうたげに変貌するのを肌身に感じたときの奇怪な感覚が、その後ずっと消え去ることなく続いて、〈うたげと孤心〉という主題を私の中に用意したのであるらしかった。日本という国家、というよりも、日本国という観念に対して、常にある距離を置かずには考えられない習性は、どう否定しようもなく、一九四五年八月以後の何年かの間に私の中に育ったものだった。

しかし他方、私は日本語という言語に骨の髄まで浸っている存在であり、短歌、ついで現代詩と散文を書くことが、どう仕様もなく自らの生の呼吸であり鼓動であるようになってしまうだろうということを、中学高学年のころにはすでにおぼろげながら自覚していた。

そのため、私は早い時期から、常に二つの相反する原理の間に身を置いて、その両者の間で試行錯誤をくりかえす自分の思想の軌跡を追うという形の物の書き方をせざるを得なかった。

私の第一詩集の題は『記憶と現在』という。また初期評論集の題も、『超現実と抒情』とか『芸術と伝統』とかの両極併存式のものが目立つ。私は十分に意識しながら、そのような「……と……」という形の題名を本に掲げることをしてきた。人には折衷主義と見えようが、ここにしか私の立つ場がないと考えられたのだから仕方がなかった。

『うたげと孤心』という題名は、まさにそのような題名の私個人における一つの伝統の総括であるともいえるものだった。相反する要素の共存に耐えることが、私にとっては必要だった。それを簡単に一方に統一することは、私自身の「孤心」を掃除器にかけ、さばさばした顔つきで「うたげ」の世界に埋没することを、たぶん意味していて、これほど気色の悪いことはないのだった。

そこにはまた、私が私の至らぬ頭と感情で愛読し、日本で最も尊敬すべき詩人たちと判断して多少とも長文の詩人論を捧げ、あるいは深い敬意を捧げてきた過去の大詩人たちについての、私自身のある親しみをこめた断定もかかわっていた。それらの詩人たちとは、柿本人麻呂、菅原道真、紀貫之、藤原俊成・定家、松尾芭蕉、与謝蕪村、岡倉天心、正岡子規、夏目漱石、窪田空穂、高浜虚子、萩原朔太郎その他である。

これらの詩人たちは、私の考えでは一人残らず「うたげ」の中で「孤心」を生き、「孤心」の中で一人「うたげ」を主宰し演じることに長じていた詩人たちにほかならなかった。そして彼らが、この島の上で生きた詩人たちのうち最も大きな仕事をなしとげた人々の列に属しているということは、多くの人によって認められるはずである。

この人たちも皆、悩み多き自己分裂の生を生きたのだと思うことによって、私は少なからず励まされてきたと思っている。私は一九七〇年代、八〇年代の日本の生活環境にたえず違和感を抱きつつ、菅原道真や松尾芭蕉を思い、岡倉天心を読むことで、自らのバランスをとってきたことがしばしばあったように思う。彼らは、いや彼らこそ、私にとっての同時代人であると思われることさえもあった。

〈うたげと孤心〉という主題は、そういう意味では全く私個人の内的必然から生まれた主題だったという側面がある。

しかし、皮肉なことに、ここには「うたげ」という概念がはじめから設定されていたから、実践的な見地からすれば、この主題は決して私個人の内側だけに押しこめておくわけにいかない要素を最初から胎んでいた。

私はこの文章のはじめの方で、「この本が私を書いていたのだった」云々とのべた。それは以上のべてきたことのすべてに関わることであると同時に、さらに別の側面をも意味していた。

先にふれたような歌仙や連詩の試みを始めて十年ほど経ったころから、私は外国の詩人とともに連詩を作るという、それまで夢想だにしなかった経験に引きずりこまれてしまったのである。それが始まった最初の経験は一九八一年アメリカのミシガン州においてだった。友人の詩人トマス・フィッツシモンズと夕食後くつろいで会話しているうちに、日本の詩歌史を貫く最も重大な伝統は、個人の詩歌作品の連鎖ではなく、共同制作の連歌や連句、また歌合のような一連の詩のうたげにあったのだという話になり、その場で相手から申し込まれて、英語で連詩を作るという、まともな詩人が聞けばその無謀さに呆れるに違いないことを始めてしまったのである。

その時、約一か月間に作った二十篇の詩は、翌年『揺れる鏡の夜明け Rocking Mirror Daybreak』(筑摩書房、一九八二年)という本にまとめられたが、この本がしだいにヨーロッパの詩人たちにも知られるにつれて、こちらでもやってみたいから出て来い、と招かれることが多くなり、今までに西ベルリン(今はもうベルリンとのみ書けばよいことになった!)で二回、ロッテルダムで数回、パリで二回、ヘルシンキで一回、各国の詩人たちと連詩を巻いてきた。ベルリンの場合は、川崎洋、谷川俊太郎が各一回同行の連衆だった上、その時々の作品集が、西ドイツと岩波書店とから刊行されている。また詩歌総合季刊誌『花神』には、ロッテルダムやヘルシンキにおける連詩が、原語とともに掲載されもした。

『ヨーロッパで連詩を巻く』(岩波書店、一九八七年)は、主として西ベルリンにおける第一回の連詩制作を実作に即して細叙したものである。その後私は、編集同人をしている『へるめす』誌でも「連詩大概」と題して、連詩の沿革や意味について連載した(16号—19号)。また、一九九〇年十月にはフランクフルトのブック・フェアにおいて、谷川俊太郎と同道、ドイツ詩人二人とともに新たな連詩を制作し、ブック・フェア会場で発表することになっているし、九一年にはフィンランドで再び連詩を巻くように招かれている。

これらの体験は、私にとっては全くの偶然から始まりながら、やがてすべて必然の展開だったように思われてきた一連の出来事である。『うたげと孤心』という本が、私の書いたものでありながら実は私を書いていたと言った理由の一斑は、以上のようなところにある。

私がこの本で論じたことは、しかしながらこういう〈うたげと孤心〉という主題に関わる個人的話題とはおよそ遠い問題ばかりである。古典詩歌論として私が論じたことのすべては、その当時の私にとっては、力を出し尽くさねば書けないことばかりだったように思う。しかし、「歌と物語と批評」とか「贈答と機智と奇想」とかで書こうとしたことは、私にとっては、私なりの観点から日本古典文学を考えようとする時に出会う最も興味深い主題だった。また「公子と浮かれ女」を書いた時の楽しさは、今でも記憶に鮮かである。

しかし何といっても、『梁塵秘抄』の編纂者後白河院を論じた三章は、書きながら見えてくるものの面白さに何度も雀躍りする思いをした。

結局のところ、私はこの『うたげと孤心』という本を、不思議な幸運に恵まれて出来あがった本であると感じている。有難かったのは、『すばる』が当時季刊だったことで、毎回読み切りの形で長文の一章ずつを仕上げることができたのが、私の執筆ペースに合っていた。元の集英社版の「あとがき」で、近くまた続篇を『すばる』に書きたい、と言いながら、遂にそれが不可能となった理由の一半は、実は同誌が月刊に切換えになったためだった。一回三十枚以内で書くことは、その当時の私にはどうもうまくいかなかった。

実をいえば、その「あとがき」で言及した「続篇」とは、菅原道真論だったのである。しかしそれは、主として私自身の準備不足のため、また月刊態勢への切換えのために、文字通り私の中で潰えてしまった。私がようやくこのテーマに再び取り組み得たのは、ずっと時間が経ってから、すなわち一九八七年六月から八八年六月まで、季刊誌（今は隔月刊）『へるめす』（11号―15号）における「うつしの美学」の道真論においてだった。この連載は『詩人・菅原道真』（岩波書店、一九八九年）*として一本にまとめられたが、こうして見れば、『すばる』における連載以来、一対のものとして考えられていた――集英社版で副題に「大和歌篇」とあるのは、次に「漢詩篇」を考えていたためである――道真論の絡結までに、何と十五年以上かかったことになる。鈍根、これにまさるものはなく、昨今続々と出現しつつある秀才たちから見れば、何とも歯がゆい蝸牛の歩みであろう。

終りに、「同時代ライブラリー」に収録されるに当って、集英社や小学館の関係諸氏の暖かいご理解を賜ったことに深く感謝申しあげたい。

本書が今日の新しい読者の感興をひくことを願いつつ。

一九九〇年七月

大岡　信

＊その後二〇〇八年に、岩波現代文庫に収録された（編集部）。

《解説》「うたげと孤心」を支えるもの

三浦雅士

1　(可能性の宝庫)

大岡信が亡くなった。本年すなわち二〇一七年四月五日。享年八十六。

私が初めてお目にかかったのは一九六九年のことだからほぼ半世紀の昔である。大岡先生、当時、三十八歳。こちらは詩誌「ユリイカ」の編集者で二十二歳。先生がまだ三十代だったということが、いまになっても信じられない。私の目にはすでに大家といっていい存在だったからである。詩人で、文芸批評家、美術批評家、かつ翻訳者で、多くの著作を持っておられた。私は十代の頃から憧れていたわけだから、眩かった。思い出すこと膨大だが、ここはそれを語る場ではない。亡くなられてからいよいよ強く感じるのはその存在の巨大さである。巨大というより雄大といいたい気がする。

一九七〇年代、私は大岡信のもっとも身近な編集者のひとりであったと思う。批評家として独り立ちした後の、八〇年代、九〇年代、またそれ以後にも、さまざまなことでお力添えをいただくことが多かった。下男に英雄なしという言葉がある。偉人の偉大さはその日常を知る立場にあるものには分かりにくいという意味だ。私に限ってそういうことはありえないと思っていたが、ここ十年ほど折に触れて著作を読み返し、圧倒されることが続いた。私は大岡信について何度か書いている。一九八三年に刊行された中央公論社のシリーズ「現代の詩人」の第十一巻「大岡信」では、収録された詩のすべてに詳細な鑑賞さえ付している。十分に知っているつもりだったが、そうではなかった。読み直して、これほど若い頃にすでにこのことを指摘していると思い知らされ、打ちのめされることが続いた。気づかずに読み過ごしていたことが多かったのである。むろん、初読再読の後に多少は広めた知見によって、その価値に改めて気づくということも少なくなかった。

だが、それだけではない。

亡くなられたいま、大岡信は新たな生を生きはじめているとの感が強いのは、大岡にも隠されていた大岡、つまり本人にとっても謎であった大岡信が、読者の前面に大きく登場することになったからだと思われる。不謹慎な言い方をあえてすれば、いわば、大岡にのみ許されていた大岡信という謎の探究が、読者にも解禁になったのである。人は膨大な可能性を秘めて生きてゆくが、実現されるのはその一部にすぎない。人生とはそういうものだが、しかし、その実現された一部を解明するために、膨大な可能性の全域を踏査しなければならない人生というものもある。大岡信の人生とはまさにそれだったのではないかという気がする。大岡はその評論のなかにじつにさまざまな種子を播いていたのであり、なかのいくつかは大輪の花を開いたが、芽のまま蕾のままにおかれた植物もまた少なくなかった。しかし、それらも大輪の花にさまざまにかかわっているのである。

たとえば、『現代詩試論』(一九五五)、『詩人の設計図』(一九五八)、『芸術マイナス1』(一九六〇)、『抒情の批判』(一九六一)、『芸術と伝統』(一九六三)といった著作は、ほぼ大岡二十代執筆の評論を集めたものだが、その舌鋒の鋭さ、論理の緻密さに驚嘆させられる以上に、将来の可能性を暗示していることの多さに、またその不思議さ――おそらく本人自身気づいていなかっただろう――に、震撼させられるのである。一例を挙げれば、『詩人の設計図』に収録されたシュルレアリスム論「自働記述の諸相――困難な自由」は、その十数年後に安東次男や丸谷才一らと連句を巻き、谷川俊太郎らと連詩を巻くことになる可能性を、すでに十分に予告している。自働記述と連句、連詩は、「意識的人間と、彼自身の内部にあって全宇宙とひそかに交信している神秘的な隠れた部分との対話」である点において、まさに重なり合っているからである。

あるいは、『抒情の批判』に収録された評論「わたしのアンソロジー――日本の古典詩」には、「大体、日本の文学史で面白く読める本が一冊もないということが奇怪な話なのである」という挑発的な一行のみならず、古今集仮名序を引いた後の「この貫之の宣言は全くやりきれない」というほとんど攻撃的な一行――子規を思い起こさせなくもない――さえあって、逆に、後年の国民的なアンソロジー『折々のうた』のみならず、さらには『紀貫之』(一九七一)、『うたげと孤心』(一九七八)、『詩人・菅原道真――うつしの美学』(一九八九)、そしてそれらのまとめともいうべき『日本の詩歌――その骨組みと素肌』(一九九五)という、「面白く読める」日本文学史をさえ予告しているのである。

連句、連詩についていえば、岩波新書の一冊として刊行された『連詩の愉しみ』(一九九一)には、欧米における連詩の先駆者ともいうべきオクタヴィオ・パスが「シュルレアリスム運動の有力な詩人」であり、彼を中心に刊行された四人共著の連詩の試み『連歌 Renga』(一九七一)が、「シュルレアリスム運動の創始者・指導者たる故アンドレ・ブルトンに捧げられている」との指摘はあるが、大岡自身が、その二十代においてシュルレアリスム研究会を組織し、「自働記述の諸相」という、自身がいずれ実践することになる連句、連詩を予告するような文章を書いていたことには触れられていない。私見では、おそらく脳裏になかったのである。

ほとんど惑乱させられるのは、二十代の大岡の評論が、そういう意味ではまさに可能性の宝庫の観を呈しているということである――詩に関していえば十代の大岡が後の大岡のすべてを予告していると付け加えたい誘惑に駆られる――。

『抒情の批判』でいえば、たとえば冒頭の長編評論「保田與重郎ノート」がそうだ。大岡はこの三島由紀夫に絶賛された長編評論の最後を、「失敗に終った現代日本からの逃亡、そして失敗に終った〈日本〉への回帰」という「保田與重郎の問題は終っていないと言った方が今日の現実に即しているだろう」という語で締めくくっているが、むろん大岡後年の仕事――『うたげと孤心』や『折々のうた』など――が保田の失敗を補って余りあるともいえるだろうが、しかしその仔細が解明されているわけではない。解明されるべきだということが、たとえば、保田の「虚構の意識、人工の意識の発見」という精神的基盤において「太宰治と立原道造と三島由紀夫」は同じ家系に属すのだ、というきわめて刺激的な指針とともに明瞭に述べられているのだが、大岡によっても、それに続くものによっても、いまなお論じ尽くされてはいないと思われる。少なくとも、太宰と三島のあいだに立原を置くという構想が縦横に展開されるような論には出会ったことがない。

むろん、大岡自身は、『うたげと孤心』の冒頭「序にかえて」で、それが一九六一年の著書『抒情の批判』に付された副題「日本的美意識の構造試論」を物そうとする試みの延長上にあると示唆している。そこでは日本的美意識が「合わす」原理として捉えられ、「合わす」ための場すなわち「うたげ」のまっただ中で、「いやおうなしに「孤心」に還らざるを得ないことを痛切に自覚し、それを徹して行なった人間だけが、瞠目すべき作品をつくった」として、「うたげと孤心」の主題と結びつけられている。

刊行時に付された「序にかえて」のなかに、「帝王と遊君」の章からわざわざ長い一節を引いているのだから、著者自身、これをほぼ結論と見なしていることは疑いない。それは、『うたげと孤心』のほぼ十年後の続篇『詩人・菅原道真』が、「合わす」原理から「移す」原理への展開を示しているところからも、窺い知られるところである。『うたげと孤心』は日本古典論の大和歌篇であり、『詩人・菅原道真』は漢詩篇である。漢詩が重視されるのは、それが明治以降の近代日本において西洋文明が果したのと同じ役割を担っていたからである。道真の詩は漢籍に範をとったものが夥しいが、あえていえばすべて原典を凌駕して道真自身を語っている。人は「移す」ことによって自己を形成するのだ。ここには、現代日本の和魂洋才は道真の和魂漢才を超えたといえるだろうか、という問いが潜んでいる。

だが、私は『うたげと孤心』の主題がそれに尽くされるとは思わない。「詩人は完全に自分の詩を支配できるものではない」というのは大岡二十二歳の言だが（『現代詩試論』の表題評論）、「その支配できない部分、それが読者に神秘として受けとられる」のだとすれば、同じことは批評についてもいえると私は確信している。私は、『うたげと孤心』は人間における集団と個人のありようを探究して言語の核心にいたった本であると思っている。「合わす」原理は——「移す」原理もまた——その言語現象のもっとも端的な表われにほかならないのである。

言語についての私の考え方を大岡の評論に当てはめているのではない。人は言語を使っているのではない、言語に使われているのだという考え方は大岡のなかに最初期から潜在し、折に触れてさまざまなかたちで滲み出すのだが、とりわけ『芸術と伝統』に収録された卓越した道元論「華開世界起——道元の世界」（一九六二）においては、ほとんど噴出しているといっていい。大岡はのっけから「道元の言葉は道元の言葉であって道元の言葉ではなく、嫡嫡相承された古仏の言葉、すなわち古仏の心身が、道元という一個の表現者を通じておのずから現成したものにほかならない」といっている。

この道元論は『現代芸術の言葉』（一九六七）に収録された三十代半ばの評論「芭蕉私論

——言葉の「場」をめぐって」(一九六六)に直接的に引き継がれている。大岡はそこで道元と芭蕉の関係を単刀直入に論じている。芭蕉と禅、とりわけ臨済宗幻住派の問題を論じた本など少なくないが、しかし、芭蕉と道元を引き比べた論はほとんどないと私は思う。

2 (道元と芭蕉)

「芭蕉私論」は、冒頭、『去来抄』の一節、弟子の連句の会に発句を用意してこなかった去来を、芭蕉が夜通し激しく叱りつけたという有名な逸話から始められているが、内容的には「華開世界起」の直接的な延長上にある。

「道元にあっては古仏の言葉でさえ曲解されるのである。曲解さえあえてすることによって、その意味を完璧ならしめることが庶期されているのだ」とは、大岡がしばしば参照し言及する寺田透の道元論「透体脱落」——一九五〇年発表、寺田三十四歳で当時大岡は大学生だった——の言葉だが、私見では、寺田もまた曲解し、大岡もまた曲解するのである。人は、いわばその曲解——視点の転換——に瞠目するのだ。

一例を挙げる。大岡は、『正法眼蔵』の「唯仏与仏」の章から、次の一節を引いている。ちなみに付すが、「唯仏与仏」の章はいわゆる『秘蜜正法眼蔵』の一章であり、近世に広く行われていた九十五巻本の第九十一であって、七十五巻本にも八十三巻本にも含まれていない——したがって岩波版「日本思想大系」の「道元」の巻にも含まれていない——が、大岡が依拠しただろう衛藤即応校注の岩波文庫旧版(一九三九—四三)は九十五巻本を底本としている。なお、水野弥穂子校注の岩波文庫新版(一九九〇—九三)は「日本思想大系」に準ずるが、第四分冊に付巻として「唯仏与仏」の章を収録している。

仏法は、人のしるべきにはあらず。このゆゑに、むかしより凡夫として仏法をさとるなし、二乗として仏法をきはむるなし。ひとり仏にさとらるるゆゑに、唯仏与仏、乃能究尽といふ。それをきはめさとるとき、われながらも、かねてより、さとりとは、かくこそあらめと、おもはるることはなきなり。たとひおぼゆれども、そのおぼゆるにたがはぬさとりにてなきなり。

「唯仏与仏、乃能究尽」は『法華経』「方便品」のいささか有名すぎる言葉であり、『法華経』のエッセンスをまとめたとされるいわゆる「略法華」冒頭に位置する言葉ということになるわけだが、近年刊行された植木雅俊によるサンスクリット原典訳を参照するかぎり、漢訳がすでに曲解し、それを道元がさらに大胆に曲解しているのである。そして、道元のその大胆な曲解を、大岡がじつに見事に解釈してみせているのだ。

この解釈は味読に値する。

言わんとするところは、人が仏法をさとるとき、さとる人間とさとられる仏法との相対的な区別があっての上で、さとるのではなく、人間が仏法をさとるということでさえなく、ただ仏によって仏がさとられるのが、人のさとりの実体なのだということであろう。さとりの瞬間、人は人ではなくてすでに仏なのであって、それ故に、人は、さとりとはきっとこんな状態であろうと予想していたようなさとりとは全く違う、次元を断絶した状態に突如として生きているのを知るのである。

ここでの肝心な言葉は、「ひとり仏にさとらるるゆゑに」というところにある。仏をさとるのではなくて、さとった瞬間、人は仏にさとられているのだ。ということは、その瞬間、人は仏によって全身を領有されてしまっているということである。

私は、改めて読んで、この解釈に圧倒された。管見では——それこそ手元にある『法華経』や『正法眼蔵』の解説書、増谷文雄、玉城康四郎、水野弥穂子ほかの現代語訳を参照したにすぎないが――、「唯仏与仏、乃能究尽」をこのように受動と能動のみに力点を置いて解釈した例、訳した例はほとんどないと思われる。

論の迫力は、道元を詩人として、『正法眼蔵』を詩集として理解したところから生じている。寺田透の示唆をさらに徹底させているのである。受動と能動が言語の精髄をなすのは、それが生命の基本――食うか食われるかから愛にいたるまで――に対応しているからだが、とすればその機制にこそ、人生すなわち対面しつつ生きる人間の生というものの真理が潜んでいるのではないか。大岡はそう直観したのだ。修辞を論理とし論理を修辞とする詩人の発想が、この理解を生んだのである。また、大岡には、そういう理解の仕方以外に道元を理解する手段はないと思えたのだ。

母語という語があるが、意味深長である。一般に人は母から言葉を習うが、そこで起こっていることは何か、深く考える必要がある。示唆されているのは、人は母の目で自分を眺め、その目に映った姿――そしてまた呼び名――を自分として引き受けるということだが、注意すべきはその前にまず母が子になっているということだ。かりに「マコちゃんはコレ好きだからおいしいね」と話しながら母が子に離乳食を与えるとすれば、この原初の主客未分のなかから、母がまず自分の子(マコちゃん)になり、その子が母の子である自分を自分として引き受けるかたちで、自分なるものが成立するということである。言語も主体もこのようなかたちでしか登場しないのは自明といっていい。

対面授乳は霊長類なかんずく人類の特色である。これは対面性交――性が表情すなわち表現行為つまりは愛になったということ――と対になっているのだが、ここではそこまで話を広げる必要はない。問題は、この原初の入れ替えによってのみ、すなわち受動と能動の絶えざる反転によってのみ、人間が人間になるのだということである。そしてまた、対面がつねに入れ替え可能性とともにあるためには――そしてそれが決定的な意味を持つことを知るためには――入れ替わる両者すなわち主客を俯瞰する目が要請されるということである。

むろん人間だけが相手の目から自分を見るわけではない。捕食する側も捕食される側も相手の身にならなければ追うことも追われることもできない。鳥はいたずらに空を飛んだのではない。受動と能動の劇は生命とともに古いのである。要は、母子の入れ替えが可能になるためには、人間もまた両者を俯瞰する鳥の目をも持たなければならなかったということだ。言語が成立するためには、対面するもの――人とは限らない――との入れ替え可能性と、それを俯瞰する目が必須の条件とされるのである。ここには興味深い問題が山積しているが、いまは大岡が道元から何を受取ったのか示唆すれば足りる。

大岡は先に述べた道元論「華開世界起」においてすでに、道元＝詩人説を打ち出している。語の用い方が宗教者のものでも哲学者のものでもない、まさに詩人のそれだというのである。大岡は、「華開世界起」の末尾において、『正法眼蔵』「空華」の章から華開世界起の語を含む一節を引き、「言葉がものを表現するのでなく、ものが言葉をして自己表現させるとしか言い様のない、絶対的な表現の世界がここにはある。それは、道元と同時代に生きていた定家をはじめとする新古今の詩人たちも、ついに知ることのなかった、まったく新しい、受けつぐ者がひとりもなかったという意味でさえ、今もってまったく新しい、日本語の開花であり、詩の誕生であった」と結んでいる。

「ものが言葉をして自己表現させる」という語は、「さとった瞬間、人は仏にさとられているのだ」という語に近接している。また、「松の事は松に習へ」と述べた芭蕉の語にも近接している。自分が相手に、相手が自分になりうることを知らなければ、言語は使えない。言語そのものが人間のその機微から生まれたのである。そしてその機微は両者を俯瞰する目を必須とすることをも含んでいる。大岡が見出して並べたこれらの言葉においては、いわば、文学的感動が宗教的感動によって、あるいは宗教的感動が文学的感動によって、裏打ちされているのだ。相手と自分の両者を俯瞰する目が、「うたげ」を俯瞰する宗匠の目、批評家の目、要するに「孤心」の目へと連なることは指摘するまでもない。そしてこの「孤心」すなわち孤独の目は、いわば伸縮自在、宇宙の彼方から自他を眺める目――彼岸の目――でもありうる、いや、そうでなければならないのである。大岡には仏とはそのようなものに見えただろう。道元もまた同じだと考えたのだ。

寺田透の『道元の言語宇宙』は『正法眼蔵』を言語論として捉えたものだが、私にはその核心が先に引いた大岡の言説によってそれこそ領有されてしまっていると思える。というより、「華開世界起」や「芭蕉私論」で展開されている言語論は大岡自身のものであって、むしろそれが『正法眼蔵』に重ね合わせられているのである。いや、むしろ単刀直入に、大岡はここで道元になってしまっているのだといったほうがいい。詩人は憑依する。詩人は、人間は憑依する――相手に入れ替わる――ことによって人間になったという始原を反復しているのだ。大岡はさらに、「この思想は、道元がくりかえし『正法眼蔵』において語っている思想であって、別のところではこれを次のようにのべている」として、ほとんど自在な筆致で――つまり道元になってしまって――『正法眼蔵』「現成公案」の章から二つの節を引いている。ここでは後のほうの一節を引く。『正法眼蔵』のなかでももっとも有名な言葉のひとつである。

仏道をならふといふは、自己をならふなり。自己をならふといふは、自己をわするるなり。自己をわするるといふは、万法に証せらるるなり。万法に証せらるるといふは、自己の身心、および佗己の身心をして脱落せしむるなり。

要の地点で能動が受動に転じていることに注意すべきだろう。「万法に証せらるる」は「仏にさとらるる」に等しいのである。大岡は、中世の連歌師たちが以心伝心あるいは唯仏与仏――以心伝心と唯仏与仏を繋ぐのは、精神なるものは対面そして対面者の入れ替えすなわち能動と受動の置き換えによって生じるという事実である――の語で理解していたのはこのような性質のものだったのであり、そこでは閉鎖的な心性とは正反対のむしろ開放的な心性が要求されているのだ、と示唆し、さらに次のように述べている。

芭蕉が『奥の細道』において頂点をきわめる「旅」で、「此一筋につながる」ことを希いつつ、旅の道すがら、執拗にいにしへを顧み、古人の心をしのび、歌枕によせて激情をほとばしらせているのも、やはりこういう風に理解された「以心伝心」を求めてのことではなかったのか。芭蕉の句が、とくに『奥の細道』におさめられているものにおいて、一見触目の描写にすぎぬような風姿の背後に、はげしい激情を秘めていることについては、すでに何人もの評家が注意をうながしていることだが、彼がそのような激情に駆られたということも、今みてきたような、きびしい孤独者のみの知る精神の連鎖を自覚してのことでなければ、およそ不可解なことだったはずである。

むろん、芭蕉のそういう単独者としての面だけを強調することは危険なことだ、と、大岡はただちに注意を促している。単独者でありながら、芭蕉は、志においてつながるひとつの精神共同体——つまり連句の「座」である——の中心人物でもあったことを忘れてはならないというのである。「去来の不始末を彼があれほどにも執拗に責めたてたのも、連衆というものの形造る、ほとんど真剣勝負に似た——しかしそこにこそ、創造と享受の同時的な成立ちという、類例のない喜びもある——詩的な「場」を、力を尽して護ってゆかねばならないことを、十分に自覚していたからにほかなるまい」と。

指摘するまでもなく、ここで述べられているのは、数年後に『うたげと孤心』で展開される「うたげ」の精神にほかならない。注目すべきは、その「うたげ」の精神たるや「孤心」をはるかに上回って厳しいものであったということである。その厳しさの上で、「うたげ」と「孤心」のいわば弁証法が展開されるのである。

3　（『紀貫之』から『うたげと孤心』へ）

大岡は、道元の背後に勃興する武士階級の姿を、芭蕉の背後に隆盛する町人階級の姿を見ている——つまり若き大岡が当時一世を風靡していたイデオロギー論をどのように掌握していたかが窺える——のだが、そしてそれは私にはきわめて説得力あると思えるのだが——前者は死生論であり後者は貨幣論である——ここではその細部まで紹介する余裕はない。とりあえず注意を促したかったのは、大岡後年の方向を決定したとされる『紀貫之』が、大岡初めての日本古典論として注目されたにもかかわらず、尖鋭な古典論は、たとえば道元、たとえば芭蕉をめぐる以上の論からも明らかなように、すでに一九五〇年代末から折に触れて物されていたのだという事実である。

むろん、それに数倍する、日本現代詩論、欧米現代文学論、現代美術論が執筆されていたわけだから、一般読書人が大岡の『紀貫之』に驚いたのは不自然ではなかった。のみならず、大岡はフランスの詩や、たとえばハーバート・リードの美術論の翻訳などでも知られていたのだから、驚きはいっそう強かっただろう。要するに若き大岡は、和物ではなく洋物を扱う論者としての側面のほうが大きかったのだ。だが、事実は、二十代から三十代にかけて、大岡は後年の日本古典文学をめぐる仕事のほぼ全域をすでに十二分に予告していたのである。そのことは『紀貫之』に遅れること一年にして刊行された日本古典論集『たちばなの夢——私の古典詩選』——岩波「同時代ライブラリー」では『私の古典詩選』と改題——に収録された多くの論、とりわけ「古今集の新しさ」(一九六八)などが、『紀貫之』に先立って書かれていたことからも明らかである。

『紀貫之』が注目されたのは、それが鮮烈な日本近代文学批判であったからである。知られているように、明治以降の近代文学において貫之はもっとも評判の悪い文学者であった。正岡子規が徹底的にこき下ろしたからである。子規が、近代短歌において、また近代俳句において、それぞれの起点を形成したことはいうまでもない。前者においてはとりわけ島木赤彦が、後者においては高浜虚子が、いわば親鸞における蓮如にも似た位置を占めることもまた広く知られている。それが、小説における自然主義の、ひいてはいわゆる私小説の興隆と呼応して、暗くじめじめとしたとはいわないまでも、どこまでも生真面目に沈み込むような風土を近代文学にもたらしたといって過言ではないだろう。

大岡に暗く冷たく厳しい面がないわけではない。それは、「水底吹笛」をはじめとする一連の初期詩篇を瞥見するだけで分かることだ。だが、大岡には同時に、世に大らかなニヒリズムもあれば快活な悲哀もあることは自明だったのである。それはおそらく、随所に自身の分身を見出してゆくような、その日本古典への接近の仕方から生じたに違いない。

「華開世界起」を含む『芸術と伝統』に、「日本古典詩人論のための序章——万葉集の見方について」（一九六二）が収録されているが、これは痛烈な島木赤彦批判である。「歌の道は、決して、面白をかしく歩むべきものではありません」と主張した赤彦の、その歌「白雲の下りゐ沈める谿あひの向うに寂しかつこうの声」など五首を引用した後に、大岡は書いている。

恐らく赤彦ほどに万葉集に没頭した歌人はあまりないだろう。だが、右のような赤彦晩年の、大方の評価によれば大道を歩むがごとくに自己の作風を樹立していったという時代の歌のどこに、万葉詩人たちのあの大らかさ、それこそ物心相触れた状態の所産であるあれらの血肉の感覚に満ちた力強さがあるだろう。（中略）それはかれが古今集以後の勅撰集において堕落の主要素のひとつだとした軽薄な主観語の使用などを警戒し抑圧するあまり、歌の柄が総体に萎縮してしまったためではなかろうか。

『紀貫之』は筑摩書房のシリーズ「日本詩人選」の第七冊として刊行された。監修は臼井吉見と山本健吉だが、企画が主に山本の手になったことは執筆者の陣容からも明らかで、山本が大岡に執筆を依頼したとき——ちなみに七〇年当時、山本六十三歳、大岡三十九歳——、地味な対象を割り当てることになって申し訳ないと謝ったという話が伝えられている。当時、貫之はそう見做されていたのである。

いわば貧乏籤を引かされたようなものだが、しかし、右に引用した赤彦論——そして先に触れた「古今集の新しさ」など——から推せば、実際は逆で、山本はさすが慧眼であったといわなければならない。事実、『紀貫之』は、それまでのマイナス札をすべてプラス札に変えるほどの衝撃を読書界そして学界にもたらしたといって過言ではない。いわば子規以来の常識を逆転させたのだから、これは当然である。

大岡は、『紀貫之』第一章「なぜ、貫之か」に、子規の有名な「貫之は下手な歌よみにて古今集はくだらぬ集に有之候」を引いた後に次のように書いている。一筆書きの見事なカリカチュアで、一読忘れられない。

私は子規の貫之、古今集否定の言葉を読みながら、一人の若くて上り坂にある覇気満々のボクサーが、年とって衰運にあるかつてのチャンピオンをリング上に呼び出し、相手にはもはや戦意はないのに、あたかも相手が今なお悠々と余力を残している名選手のごとくに観客に披露した上で、さて鮮やかに一撃を相手の顎に加えてマットに沈め、勝利の手を高々とあげているのを見る思いがする。

嫌味を感じさせないのは、子規の稚気を完全には否定していないからである。むしろ微笑して眺めているようなところがある。さて、いまや攻守ところを変え、大岡が「上り坂にある覇気満々のボクサー」、子規が「かつてのチャンピオン」になったわけだが、夭折したチャンピオン・子規の代わりに赤彦が呼び出されたようなものである。貫之全否定から貫之全肯定へのこの逆転は、当然、子規のそれに匹敵しなければならない。

この逆転のスケールの大きさは、一九七一年当時より、そのほぼ半世紀後の現在のほうがよりいっそう端的に感じられるといっていい。というのも、ここには大きな逆説があって、おおよそ一九七〇年を境に日本社会が大きく変容し、『紀貫之』がその変容の、いわばひとつの象徴ともなったように思われるからである。

この変容については、大岡自身が、先にも触れた『連詩の愉しみ』に、「一九七〇年代以後の日本が使い捨て大歓迎の消費文明社会に変貌し、それに伴って情報化社会の世界チャンピオンになってきた結果、私たちの使う言葉そのものの環境に大きな変化が生じた」というかたちで述べている。

『連詩の愉しみ』は、一九七〇年前後から大岡が連句や連詩に真剣に取り組むことになった経緯を、この一種の「文明の転換」にまで関連づけているところに、じつはその大きな魅力があるのだが――これもまた大岡が提起しながら引き継がれて論じられることのなかった重大な問題のひとつだ――、皮肉にも『紀貫之』が多くの読者を惹きつけたのは、その変化にも負っていたのである。かりに一九六〇年かそれ以前に刊行されていたなら、『紀貫之』がそれほど多くの読者を獲得したかどうか分からない。反時代的にすぎるからだ。七〇年代にいたって、多くの人々が何らか視点の転換が起るべきだと漠然と思いはじめていたのだ。『紀貫之』は、時代のそういう潮目の変化をも象徴しているのである。

とはいえ、そのことと『紀貫之』で大岡が提起している本質的な問題とは、実際にはほとんど無関係である。いずれ子規の「貫之貶下」は批判され、赤彦の「万葉道」は裏返されなければならない。大岡は、五〇年代からそう考えていたといってよく、『紀貫之』がその契機となったことは日本文学の展開を思えばまさに慶賀すべきことなのだが、『紀貫之』は潮目の変化を象徴するために書かれたわけではまったくない。確かに、子規の貫之否定は冒頭で取り上げられてはいるが、その後に、アンソロジーの編纂者、屏風歌の作者としての貫之のすぐれた資質が論じられ、さらに、「影見れば波の底なるひさかたの空漕ぎわたるわれぞわびしき」に典型的に現れる「水底に空を見るという貫之の眼のつけどころ」の卓越した才能が論じられてゆくのであり、重点は疑いなくこの貫之自身の魅力にあるのだ。こうして、うたげの歌人としての貫之と、孤心の歌人としての貫之が、すなわち、『うたげと孤心』で繰り返される言葉を用いれば、「他撰本貫之集によって印象づけられやすい技巧家的貫之像」と、「いわば暗い衝迫をもち、そして情熱的である」「自撰本にみられる貫之」とが対比され、そのまま『うたげと孤心』の主題へ直通するのである。

ここにあるのは文学の歓びそのものであって、それ以外の何ものでもない。浮かび上がる貫之像が、驚くほどに大岡自身に似ているのは――むろん著者のあずかり知るところではない――文学の必然以外ではない。貫之が『古今集』編纂で評価されたように、大岡も詞華集『折々のうた』編纂によって盛名を馳せるのである。「水底に空を見るという貫之の眼のつけどころ」が、「水底吹笛」「木馬」「方舟」など、初期詩篇の大岡自身を思わせることは不気味なほどである。「今宵ぼくらはさかさまになって空を歩こう／秘められた空　夜の海は鏡のように光るだろう」(「方舟」)と、二十歳の大岡は歌っていたのだった。『紀貫之』は大岡によって書かれるべくして書かれたというほかない。『うたげと孤心』も同じだが、さらに重要なのは、それが鮮烈な言語論であることにおいてなのだ。

4 (この本が私を書いていた)

『うたげと孤心』が大岡の評論の代表作であるとは衆目の一致するところだが、『連詩の愉しみ』がその必読の解説書であることはあまり知られていないようだ。たとえばそこには、『うたげと孤心』連載進行中の一九七四年に、ある新聞に執筆された随筆「連句、そして連詩」がそのまま掲載されているのである。述べられているのは個性の逆説である。

今、個の行きづまりというようなことが文学、芸術の世界で広く問題になっていることはたしかだが、そういう議論の落とし穴は、個性的なものを離れて共同性があるような錯覚に人を導きやすいところにある。(中略)私たちは一人ずつ別々の皮膚の袋に包まれた別々の個体だが、そういう者同士が深く心を通わせ、一人では思いもよらなかったようなものを共同で作り出すという機会にめぐまれうるとすれば、それは何よりもまず、互いの個性をよく知り、信頼し合った上でのことだろう。何者かわからない相手とでは、心を通わせることはできない。（中略）私はこのところ文芸雑誌『すばる』に「うたげと孤心」という題目で古典詩歌論を連載しているが、このテーマも連句・連詩の経験と深くかかわっている。詩歌に限らず、芸能その他も含めて、日本の古典は、「うたげ」的な場、つまり心の通った者同士が一つの座を成している場を母胎とし、しかもその場にあって「孤心」を最も鋭く磨いた人々によって、それぞれの時代の頂点が形づくられてきたのではないかというのが私のモチーフである。「全体」か、それとも「個性」か、というような単純な二者択一では、いずれにしても何事も始まらないだろう。

一九五〇年代から六〇年代にかけての特徴を一言でいえば、マルクス主義がまさに燃え尽きる寸前の恒星のように光り輝いていたということになるだろう。そしてその主題のひとつが集団と個人の問題であった。労働者と知識人の問題と言い換えてもいい。個人としてしかありえない知識人たちは、いかにして労働者階級という集団と同じ意識を持つことができるか腐心していたのである。それが、ルカーチの『歴史と階級意識』の主題であり、サルトルの標榜する実存主義的マルクス主義の主題であった。吉本隆明の『共同幻想論』もまた同じ問題意識のもとにあったといっていい。共同幻想と自己幻想は逆倒するという考え方が多くの若者を惹きつけた理由である。

大岡の随筆「連句、そして連詩」が、そういういわゆる新左翼の動きに対する批判でもあることは否定できないだろう。「うたげ」と「孤心」すなわち集団と個人は二つのものではない、いわば、集団のなかに個人があり、個人のなかに集団がある、そういったものとしてしかありえないという集団論批判はその的を持っていたのであり、的を射てもいたのである。大岡はただ、そういう文脈を書きつけることで、大向こうの受けを狙おうとはしなかっただけだ。

『うたげと孤心』は一九九〇年、岩波「同時代ライブラリー」の一冊として再刊されたが、そこには「この本が私を書いていた」と題されたかなり長文の後記が付されている。

私は一九四五年八月十五日に中学三年生として日本の敗戦を経験した世代に属するが、少年は少年ながらにあの当時感じたある覚醒の経験が、このような問題を意識させた大きな要因だったと思っている。つまり、戦中の軍国主義合唱のうたげが、あっというまに戦後の民主主義合唱のうたげに変貌するのを肌身に感じたときの奇怪な感覚が、その後ずっと消え去ることなく続いて、〈うたげと孤心〉という主題を私の中に用意したのであるらしかった。

この違和感は、鮎川信夫や吉本隆明らが一九五〇年代から六〇年代にかけて提起した戦争責任論の問題意識と重なっているのだが、大岡は、鮎川や吉本が現代文学論として展開したことを、古典文学論として展開しようとしたのである。

大岡は、これに先立つ一節で、「閉鎖性、排他性を本質的にもつ同質社会の幻想に強くひたり、巨大な車座を組んでいるともいえるこの日本において、自分の中に頑強に根づいている孤心というものをどのようにしたら枯渇させることなく生きのびさせてゆけるか、という課題に対する、長い年月をかけての実践的解答というようなものであった」とも述べている。大岡の政治性、社会性については、私は個人的に思い出すことが多いが、『うたげと孤心』の核心にこういう思想があったということ、すなわち、文学における政治性とはこういうかたちでしか表現できない、いや、こういうかたちでこそ表現されるべきだという確信が潜んでいたことには注意すべきだと思う。批評家に要請されているのは、政治の言語化であるよりも、言語そのものの政治性をどれだけ深く探究できるかということ、いわば言語の政治学——たとえば受動と能動の機制を探ること——だというのだ。

大岡のこの確信は、「この本が私を書いていた」という表題にすでに顕わである。指摘するまでもなく、道元の修辞——大岡としてはそれこそが思想なのだ——がほとんどそのまま用いられているのである。

『うたげと孤心』ははじめ、一九七三年六月から七四年九月まで、季刊誌「すばる」に連載された。全六回である。「無我夢中というに近い状態で」、「一体自分が何を書きつつあるのかも、半ば夢うつつの状態でしか意識していなかった」と、大岡は「この本が私を書いていた」に記している。若い頃から気がかりだったことが胸中に衝迫としてあったが、「その他のことは大方は行き当たりばったり、綱渡りの実感だけが自分の支えといってもよかった」というのだ。それから十七、八年を経た現在、予想していなかったことが起った。「それは、私がこの本を書いたことは事実であるにしても、その後二十年近い期間の私の生活を振返ってみると、実はこの本が私を書いていたのだった、という疑いようのない実感に迫られるということである」。

興味深いというほかないのは、大岡はここで、この実感が、かつて自分がほとんど独創的に描き上げた道元の思想を反復するものだという、傍目には明らかすぎる事実についてまったく触れていないということである。

『うたげと孤心』はしかし七八年まで刊行されなかった。大岡は当時、朝日新聞の文芸時評そのほかで多忙をきわめたが、しかし、多忙のために刊行が遅れたとは考えにくい。他に刊行された本があるからである。とすれば内容上の問題だろう。『うたげと孤心』は副題に「大和歌篇」と付されているが、後に『詩人・菅原道真』が刊行されたときに、それがほんらいは『うたげと孤心』の「漢詩篇」を成すはずだったことが明らかにされた。大岡は道真論を書き上げてから刊行したかったのだろうか。私にはそうだとも思われない。そのことは、『うたげと孤心』の後半三章が後白河院と『梁塵秘抄』に割かれていて、いかにそれが重要であるにしても、いささか均衡を失すると思われるところからも推測されるのである。後白河院の記述が他に比して重すぎるのだ。

私は、大岡は『うたげと孤心』という評論をもてあましていたのだと思う。大岡は後白河院に物狂おしいまでに取り憑かれたのだが、それが何を意味するのか、自分が書いたものでありながら、簡単には腑に落ちなかったのだと思う。「しかし何といっても」と、大岡は「この本が私を書いていた」に書きつけている、「『梁塵秘抄』の編纂者後白河院を論じた三章は、書きながら見えてくるものの面白さに何度も雀躍りする思いをした」と。大岡は疑いなく後白河院にほとんど憑依していたのだ。だからこそ、それが何を意味するのか、ただちには分からなかったのだ。

それが鮮明に理解されたのは、おそらく、『詩人・菅原道真』を刊行し終えた一九八九年になってからだと、私は思う。その翌年、「同時代ライブラリー」に『うたげと孤心』が収録されるにあたって、大岡は「この本が私を書いていた」を執筆するのである。注目すべきは内容ではなく表題である。道元を論じた大岡に倣っていえば、「ここでの肝心な言葉は、「この本が私を書いていた」というところにある。私が書いたのではなくて、書いた瞬間、私は本に書かされているのだ。ということは、その瞬間、私は本によって全身を領有されてしまっているということである」ということになる。

いうまでもなく、「本」は後白河院にも変容しうる。後白河院が私を書いていたとも、書き替え可能なのである。それこそが言語の力なのだ。大岡は、この段階で、後白河院が言語の生成する場としてあったということに気づいた、そして「私」もまたそのようなものなのだと気づいた。それは、乙前に歌謡を面授される後白河院にしても同じことであっただろう。大岡が後白河院に憑依できたのは、後白河院もまた乙前に憑依できたからなのである。

「うたげ」も「孤心」もこのような言語の振る舞いの現れにほかならないのではないかというのが、大岡の、それこそ偽らざる実感というものだっただろう。そして、それこそが自分が書いていたこと、いや、書かされていたことの実質だったのではないかと、思ったに違いない。むろん、このような大岡の考えは、それこそ十代の詩にまでさかのぼるものであり、二十代の評論にまでさかのぼるものである。だが、それは後年になって初めて理解されうることであって、渦中にあるものには理解しえないことであるというべきだろう。『詩人・菅原道真』を擱筆した段階ではじめて、大岡は自分の為したことのスケールの大きさに気づいたのだと、私は思う。だが、それでもなお、その表題の背後に、二十代の最後に遭遇して震撼させられた道元の言語論が潜んでいることには、私は思うのだが、気づいていなかったのではないか。そのことにかえって背筋の蒼ざめるほどの感動を覚えるのである。

私の考えでは、『うたげと孤心』の核心に潜むこの不思議な魅力は、一九九九年から二〇〇〇年にかけて岩波書店から刊行された大岡の古典論集成「日本の古典詩歌」全五巻別巻一の構成に巧まずして表現されている。そこでは『うたげと孤心』は前半三章が第二巻「古今和歌集の世界」に、後半三章が第三巻「歌謡そして漢詩文」に分載されている。第二巻は『紀貫之』、『四季の歌　恋の歌』を含み、第三巻は『詩人・菅原道真』を含むが、しかし、『うたげと孤心』は分割されたのではない、逆に、この二つの巻が『うたげと孤心』によって繋ぎ合わされていると考えたほうがいいのである。いや、別巻をも含む全六冊の全体が『うたげと孤心』によって統合されていると考えたほうがいい。

煩をいとわず「日本の古典詩歌」の全巻構成を挙げれば、第一巻「万葉集を読む」、第二巻「古今和歌集の世界」、第三巻「歌謡そして漢詩文」、第四巻「詩歌における文明開化」、第五巻「詩人たちの近代」、別巻「詩の時代としての戦後」。表題はおおむね内容を示すが、ただし別巻だけは別で、これはむしろ「詩の時代としての現在」とでも題したほうがよいことは、三部に分かれたうちの第一部「世界把握、死生観をめぐって」が道元から芭蕉までを論じた文章で占められることからも明らかである。第二部「日本詩歌論の方へ」は『詩人・菅原道真』の冒頭に置かれた「「うつし」序説」、第三部「言葉の力」は『肉眼の思想』(一九六九)に収められた「言語芸術には何が可能か」などが主な部分を占める。論じられているのは、戦後というよりは、むしろ、人間が言語的存在であるからには、つねに向き合わなければならない「詩の時代」すなわち「現在」というものなのである。

いずれにせよ、そういう性格を持つこの別巻が、ほかならぬ道元の「華開世界起」を論じた文章で始められていることには留意すべきだろう。第三巻が後白河院を中心に論じた文章「日本の中世歌謡——「明るい虚無」の背景をなすもの」(『日本の詩歌——その骨組みと素肌』の最終章）によって始められているのと同じように。

大岡の描く道元と後白河院は似ている。同じ大岡がほとんど憑依したようにして書いた以上は似てきて当然だろうといわれそうだが、そうではない。言語の働きそのものを体現しているように見えるところが似ているのだ。

寺田透は「道元が一体僧侶としてどう行為していたか、『眼蔵』からは見えて来ないといい、「道元はここで抽象的に、姿なくその姿を現わしているというに過ぎない」（『道元の言語宇宙』）といっている。対するに後白河院は見えすぎるほど見えるということになるだろうが、しかし、大岡は、後白河院がその『梁塵秘抄口伝集』において政治状況について——まさに『口伝集』の時期に、初めは平清盛、後には源頼朝を相手に権謀術数を繰り広げていたにもかかわらず——いっさい触れていないことの異様さに注意を促している。道元は只管打坐に、後白河院は今様に集中して、他はいっさい眼中に無きが如しだったわけだ。道元は絶対的知性主義者であり、後白河院は一般的にはいわば神秘主義者だが、大岡によればその文章は行動家のそれであって、むしろ宗教的合理主義者とでもいったほうがいい。集中する対象にかんする限り、この二人にはいっさい曖昧さがないのだ。

二人に共通するのは、面授に対する火のような熱烈さである。大岡は、『正法眼蔵』

の「面授」の章に触れた後、「華開世界起」に次のように記している。

道元が入宋して天童山の浄和尚にめぐり会い、正法を相承し得た経緯については、事あるごとに『正法眼蔵』においても『随聞記』においても語られているが、この面授相承について語る時、道元の言葉はとりわけ情熱を帯びるように思える。一人の師と一人の弟子が、面面相対して二者一体となり、人格の相承を行うとき、相承されるものはひとり師の人格のみならず、釈迦牟尼仏以来二千余年の仏祖意そのものであり、いいかえれば師を通じて一切の森羅万象を、その絶対的な顕現において一身にうけつぐことにほかならないからだ。

『うたげと孤心』「今様狂いと古典主義」の章に描かれた乙前を招いての一節、「夜が明けるまで、院はみずからも謡い、乙前の謡うのを聞き、その場で師弟の契りを結んだ」の前後を彷彿とさせる記述である。

だがそれ以上に思い浮かぶのは、母との対面からはじまる言語の誕生のさまである。「うたげ」もまた「孤心」も、そこから発生した、歴史を超えた始原の時のさまである。その言語の始原を衝くことにおいて、大岡の『うたげと孤心』は群を抜いてすぐれていると、私は思う。そしてそのいっさいが、抽象ではなく具象において、すなわち明確なイメージ、明確な人間像とともに描かれていることに、驚嘆するほかないのである。

二〇一七年七月

〈編集付記〉

本著作は、一九七八年に集英社より刊行された。その後一九九〇年に岩波書店の〈同時代ライブラリー〉に収録され、一九九九年には、「日本の古典詩歌」(全五巻 別巻一、岩波書店)の第二巻『古今和歌集の世界』、第三巻『歌謡そして漢詩文』に分載して収録された。今回の岩波文庫化にあたっては、この「日本の古典詩歌」版を底本として使用し、振り仮名を若干追加した。〈同時代ライブラリー〉版のあとがきは再掲し、新たに三浦雅士氏による解説を付け加えた。

なお、〈同時代ライブラリー〉版のあとがき「この本が私を書いていた」で著者がいうように、集英社版(および同時代ライブラリー版)には「大和歌篇」という副題があり、著者はその続篇「漢詩篇」を予定していたが、「大和歌篇」に対して「漢詩篇」という副題をもつ著作が上梓されなかったことから、この岩波文庫版では「大和歌篇」という副題は付さなかった。

(岩波文庫編集部)

うたげと孤心《こしん》

2017年 9月15日 第1刷発行
2025年 3月25日 第3刷発行

著　者　大岡《おおおか》 信《まこと》

発行者　坂本政謙

発行所　株式会社 岩波書店
〒101-8002 東京都千代田区一ツ橋 2-5-5

案内 03-5210-4000　営業部 03-5210-4111
文庫編集部 03-5210-4051
https://www.iwanami.co.jp/

印刷・精興社　製本・中永製本

ISBN 978-4-00-312022-4　　Printed in Japan

読書子に寄す

——岩波文庫発刊に際して——

岩波茂雄

真理は万人によって求められることを自ら欲し、芸術は万人によって愛されることを自ら望む。かつては民を愚昧ならしめるために学芸が最も狭き堂宇に閉鎖されたことがあった。今や知識と美とを特権階級の独占より奪い返すことはつねに進取的なる民衆の切実なる要求である。岩波文庫はこの要求に応じそれに励まされて生まれた。それは生命ある不朽の書を少数者の書斎と研究室とより解放して街頭にくまなく立たしめ民衆に伍せしめるであろう。近時大量生産予約出版の流行を見る。その広告宣伝の狂態はしばらくおくも、後代にのこすと誇称する全集がその編集に万全の用意をなしたるか。千古の典籍の翻訳企図に敬虔の態度を欠かざりしか。さらに分売を許さず読者を繋縛して数十冊を強うるがごとき、はたしてその揚言する学芸解放のゆえんなりや。吾人は天下の名士の声に和してこれを推挙するに躊躇するものである。このときにあたって、岩波書店は自己の責務のいよいよ重大なるを思い、従来の方針の徹底を期するため、すでに十数年以前より志して来た計画を慎重審議この際断然実行することにした。吾人は範をかのレクラム文庫にとり、古今東西にわたって文芸・哲学・社会科学・自然科学等種類のいかんを問わず、いやしくも万人の必読すべき真に古典的価値ある書をきわめて簡易なる形式において逐次刊行し、あらゆる人間に須要なる生活向上の資料、生活批判の原理を提供せんと欲する。この文庫は予約出版の方法を排したるがゆえに、読者は自己の欲する時に自己の欲する書物を各個に自由に選択することができる。携帯に便にして価格の低きを最主とするがゆえに、外観を顧みざるも内容に至っては厳選最も力を尽くし、従来の岩波出版物の特色をますます発揮せしめようとする。この計画たるや世間の一時の投機的なるものと異なり、永遠の事業として吾人は微力を傾倒し、あらゆる犠牲を忍んで今後永久に継続発展せしめ、もって文庫の使命を遺憾なく果たさしめることを期する。芸術を愛し知識を求むる士の自ら進んでこの挙に参加し、希望と忠言とを寄せられることは吾人の熱望するところである。その性質上経済的には最も困難多きこの事業にあえて当たらんとする吾人の志を諒として、その達成のため世の読書子とのうるわしき共同を期待する。

昭和二年七月